玩磁铁的男孩

一 禾／著

陕西新华出版传媒集团

太 白 文 艺 出 版 社

图书在版编目（CIP）数据

玩磁铁的男孩 / 一禾著. -- 西安：太白文艺出版
社，2019.8（2022.1重印）
ISBN 978-7-5513-1640-8

Ⅰ.①玩… Ⅱ.①一… Ⅲ.①短篇小说－小说集－中
国－当代 Ⅳ.①I247.7

中国版本图书馆CIP数据核字(2019)第142313号

玩磁铁的男孩
WAN CITIE DE NANHAI

作　　者　　一　禾
责任编辑　　谢　天　王超群
封面设计　　朱卫斌
版式设计　　谭　添
出版发行　　陕西新华出版传媒集团
　　　　　　太 白 文 艺 出 版 社

经　　销　　新华书店
印　　刷　　三河市华东印刷有限公司
开　　本　　787mm×1092mm　1/16
字　　数　　230千字
印　　张　　19
版　　次　　2019年8月第1版
印　　次　　2022年1月 第3次印刷
书　　号　　ISBN 978-7-5513-1640-8
定　　价　　55.00元

米格尔街和米格尔街上的人，都像盐一样平凡，像盐一样珍贵。

——维·苏·奈保尔

目　　录

金 钱 豹

雪下得很厚。

在黄葛沟通往镇子的山路上,脚印杂沓。血,滴在深深浅浅的脚窝里,显得格外刺眼。猪倌儿曹玉树感到一阵头晕,他扶着大柳树蹲下,两手撑成八字狠狠地箍着头,脸上纵横着与年龄不符的皱纹。

柳树旁的猪圈门打开着,圈里静得出奇,静得让人心慌。一阵阵恶臭和着浓烈的血腥味从圈里涌出来。曹玉树早已经习惯了这种臭味,习惯了六头黑猪哼哼唧唧的叫声。但这死一般的寂静和血腥味让他感到脊背发凉,因为这气味中夹杂着那只豹的愤怒、怨艾和绝望,或许还掺杂着其他东西,曹玉树说不清。这种从未有过的恐惧,比饥荒、严寒和失职更让他不安。

六头黑猪的尸体被拉到大队部院子里,每头猪的咽喉处都有几个血窟窿,血早已凝成黑色,这是那只豹留下的罪证。正因为这二十几个血窟窿,那只豹被绑了四只爪子倒吊着抬往公社,血从它的嘴里滴下来,落在杂乱的脚窝里,一路滴下去。

昨天晚上风刮得紧。猪倌儿曹玉树提着马灯侧身进猪圈里转了转,六头黑猪趴在石栏上哼哼唧唧睁着小眼睛瞅他。"叫唤啥哩?吃吃吃,光知道吃!早晚被送到杀坊去。"曹玉树数到十二只眼睛后放心地出来。猪圈结实得很,一面靠着石崖,三面用大石头砌了一丈多高,门窄得仅能过一头猪,门板是两寸厚的栗子木,用大拇指粗的铁闩子闩死。你说,豹是怎么进去的呢?

巡视完猪圈,曹玉树躺在炕上,睡不着。风吹得房门和门闩哐啷哐啷响,干树枝咔嚓咔嚓地折断、掉落,被拉扯得在干硬的地上划出刺耳的声音。这天,该下雪了吧?

炕上连他共八口人,老母亲、妻子,还有五个孩子,七八张嘴都闹哄着要吃饭呢!队里就河道那几十亩地收成好点,山上的梯田全指望老天照应。要不是队长精明能干善于筹划,全村人早就断粮了。一想到这些,曹玉树就头疼,有时候觉得人活在世上还不如圈里那几头猪,每天吃喝不愁,临了白刀子进红刀子出,眼一闭,腿一蹬,一辈子就过去了。

他不敢睡得太死,圈里这几个宝贝疙瘩再过两个月就出槽了。队长说给公社完成五头生猪任务,队上留一头给全村人过个好年。冬里夜长,山上光秃秃的没有吃的,他得提防有野物下来骚扰。

风不知道什么时候停了,曹玉树迷迷糊糊地睡着了。

"呀呀,树儿,猪圈有响动哩!"母亲摇醒了曹玉树。

"闹狼了!"曹玉树提灯出门,雪下起来了。他看到河道对面有几对绿莹莹的眼睛,猪圈里传来惨叫声。

小山村里的男人们都抄了家伙奔到猪圈跟前。队长披着破棉袄提了马灯扒着门缝往里面瞧。

"呀!这狗日的,从房顶上下去的。"

"树,柳树,顺柳树上去的。"

"狼咋会上树嘛!"

"饿急了也保不准。"

"咋弄?"

"整死狗日的!"

"咋整？圈门一开就跑了。"

"上房！"

队长领着曹玉树和另外两个带猎枪的小伙子顺梯子上到猪圈顶。

"豹子！金钱豹！"队长趴在房顶窟窿上往下瞅，"狗日的饿疯了，只想着进去，没想想咋出来哩。玉树，打死它！"

曹玉树一听说是豹子，也趴在窟窿上朝下看。确实是豹，一只成年的金钱豹蜷在墙角，瞪着莹黄的眼睛朝上看。他抓枪的手开始发抖："猪圈里太黑了，我……我……打不准。"

"你个软蛋！"队长拉过旁边的小伙子，把马灯塞在窟窿边上说，"尽量打头，不要把皮子毁了。"

"队长，放了它吧！我看了，只咬倒一头猪。"曹玉树近乎乞求地说，"豹子有山神保佑哩！"

队长说："放了它？拿你个猪头给上头交差啊！"

嗵——

嗵——

枪响了，震得山谷嗡鸣，河对岸几对绿眼睛惊慌而逃。两枪打过，不仅没有伤着豹子，反而激怒了它。在房顶上的人填药的间隙，它又咬倒了剩下的五头猪。眼见着黑猪一头头丧命，豹子的罪行加重，曹玉树心里像刀戳一样疼。

队长让人拿来驱邪的黄表纸，说："是神是鬼今天都走不了！"

点燃一张黄表纸扔下去，猪圈里亮了，枪响，没打中。豹太敏捷了，它像幽灵一样轻盈地躲进黑暗之中。

再点一张，枪响，还是没打中。

"三支枪都填上药。玉树，猪死完了，你还等啥哩！"队长脱下身上的老棉袄点着了，待火苗慢慢蹿起来，扔了下去，猪圈里顿时大亮，豹子已经无处遁形。

嗵、嗵，豹子躲过前两枪。

嗵——曹玉树闭上眼睛扣动扳机。豹子在做了最后一次腾空后，重重地摔在地上。血从头上的皮毛间渗出来，从嘴角溢出来，豹子身子抽搐着，翘起的黑色尾梢渐渐落了下去。

天色渐亮，大片的雪花缓缓地落下。豹子被两个小伙子拽着尾巴拖出猪圈，在雪地上拉出长长的一道血泥印子。它金色的皮毛上缀着黑色花斑，嘴巴微张，眼睛紧闭，黑色的眼角闪着亮光。这是一只刚生产不久的母豹，饥饿已经折磨得它皮包骨头，乳头血红，乳房松弛。

曹玉树太熟悉这身花纹了，他一阵头晕，撇下猎枪，扶着柳树蹲下去，深深地陷入回忆之中。

大儿子刚出生，初为人父的曹玉树背着猎枪进山。他要打些野味给妻子补身子。这次不打野鸡野兔，要打刚满一岁的小鹿，鹿肉鲜嫩滑爽，骨汤特别滋养人。盛夏雨后的山林中潮湿闷热，挺拔的冷杉直指云天，苍翠的油松和侧柏间杂生着各种灌木，冗长的藤蔓攀挂在枝杈上。曹玉树砍掉挡在道上的枝蔓，踩着湿滑的苔藓向野麋坡进发。

钻出林子，前面一片阳坡就是野麋坡了，曹玉树没有想到会在这儿遭遇野猪群。为首的头猪尖耳獠牙，身子足有一米高，见到曹玉树这个入侵者，立即鬃毛直竖，眼中露出凶光。

作为猎户，他清楚地知道，"一猪二熊三老虎"。老虎是山林之王，但轻易不会伤人。熊瞎子一巴掌下去能拍晕一头牛，碰到它装死就能躲过。野猪最可怕，这家伙蛮横易怒，惹毛了它能撅断几把粗的树干。

太大意了，一心想着野麋坡肥嫩的鹿，却没有考虑潜在的危险。在头猪与曹玉树对峙时，几头年轻的伢猪迅速组成了攻击阵势。曹玉树背靠在一丈多高的石崖下，免得四面受敌。他一手端着猎枪，一手紧握砍刀，不敢大口出气，一动也不敢动。这是他能做的全部防御了。

时间仿佛凝固了。曹玉树额头渗出汗水，想起妻子疲惫的脸上心疼他的笑，还有褓褓中那张红嫩的小脸，他希望山神爷能突然出现，看在嗷嗷待哺的小生命的分上，扭转目前的危局。唉，现在想这些有什么用呢？野猪根本没有耐心和他长时间对峙，再过几秒钟，他就会被撕成碎片。

就在曹玉树做出最坏的打算时，野猪却突然掉头跑了，应该说是逃掉了，一头小伢猪边跑边拉下湿热的稀粪。难道真是山神爷显灵了？局势的突然变化令他难以揣度，他还是没敢动。过了片刻，他感觉到头顶石崖上有轻轻的响动，扭头顺着藤蔓的孔隙望去，一只金钱豹收敛了威严的目光低头衔起五彩锦鸡轻盈地纵下崖壁，从容地向林中走去。那是一只年轻的母豹，金色的皮毛上缀着黑色花斑，在晨光映射下泛出云彩般的光芒。

在曹玉树第五个孩子出生的时候，黄葛沟完成了周遭山林的改田工程。伴随着刺耳的伐木声和隆隆的炸山爆石声，一座座山岭被开成层层梯田，即使远在深山的野麋坡也没有了昔日高大的冷杉、油松、侧柏，再也不见麋鹿成群的景象。

队长说："玉树啊，你两口子生娃娃跟猪下崽儿一样，一年一个，一年一个。山里没树了，也打不成猎，你以后就给咱队上喂猪吧。"于是，曾经的猎户成了猪倌儿。

曹玉树很佩服队长。豹子抬到公社大院以后，队长硬是凭着一张嘴在书记跟前把猪倌儿曹玉树说成了为山民除害的猎豹英雄。书记摸着豹子柔软的皮毛说，这个典型一定要好好宣传。在以后的十几年间，曹玉树枪打飞豹的事迹成为黄葛沟人茶余饭后的谈资。

未出栏的死猪上交五头,剩下一头队里煮了,黄葛沟村提前过了个年。就在全村人过年般开心的时候,曹玉树自个儿去了一趟野麋坡,找到两只已经冻得像石头一样的小豹子埋了。他回来后大病了一场,身上时凉时热,吃什么吐什么,大小便失禁,突然会从昏睡中惊醒。

"呀呀,惊了山神了!"老母亲去庙里求了符,烧成纸灰放进酒碗里,撬开曹玉树紧咬的牙关,灌了进去。

曹家小八出生那年,黄葛沟发了大水。山洪裹挟着巨石一路翻滚下来,浊浪滔天,白沫飞溅,把整个沟道变成了一片汪洋。山上的梯田、沟畔河道边的庄稼全被毁了。

小八饿得直哭,声音细小得像猫娃。老母亲躺在炕上,全身浮肿,抓着曹玉树的手说:"呀呀,妈想喝一碗糊糊,稠稠的。"

家里没有能吃的东西,妻子领着孩子们翻岭出去讨饭了。曹玉树抱着小八在村里转悠了一圈也没借到一星儿粮食,回来蹲在窗子底下闷声流眼泪。

队长端了半碗糊糊进门说:"大男人滴啥尿水子,羞人哩!"

曹玉树推辞道:"队长,你家也没粮了,我不能要。"

队长递过碗说:"咱还能动弹,饿不死。"

曹玉树强忍泪水端着糊糊喂母亲。

"呀……呀……香……香……"母亲只抿了一口,"给娃娃……吃吧……"

曹玉树还要喂,母亲推开碗说:"呀呀,没见过……恁大的……洪水,山神爷……生气了……"

母亲咽气以后,曹玉树莫名地焦躁。没有人指责,人们甚至还用看待英雄的眼光看待他,但他总感到一种声音无时不在地在谴责他。他看不见威胁,却觉得四面受敌。淌着鲜血的金钱豹,僵硬如石头般的豹崽儿,野麋坡上野猪雪白的獠牙,雪夜里一双双绿莹莹的眼睛,洪水中翻滚的巨石,小八猫娃一样的啼哭声,母亲浮肿的身体和"呀呀"的叹息声,让这种焦躁渐渐变成一种恐惧,并且与日俱增。

不能眼睁睁再看着亲人饿死了。洪水过后,黄葛沟几乎半数人家迁到外地。曹玉树把大儿子招赘到秦北县,随后要把一大家子都迁过去。队长给他开完迁移证明说:"猎豹英雄也要走喽!走吧,走吧!"

曹玉树一家迁到杨家井村时,我还穿着开裆裤,按辈分我要叫他"邻家爷"。

今年夏天气温陡升,秦北城里热得几乎没法待。听说地处秦岭腹地的玉山县黄葛沟是个避暑纳凉的好去处,我带着家人驱车前往。

进入黄葛镇一直朝南行驶,路一边靠山崖,一边临小河。河水淙淙,时急时缓。河边田里的谷子收浆了,谷穗儿弯弯,尖细的叶子上挑着晶莹的露珠。山上林木葱茏,传来"喂儿喂儿"的蝉鸣,从这欢乐的鸣声里能嗅到玉露琼浆的味道。凡是有住户的地方,路边都有大树,树身又粗又高,树冠很大。树下大石是桌,小石为凳。来山中避暑的多是老人,有的还带着小孙子。老人坐在石头上,或闲聊,或听戏,"随身听"里放着红色歌曲,半坡上的树荫里有人"咿咿呀呀"地吊嗓子。孩子们在小河中戏水,不时发出清脆的笑声。树旁有木栅栏围着的鸡圈,土灰色、棕红色的母鸡,大腿肥腴,绒毛厚密,悠闲地迈着步子,在草丛中的柴垛边觅食。

我们选了靠山里边的一个农家乐住下,竟然意外地遇见了邻家爷。

"爷,你咋在这儿?"

"我三十七年前就是从黄葛沟迁走的。"

"这是你家?"

"我的房早不在了,就剩坡上面那棵大柳树了。"

"那这是?"

"老队长家。人不在喽……这是他孙子开的农家乐。"

"噢!这儿青山绿水,房盖得漂亮,人挺富的。你当年为啥要搬走呢?"

"现在政策好了啊,当年要是这样我也不走。害怕了……"

"怕什么?"

"没啥……听说山上跑豹子,就想回来看看。"

驴子的故事

跟父亲去东田街卖驴那天,我第一次在北店子吃了顿牛肉泡馍。

我和父亲坐在北店子沿街摆放的长凳子上,店老板兼屠夫兼厨子端上来两碗泡馍,又从肉案子上多捏了一撮肉放进我碗里说:"碎娃,正长身体哩!"

我用筷子在碗里拨拉着说:"我不爱吃肉。"说这句话的时候,北店子后面传来一声熟悉的驴鸣,我瞅了一眼屠夫黑油发亮全是血渍的皮围裙,喉咙里一阵阵泛恶心。

"这瓜娃,哈哈哈……"皮围裙笑了,那笑声太响亮了,跟他在阳光照耀下的秃头一样闪闪发光,明媚热烈而且灿烂,竟然没有一点儿屠宰烹煮的味道。

"我就是不爱……"

"吃你的饭,不要说话!"父亲打断了我,继续埋头吃饭,黑脸上没有一丝笑容。

返回的时候,父亲把驴辔头搭在肩上,弓身走在前面,光脚板穿着母亲纳的千层底黑布鞋,在土路上留下宽大的脚印。我手里提着铁襻儿竹篾驴笼嘴跟在后面,光脚板穿着黑布鞋蹦跳着踩在他宽大的脚印里,回头再看路上那一串儿古怪的图案,不禁窃笑。父亲扭头说:"好好走路!"

我恢复了正常的走路姿势,又把驴笼嘴套在头上,像戴了一顶瓜皮帽子。尽管这顶"帽子"上有黑驴嘴里的腥膻味和草料味,我还是为自己就地取材发明出新玩意儿扬扬自得。

"那是给头牯戴的,卸了!"父亲又一次打断了我的游戏。

我赶紧卸下"瓜皮帽",跟上父亲,问道:"北店子卖的牛肉泡,为啥要杀咱家黑驴?"

"'挂着羊头卖狗肉',你老师没教过?"

"噢,那北店子就是挂牛头卖驴肉。"

"人家主要卖牛肉。"

"大,咱家黑驴真可怜。"

"可怜啥哩!一身的劲儿,不往正向上使。"父亲一边走,一边揉了揉被黑驴咬伤的左肩头。

父亲被黑驴咬伤那天,村医和了些盐水洗净他的伤口,在上面衬一块棉纱,用白胶布粘住,收拾牛皮药箱的时候说:"大叫驴性子太烈了,趁早调腾了。"

"不敢卖,秋收正在要紧处,这是主劳力啊!"父亲瞪了一眼黑驴,黑驴也用大黑眼瞪父亲。

前几天,黑驴一上午拉了五车苞谷。在圈里歇晌的时候,它没吃几口草料,估计跟人一样,饿过头了,不想吃东西。母亲洗刷完锅,把泔水舀进盆里,顺手抓一把麸皮撒进去,端到驴槽边,它咕咚咕咚喝了个底儿朝天。

父亲喝了两老碗苞谷糁儿,一手拿一个红辣子夹馍,一口一个月牙儿地咬着。他走到驴槽跟前想再给黑驴添些草料,一看驴没吃几口,便喊道:"你赶紧吃,吃完后晌继续干活。"

黑驴甩了甩头,还是不吃,静静地站在圈里想它的心事。

早上拉苞谷的时候,排碱沟对面地里出来了一头小灰驴,它身形娇小,驾着大车费力地上坡。黑驴停下来,"昂儿——昂儿——"地叫唤,小灰驴低头拉车,没有理它。黑驴刨着蹄子,肚子底下多出一条黑东西,在白肚皮上弹得啪啪响。

啪!清脆的鞭声响起,黑驴耳朵上结结实实挨了一鞭子。父亲骂道:"胡骚情!嘚儿——起!"

"嘚儿——起"是前进的口令。农民在和牛马驴骡打交道的过程中发明出了一些固定的口令,向右喊"喔喔","吁吁"是朝左,"喂喂"是停止,前进喊"嘚儿——起"。

鞭子和口令都没有使黑驴就范。它故意和父亲较劲儿,扬起前蹄朝后退,车子横在路上,车尾朝着排碱沟方向移动。

啪!又是一鞭子。按照惯例,第二鞭子响起的时候,黑驴就会乖乖拉车往前走。但今天没有,它继续后退,一个车轱辘卡在排碱沟畔上,车尾突然下沉。车上拉了十几袋苞谷,重量一下子把黑驴挑了起来。它像一个直立行走的怪物,亮着一口大白牙,嘴里胡乱吱哇,两只前蹄在空中乱刨,后腿尽力蹬地,不再让车子把它往沟里拖。四五个装满苞谷棒的蛇皮袋像下饺子一样从车尾溜到了水沟里。父亲拉着驴辔头往路上搡,鞭杆咣咣地砸在驴背上。几袋苞谷溜下去以后,车尾重量减轻,驴终于四蹄着地,呼地把车子拉上了路。它像疯了一样拖着车子和父亲奔跑起来,方向是那头拉车的小灰驴。

"驴惊了!"人们纷纷避让,路上尘土飞扬,路边草丛中的蚂蚱、蛐蛐惊得乱蹦,像激烈的雨滴似的四处溅射。车子在经历过前所未有的颠簸以后,终于被桥栏杆绊住。那头小灰驴已经转过弯进了别的村道,黑驴终于架不住负重、鞭打、鼻梁疼痛等多重压力,突儿突儿地喘着大气,停了下来。

"非把你驴日的骗了不可!"父亲骂道。骂归骂,其实他心里是不愿意骗驴的。叫驴劲儿大,干乏了拉出去打个滚儿又浑身是劲儿,骗了就没力气了。驴比牛吃得少还干活快,更重要的是价钱便宜。

黑驴在失去追逐的目标后乖乖地把苞谷拉回来,回来以后就心事重重,不思草料。它喝完第二盆水,用嘴叼着盆子在槽沿上摔打,闹腾着还要喝。对小灰驴的思念让它口渴难耐,尽管那头小灰驴自始至终都没有正眼看它一下。

黑驴是麦收以后来到我家的。父亲之所以下狠心花钱买驴,是因为麦收结束时出了一桩意外。

父亲从打麦场拉着最后一车麦粒回家,在村口上坡的时候,车辕咔嚓一声断了,父亲被闪得跪在地上。我和母亲在后面推车,车子突然往后倒,母亲"啊呀"一声,拼尽全力顶住车子,大声喊人帮忙。我也咬着牙用肩头顶住车子,直顶得眼冒金星,感觉太阳穴快要炸了。父亲抓紧另一支车辕,大吼一声,窝着身子坚持不让车子再往后退,车襻绳几乎勒进他肩头的肌肉里。路过的村人搭手终于把车子推上了坡。

母亲心疼地看着父亲说:"叫你少装些少装些,非要一次拉完。"

父亲擦了擦额头的汗说:"只害怕把你娘儿俩碾了!唉,可惜这车辕了。"

母亲眼圈红了,说:"让你买头牛,嘴里答应得好好的,总是拖,拖!今天要是……"

"买!买!"

夏忙罢,父亲到东田街牛马市场上转了几圈,终于看中了那头黑驴。头牯经纪把手挡在草帽下,捏了捏黑驴主人手指头做数的要价,又捏了捏父亲用指头做数的还价,经过几番讨还,生意终于达成,父亲付了钱把黑驴牵回了家。

父亲高兴地对母亲说："这驴犁、耩、耙、磨都会干,主家都不舍得卖呢!"

母亲说："不是买牛去了吗,咋牵了头驴回来?"

"便宜呀!"父亲掏出剩下的钱递给母亲,"先把这些还给娃他舅,其余的秋后再还。"

父亲收拾好驴圈,在门外栽了半截水泥电杆做驴桩,每次拴驴时,他都让家人离远点儿。黑驴高高地仰着头,时不时腾空后踢,弄得驴粪乱溅,鸡飞狗跳。父亲拉着它到土场里,放长缰绳,黑驴跪下前腿,扑腾扑腾打几个滚儿,土场里顿时尘土四起,柴末儿飞扬。它打完滚儿,立起身,抖一抖鬃毛,浑身舒坦,出门时的烦躁消失得无影无踪。拴好驴,父亲拿出废锯条做的毛刮子给驴刮毛,直刮得驴身上黑明发亮。黑驴显出少有的温驯,眯缝着眼睛静静享受美好的阳光和毛刮子带来的舒适。

父亲不在家的时候,没人敢拉驴。天黑了,黑驴自个儿对着明晃晃的月亮"昂儿——昂儿——"地叫,邻村偶尔会有驴儿应和它,它竖起耳朵听,再叫,那边又没声了,急得它围着水泥桩转圈圈。

秋收时节,黑驴派上了用场。它驾着父亲新打的驴车,呼哧呼哧把一车车苞谷棒、一垛垛苞谷秆拉回家,又把粪肥拉到空地里。父亲高兴地说："没白吃几个月的料,真是养兵千日用兵一时啊!"

谁知道它遇到那头小灰驴以后变得极不安分,即使在晚上也要"昂儿——昂儿——"叫几声,静静等着邻村"心上驴"的回应。再拉苞谷时,父亲总是要远远避开那辆驴车。

苞谷收毕,地腾出来种麦子。父亲套着黑驴犁地,远处忽然传来一阵驴鸣。黑驴耳朵噌地竖起来，顺着声音望去，那头小灰驴也被主人套着进地了。黑驴趁着父亲一愣神的机会，挣脱襻绳尥开蹶子拽着犁就跑。它长出了翅膀，飞过一畦畦土地，越过一道道壕堑，犁尖儿碰断了，屁股后的绳套扭成了麻花。父亲在后面边追边扬着鞭子喊骂。

黑驴还没跑到小灰驴跟前，小灰驴的主人甩着鞭子就打。啪！啪！鞭子抽在它身上，泛起一道道白尘。鞭子算什么？没有什么能阻挡黑驴的爱情，它不管不顾了，抬起前蹄搭在小灰驴的脊背上。小灰驴原地转圈圈，黑驴也跟着转。父亲气喘吁吁地跑到跟前，两条鞭子轮番抽打黑驴，周围干活的人赶过来，有的拽绳，有的提犁，费了好大周折才把黑驴拉开。黑驴恼火地在父亲肩头啃了一口，这一举动立即换来了鞭杆、镢头、锄把的招呼。

小灰驴被牵走了，主人一路上昏天黑地地叫骂。父亲捂着流血的肩膀，顾不得捡拾断成两截的鞭子，拽着黑驴闷头回家。

村医给父亲包扎完，背着牛皮药箱走了，家门口又来了一辆车头上插着小红旗的自行车。老骟匠撑好车子，围着黑驴打量了一番，对父亲说："正种地哩，骟了暂时就不能让干活了。"

"骟了！再不收拾这货，不知道还会生出啥事来。"父亲说。

黑驴被拴在三棵槐树中间，骟匠指挥众人在两边绑了两根横木，又用绳子套住驴蹄子绑在树上。在这个过程中，黑驴极不配合，又亮出大白牙伸嘴去叼骟匠。

骟匠从车兜里拿出一把圆头小钢刀在火上燎了燎，嘴里噙了口酒噗噗地喷了一遍，银白色的刀刃泛着蓝光。有人已经揭起了驴尾巴，骟匠刚要伸手抓黑驴的私处，黑驴狂躁起来，仰头，蹬腿，摇晃屁股。嘣——绊脚绳断了，咣当一声，横木掉在地上，"呀——"驴蹄子踩在骟匠脚背上。没等骟匠起身，黑驴又尥蹄子踢在他下巴上，刀子甩出去老远。

黑驴愤怒了。它胡乱蹦跳，摇晃得几棵槐树瑟瑟发抖。父亲急了，抄起棍子狠狠地砸在驴身上、头上、腿上，嗵嗵的声音让人心惊胆战。驴嘴里流血了，身上肿起一道道梁子，后腿好像被打断了。黑驴拽断缰绳从简易木栏里纵了出去，拖着半截缰绳颠着后腿在村道上狂奔。它一路上踩碎了两个喂羊的瓦盆，虽然那盆本来就是缺边少沿的；踏坏了五株指甲花，指甲花的小主人哭着说那是她小姨从城里捎回来的种子，能染出最红的指甲；撞倒了一摞新砖，那摞砖倒下去后摔断了二十七块；惊飞了一群母鸡，主人说经过清点少了一只每天下一个蛋有时候还下双黄蛋的芦花鸡。损失最重的是骟匠，自行车被驴蹬倒了，他捂着下巴抓着父亲呜嚷道："我一世英名全毁在这头犟驴身上了，给我看病，给我赔车子，给我恢复名誉……"

当所有损失清算完毕，父亲母亲赔着笑送走村人，又让村医给骟匠安好下巴，支付了两倍的酬金以后，黑驴回来了，嘴角挂着几丝小灰驴家门外水渠上的扒地龙草。

蹲在门口抽烟的父亲站起身，黑驴惊了一下，往后退了几步，小心翼翼地观察着主人。父亲没理它，径直回屋去了。黑驴保持谨慎，一步一瞧地走进圈里，嗅了嗅空荡荡的驴槽，抬头向厨房望了望，没有听到熟悉的刮锅声，更没有听到铁瓢往水盆里倒泔水的声音，家里静悄悄的。

我小心翼翼地走过去，轻轻抬起挡驴的横木，挂好，赶紧跑回屋里。扒在门框上再看黑驴时，它咧了咧大嘴，露出两排整齐的白牙，惨笑了一声。

第二天早上，父亲早早起来给黑驴拌了一槽草料，烧了热水倒进水盆，多抓了几把麸皮放进去。黑驴吃完草料，安静地喝水。父亲看着黑驴吃完饮完，系好缰绳，给它戴上铁襻儿竹篾笼嘴，牵出家门，上大路，向街道方向走去。母亲红着眼睛，摇醒我说："赶紧撵去。"

我钩上鞋子，一路小跑追上父亲，问："大，做啥去呀？"

父亲说："送这货去个好地方。"

黑驴一条后腿肿起了大包，疼得不敢着地，一路走得很艰难。

北店子老板兼厨子兼屠夫在满是血污油渍的皮围裙上抹了抹手，很麻利地卸下驴辔头说："正是出力的壮牲口，咋能把腿弄断嘛？可惜了。"

"我这驴身架子大，能杀出肉，你多给几个钱。"父亲眼巴巴地望着老板。

"我这儿是杀坊，不是头牯市场，给不了多少。"老板撩起皮围裙从裤兜里掏出薄薄几张票子递给父亲，"这都算高价了，一会儿再给你父子俩把饭管了。"

我和父亲吃完饭离开的时候，杀坊后院再次传来黑驴的叫声。它叫唤的时候，一定仰着头，朝着我们村庄的方向。那声音如泣如诉，它是在向父亲做最后的乞求，向心上的驴儿诉说离别的痛苦吧。

"大，黑驴哭了。"

"迟了。"

秋天的正午，太阳依然热烈。我走在父亲身后，搭在他肩上的驴辔头叮叮地响。我又悄悄把"瓜皮帽"戴在头上，一蹦一跳地踩在父亲宽大的脚印里。

东　子

东子是玉米吐天花的时候回杨家井村的。

他穿了一身半新的草绿色军装,军装上深棕色的圆纽扣扣得严实,连风纪扣也系着。他极瘦,脖子白细,脸也很白,高鼻梁,不知道是不是瘦的原因,眼睛显得很大,很明亮。

东子伸出手和我的父亲、母亲一一握手,他的手瘦长,白皙得像透明的蜥蜴。父亲用粗粝的大手一边握着手,一边拍着他瘦弱的肩膀说:"回来就好,回来就好。"

母亲轻轻地握了一下,赶紧把手抽回,把脚下四四方方的背包和一个棕箱子提进早已收拾好的西屋里。西屋是奶奶的房子,奶奶去世后一直空着。屋子里地面上洒了水,有一股土腥味,窗子上挂着深蓝色碎花窗帘。母亲唰地拉开窗帘,刚才还在窗外卧着的阳光立即钻进屋子,扑在新棉花装的炕褥上。

屋子里靠窗添了一张新三斗桌,一把高背木椅。窗台上玻璃酒瓶里插着几枝月季花,花儿开得正盛,低着头娇羞地迎接新主人的到来。

东子洗完脸,蹲下来,从衣服口袋里拿出两颗糖对我说:"小强吧?叫叔叔。"

我忸怩地躲在父亲身后,不敢作声。

父亲把我拉出来往前推了一下说:"叫东子叔。"

我又退到父亲腿跟前,轻声叫了声:"东子叔。"

"大声叫,叔叔给你剥糖。"东子手里的糖果像两个调皮的眼睛看着我。

"叔——"我扯着嗓子大声叫道。

"几岁了?"

"五岁了!"

"哎——来,吃糖。"东子剥开一颗糖,填进我嘴里。这糖果里有一丝橘子和羊奶搅和在一起的味道,比村东头代销店的糖果好吃多了。

父亲拍了拍我的头说:"玩去吧,你叔坐了两天火车,让他吃了饭歇歇。"

我一手揣着糖果一手捏着糖纸,像兔子一样跳过门槛,出了门。那张透明的糖纸上印着熊猫,鼻子凑近嗅一嗅,还有一股奶香。那个下午,我一只手攥着糖果,一只手攥着糖纸,一直玩到天黑。

我回家的时候,西屋灯亮着,父亲正在和东子说话。

东子说:"天明哥,到时候你一定捆住啊!"

父亲说:"放心,哥捆的绳子,犍牛也挣不脱。"

我轻轻掀开门帘,露出一只眼睛往西屋里瞧。

"小强,来。"东子看见我了。

我看了看父亲,父亲说:"你叔叫你你就来,羞羞答答跟个女孩一样。"

父亲一说,我更不敢动了。东子麻利地跳下炕,把我从门外抱进屋里放到炕沿上给我脱鞋。我双手一直插在兜里,悄悄抬眼看他一下,不敢碰触他的目光。那目光清亮,夹杂着一丝忧郁。

东子剥了一颗糖塞进我嘴里,把我圈在怀里继续和父亲说话。我拿着两张糖纸对着灯看,一会儿把糖纸折得很小很小,一会儿拆开放在腿上抹平。屋子里很暖和,我的上眼皮渐渐变得又宽又重,时不时砸下来,头也变得越来越重。灯光和他们的对话越来越模糊,涎水像小蛇一样顺着嘴角流到了脖子。

父亲抱我下炕的时候,我嘴里噙的半块糖掉进父亲的鞋窝里,我哭着要。

东子说:"脏了,不要了,再给你拿一个。"

我从没听说过"脏了"的话。

父亲说:"就是就是,都臭了,不要了。"他从鞋窝里捡起糖块,掀开门帘,作势朝院子里一扔,对东子说:"睡吧!"

在回上房的时候,我听到父亲嘴里发出嘎巴嘎巴的响声,母亲问他吃什么,他说一会儿你就知道了。

那个晚上,我做了好多梦,每个梦都是透明的,有着橘子奶油的味道。

玉米天花散开了,豆子、棉花成熟了。家里到了最忙碌的时候。

父亲起得好早,他嘴里叼着烟坐在院子里磨镰刀。

母亲系着围裙,端了盆热水在羊圈里饮羊。

西屋的门开了,东子端着白瓷缸出来刷牙。他蹲在檐台上,牙刷在嘴里唰唰唰地来回捣。

噌……噌……

唰唰唰,唰唰唰……

咩咩咩,咩咩咩……

磨镰声、刷牙声、羊儿的叫声,在早晨清凉的空气里组成了一首歌。我拿着半个冷馍蹲在父亲身边,一会儿看看东子,一会儿看看羊,肚子咕噜噜响了才想起咬一口馍馍。

东子喝了一大口水,脸朝上咕噜噜地吹着,手里的牙刷指着父亲说:"哥,多磨一把镰,我一会儿也去。"

"哎呀,你就待在屋里好好歇着。"父亲取下嘴里的烟说。

我挺纳闷的:东子来了这么多天,父亲怎么从来不让他干活?我还得帮着母亲放羊呢,哼!

"我憋得慌,就当散散心。"东子很麻利地洗完脸。

父亲多磨了一把镰刀。

太阳还没冒红,黄绿色的豆蔓上全是露水。父亲手把手教东子,豆蔓粗硬,镰刀要斜着用劲儿,既省力又不伤镰刃。

父亲和母亲进了豆子地,弯下腰就没再起身,一直朝前割一直朝前割,太阳从父亲肩头冒出来,像个红色的车轮子。东子一开始割得挺快,不一会儿就得直起腰歇一下,他额头上闪着亮光,脸色越发苍白。

父亲直起身,喊道:"东子,你把小强领回去吧,天热了。"

东子说:"我不累,没事。"

父亲说:"回去,娃要喝水哩!"

东子不情愿地走出豆子地,我正在地头用馒头渣逗蚂蚁。他一下子坐在地头,小臂上被豆荚尖划出一道道血红的口子。他顺手把镰刀撂在旁边,刀刃上崩了好几个口子。镰刀像个露着豁牙的老农,憨憨地看着他笑。

他问我:"渴不渴?"

我咽了口唾沫说:"东子叔,是你渴了吧?"

割豆子只是秋收的开始,最重的活是搬玉米、拉玉米。玉米棒子死沉死沉的,要装在袋子或者大笼里,再扛到车子上。装车是精壮劳力的活,东子不是精壮劳力,他的胳膊太瘦,肩膀挺宽却太单薄。但他是个死犟的人,父亲刚从他手里夺了袋子,他又从地里提了一笼玉米出来。

第二车玉米刚拉回家,东子突然口吐白沫,两手死死地掐着脖子,手背上青筋狰狞,眼珠子快要暴出来了。他迷迷糊糊地喊着:"天明哥,捆……捆……"

父亲把东子压在炕上,手掐住他的人中,喊母亲:"绳子,拿来!"

东子的手胡乱地抓,父亲胳膊上、脖子上满是抓痕。东子身子里好像装着另外一个人,力气好大啊,连父亲都快按不住了。两人僵持着,东子苍白的脸上渗出细密的汗珠,像结了一层薄霜。父亲的汗挂在下巴尖,像滚烫的珠子滴落在东子脸上,划出一条条红道子。

过了好久,东子才安静下来,他没法挣脱父亲的胳膊和绳索。他累极了,眼神涣散得好似跑乱了的蚂蚁群,全身瘫软,像被烈日曝晒过的豆秧子,微弱地喘着气。

母亲端了碗糖水递给父亲说:"东子可能是累着了。"

父亲没接碗,说:"你给他喂,让我抽口烟。这娃跟他爸一样,驴脾气。"

父亲点了根烟警惕地坐在旁边,怕东子再次发作。母亲拿勺子给东子喂糖水。东子青白色的嘴唇慢慢有了一点点血色。

进入冬季,天黑得早了。我已经可以随意出入东子的西屋。

他坐在炕沿看书,我站在椅子上玩,用手去抠白瓷缸上的红五星。

东子放下书,问:"喜欢吗?"

"嗯。"

"叔叔给你做个大的。"他向母亲要了剪刀,把父亲的红烟盒拆开叠了好几下,用剪刀斜着剪下一个角,把那个小角角慢慢剥开。

"红五星!"

"好看吗?"

"好看!"

他给红五星蘸了点儿水,贴在我的额头上。

"我还要,我还要!"

东子拿起烟盒飞快地折叠完,又剪了一个小角。我一把抓过来,又一个红五星像东子脸上的笑容一样在我手中展开。我学着他的样子蘸了点儿水贴在他的额头上。他很听话,把头凑到我跟前,他的额头宽宽的,贴上红五星有一种说不出的好看。

"叔叔教你敬礼吧。"东子站直身子,双手紧贴裤缝,右手非常有力地举起来,指尖对着眉梢。我也学着他的样子敬礼,他非常严肃认真地纠正着我的动作。我说:"东子叔,我想当解放军!"

东子没有说话,他把我抱在怀里,桌子上的小圆镜里出现了两张脸。东子的脸已经不是刚来时候的颜色了,他的脸和父亲的脸一样,让杨家井的太阳给晒黑了。他的眼睛又黑又深,好像一千年一万年也看不到底。

我伸手把他额头上的五星抠下来,往自己额头上贴。他的眼泪突然从眼睛里流出来,顺着他的鼻子两侧往下淌。

"叔,你怎么哭了? 你别哭好吗?"我用指头轻轻擦他的眼泪,一边擦一边说,"我不要你的红五星了,你别哭,你别哭。"

东子抱着我的胳膊在发抖,他全身都在发抖。我害怕极了,挣脱他的怀抱,从椅子上下来,跑到房门口,抱着门框看着他。过了一会儿,他擦掉眼泪说:"出去玩吧!"

他从箱子里拿出纸笔,趴在桌子上匆匆地写起来。

第二天早上,我掀开门帘进去的时候,东子趴在桌子上睡着了。听见我进来,他起身,红着眼睛,把写好的纸折成鸽子样,塞进一个信封里。

"叔,你为什么叠鸽子呢?"

"鸽子会飞到你想念的人身边。"

我不知道东子在想念谁,看他昨晚哭得伤心的样子,一定是想妈妈了。

"叔,你教我叠鸽子吧?"

"好。"

父亲要出门做活,他走的时候交代母亲不要让东子干重活,又对东子说:"兄弟,绳子交给你嫂子了,不听话的话你嫂子照样捆你。"

东子笑着说:"好啊!我就不听话,让嫂子捆了我。"

"你敢!"父亲脸上虽笑着,但声音极其严厉。

莫娅的到来让我们家的墙壁都发出艳丽的光辉。

她的腿细长,穿着一条蓝白色的裤子,裤口很宽,脚上一双白色的帆布球鞋。她的头发很黑,发梢打着许多卷儿,披散在肩膀上。她身上有一种我从来没闻到过的香味。

东子叔见到她既激动又高兴,他拉着她的手向母亲介绍:"这是莫娅,是……我的好朋友。"

母亲一只脚在门外一只脚在门里,愣了半天才说:"哟,这……这是从画里走出来的仙女吧!"

莫娅低头抿着嘴轻轻地笑了一下,她的样子让我想起母亲插在酒瓶里的月季花。

莫娅对母亲说:"嫂子,谢谢你和天明哥照顾东子。"

母亲把莫娅迎进了屋里,我像小狗一样跟在莫娅身后。东子把我抱起来说:"小强,叫阿姨。"

"阿……阿……阿嚏!"我的鼻子被莫娅身上的香味刺得发痒,我的喷嚏引来了母亲的喷嚏声,狗儿猫儿也跟着打起了喷嚏,村子里全是喷嚏声。

有人扒着我家门口往里看,一边抹鼻涕眼泪一边说:"啥女人嘛,真……真……阿嚏……香的。"

只有东子没打喷嚏,他一直在笑,笑得好开心。

那天晚上,蓝色窗帘里传来莫娅似哭似笑的声音。上房里,母亲抱着我坐在炕上,好久好久都没睡觉,我感觉母亲心乱得像院子里月光下的树影。

太阳落山的时候,邻家婆婆来到我家。邻家婆婆的牙都掉完了,她的腰几乎弯成了九十度,眼珠子像她家老猫的眼睛,鹮黄色的。她抬起至少有十几层褶子的眼皮,对母亲说:"做客的男女是不能在主家屋里一起过夜的,这是讲究。再说了,这女人身上有股妖气,会带灾的。"

母亲说:"我们家东子不是客。"

邻家婆婆翻了翻黄眼珠,拄着拐棍悻悻地走了,出门前转过身对母亲说了句:"老人的话要信呢!"

母亲已经为莫娅在自己的炕上铺了新花被子,但莫娅迟迟没有从西屋出来。母亲放下我,焦急地站在上房门口看着西屋。

鸡叫头遍的时候,莫娅才回到上房,上了炕钻进被窝,一直睡到上午十点,才披着一头散发起床,东子已经打好洗脸水等她了。母亲悄悄说:"兄弟,你和莫娅没结婚就在一起,村里人会说闲话的。"

晚上,东子和莫娅在房子里说话。

莫娅说:"抽一根?"

东子说:"戒了。你今晚早点儿回上房。"

莫娅说:"戒了？我看你想连我也戒了。"

说着,她用银色的打火机点燃了夹在纤长手指间的香烟,红色的嘴唇轻轻地抽了一口,淡淡的烟雾从鼻孔嘴角徐徐地溢出来,烟里有一股香味。她抽烟的样子太好看了。父亲也抽烟,从代销店买了香烟,小拇指指甲挑开烟盒口一边的锡纸,手指在没拆的那边嘣嘣地敲,香烟就从烟盒里冒出来。父亲嘴上叼一根,擦根火柴,掬了双手点烟,一边点一边用嘴吧嗒吧嗒地咂,白色的烟雾立即笼罩了他的头脸。那烟雾像点着了潮湿的棉花叶子般,呛得人直流眼泪。

莫娅眼睛一直盯着东子。

"为什么到现在才告诉我你在这儿？"

"我……我……"

"你不就是怕你爸吗？他都下台了,还要防着我。"

"我爸是为了大家好。"

"哼,为了他的面子吧!"

"你……你什么时候走？"

"我他妈……我刚来你就要撵我走？"

"莫娅,你变了。"

"是吗？我都不知道自己变成什么样子了。"

"那个,不要再动了。"

"哼!"

"怎么,你又……"

"我爸没你爸的本事,给你找这么个兔子不拉屎的地儿。"

"听我的,别再动那个了。"

"那你跟我回去。"

"我还没彻底呢。"

"你以为能彻底吗？"

邻家婆婆下午又来过我家，她絮絮叨叨地对母亲说了一大堆。晚上，莫娅和东子在屋里说话的时候，母亲急得像丢了孩子的麻雀，从上房到大门口，又从大门口到上房，经过西屋的时候还会干咳几声。屋里的人好像没听见外面的响动，灯灭了，莫娅好像捂着被子在哭。

东子在鸡叫的时候犯病了，他喊着："嫂子——绳子——莫娅——"

母亲跑进西屋，惊慌得像突然碰到猎狗的兔子，手里拿着父亲给她的绳子剧烈地颤抖着。莫娅脸上没有丝毫惊慌，她拨开母亲，从自己的提包里拿出一个小纸包，迅速打开，把里面的东西倒在锡纸上，打着打火机在下面来回烧。东子像饿极了的猪扎进食槽一样扑上去。

母亲的下巴颤抖着，牙齿咯咯地响，她突然回过神儿来，喊："莫娅，你不能害东子了！"

"我在救他！"莫娅说。

母亲发疯了似的扑过去打掉莫娅手里的东西，绳子飞快地绕在东子的身上。东子像被人抢走了糖果的孩子，哭着骂着。母亲的绳子绑得很结实，我不知道平时温顺得像奶羊一样的母亲从哪里来的那么大劲儿，她把东子捆成粽子样撂在炕角。莫娅也被母亲麻利的动作惊得合不上嘴巴。

父亲回来了，父亲是躺着回来的。他干活的时候从架上摔下来，摔断了腿。邻家婆婆又拄着拐棍来了，她满是皱纹的嘴巴刚要说话，母亲挡了说："婶子你不要说了，你不说我家还不会有事，你一来我家就出事，你一来我家就出事，你看谁家还没出事去谁家吧。"邻家婆婆翻着黄眼珠半天没接上话，橐橐地拄着拐棍出去了，出门前又转过身对母亲说:"老人的话要听呢!"

母亲骑着车子送莫娅去车站,我坐在前梁上,莫娅坐在后座上抱着母亲的肩膀哭了一路。

上车前,莫娅放下包扑在母亲怀里说:"嫂子,我不该来。"

母亲也流着泪说:"好妹子,嫂子知道你是真心对我们家东子好,你们要是还有一份情义的话,你回去就好好过活,等着东子去找你。"

把莫娅送走以后,母亲才解开东子的绳子。接下来,既要照顾虚弱的东子,又要伺候受伤的父亲,做了好吃的还要打发我给邻家婆婆端过去。邻家婆婆用她枯树枝一样的手拉着我说:"娃子,长大了要好好待你妈呢!"我出门的时候,她还不忘叮咛:"老人的话要听呢!"

东子好多天没有出门,整个人瘦得跟干树叶子似的,没一点儿精神。

"叔,莫娅阿姨真坏!"

"不能这样说,她以前是个好女孩。"

"妈妈说她给你喂毒药。"

"都是我害的。"

明明是莫娅要毒东子,为什么东子还说是他害了莫娅?我问躺在炕上的父亲,父亲说:"小孩子,少多嘴!"

东子离开杨家井村是第二年的秋天。

他帮着父亲把地里的庄稼收到院子里。玉米打成粒,棉花装了包,麦种也撒进地里。檐台下面,玉米芯和豆秆摞成整整齐齐的垛子,像他背上四棱见线的背包。

东子宛如一棵白杨树站在秋阳里,他的脸庞,他的臂膀,他整个人都散发着古铜色的光芒。他两手紧贴裤缝,右手举到下巴处又慢慢放下。他紧紧地抓住父亲的手说:"哥……我……不配……"泪花在眼眶里打转转。他又转过身向母亲投来感谢的目光。我挣脱母亲的怀抱,端端正正地站在地上,举起右手,喊:"敬礼!"

父亲拍了拍东子厚实的肩膀说:"像你爸当年的模样了。回去好好干份事业,给自己把脸面挣回来!"

东子紧抿着嘴:"嗯!"

母亲说:"莫娅其实是个好姑娘,你们的事她都给我说了,咱杨家井的娃子得有担当。"

东子说:"谢谢嫂子!"

母亲领着我,父亲推着车子,一直和东子走到大路口。父亲拆了包烟,擦了根火柴,掬着双手点燃烟,摇灭火柴,把烟盒装进上衣口袋,跨上车子上了路。东子背着背包,手提着箱子,快速地跟上车子,轻快地跳上后座,回头朝我们喊:"嫂子,回吧! 小强,再见!"

"妈,东子叔去哪儿了?"

"海城。"

"他还会回来吗?"

"会的。"

"莫娅阿姨会跟他一起来吗?"

"会的。"

"我……我……其实……挺想莫娅阿姨……阿……阿嚏!"

空气中飘来了一股熟悉的香味。

梅 姐

正月初四下了一夜的雪,第二天不但没停,还越下越精神。毛茸茸的雪花密密麻麻地从天上飘落下来,屋顶、墙头、柴垛像盖了厚墩墩的被子、戴上棉乎乎的帽子。大路上,车碾过的槽子冻得硬邦邦,上面又落了浮雪,没办法骑车,我只好步行去东杨村大姑家。

每年初五给姑和姑父拜年已经成了惯例。说是大姑,其实没有一点儿血缘关系。大姑是家里转了好几圈找下的挂搭子亲戚,我在念中学的时候家离学校太远,在她家寄宿了三年。姑和姑父对我很好,后来就一直走动,感情也日益深厚。姑的孩子都在城里工作,近两年家里就剩老两口,我更得去看望他们。

雪下得大,天却不冷。走了七八里路,脸是红的,手是热的,脚底、脊背都出汗了。大姑家熟悉的黑漆木门紧闭着,两边对联写的是:一冬无雪天藏玉;三春有雨地生金。我推门进去,脚地里黑乎乎的,屋里好像没人。

"建强,你来了!"房间厚厚的棉门帘撩开了,出来的人却不是大姑。

"你……梅姐?"我认出了她,脑子里在迅速计算着我们多少年没见过面。一九九〇年,二〇〇四年,十四年了,梅姐没多大变化。细高个儿,清亮的眼睛,白皙的脸庞,上身穿着红色高领毛衣,下身是有点儿小喇叭的裤子,比以前胖了一点儿,身体曲线变得更美了。

"姑早都说你今儿要来呢!"梅姐手里拿着扫炕笤帚,围着我从头到脚拍打着我身上的雪。

"姑不在?"我抬起胳膊,顺从地任她扫雪。

"去秦北县城吃酒席了,昨天去的,姑父也去了。"梅姐拧了热毛巾给我,"本来说今天回来待承你哩,估计昨晚让女子留住了。雪大的,班车也没法走了。"

"梅姐,你脸咋了?"我看到梅姐右脸颊有一个斜十字疤痕,这疤痕刚才被她的短发挡着,在她侧身拍打我身上的雪时,被我看到了。

"呵呵,没啥。你先到炉子跟前烤火,姐给你炒菜做饭,现成的,姑昨天走前准备的。"梅姐拿铁夹子戳旺了炉火,安顿我坐下。

上初中的时候,我起先住的是学校宿舍里的大通铺。冬天到了,学校附近有亲戚的同学都搬走了,宿舍里只剩下几个人。风从窗缝、门缝里钻进来,睡到天明也暖不热被窝。我感冒发烧拉肚子,父母看我被折腾得实在不行,就把我安顿在大姑家。

我住下后发现,大姑家除了自己的两个女子外,还有一个比我大四岁的女子——于梅,她也管大姑叫姑。于梅留着齐耳短发,穿着高领毛衣、军绿裤子、白板鞋,不像一般农村的女子。她坐在小凳子上,瘦瘦的肩膀,脖子柔美洁白,细长的手指正从竹笼里挑出最好的红辣椒,另一只手捏着白线绳子把辣椒把缠住,两脚之间已经编了一截辣椒串子。她抬头看了我一眼,笑了笑,白净的脸上有小小的酒窝。

姑父说:"你叫梅姐哩。"

"梅姐。"我胆怯地叫了一声。

梅姐说:"建强吧? 你好!"她手里的辣椒辫子还没编完,也就没起身,但我从她的声音和神态能感觉到温和与亲近。

梅姐除了给姑照看最小的孩子,还帮着做饭,下地干活。时间长了,我慢慢知道了梅姐的一些事。

梅姐家在北山矿区,以前家庭情况很好,后来父母离婚了,母亲去了大城市。梅姐有个弟弟叫于晓,比我大一岁。离婚后,父亲整日酗酒赌博,根本不管他俩,见了不是打就是骂。姐弟俩后来双双辍学,梅姐在一家饭店帮忙,弟弟跟着矿上一群混混瞎晃悠,闹出了人命,被关进少管所。

梅姐是被杜三皮带到秦北县的。南阳村的杜三皮在社会上游逛,干的不是正当买卖。杜三皮的姐姐杜三花在矿区开了一家小饭店,梅姐就在这家饭店干活。

杜三皮这次到矿区是有图谋的。

杜三花对梅姐和另一个服务员马丽说:"你俩想到西安城里工作不?"

两个十六岁的女孩你看看我,我看看你,不知道胖嘟嘟的老板娘想干啥。

杜三花从水桶似的腰上解下围裙,抹了凳子让她俩坐下,然后压低声音神秘地说:"你俩知道三皮干啥来了?"

"姨,三皮是从西安来的?"梅姐先问道。

"咦啧啧,梅梅就是聪明。"杜三花用肥胖的手指在梅姐尖削的下巴上摸了一把,"三皮是给西安纺织厂招工的。"

杜三皮穿着大花衬衫,捏弄着手指上的大戒指说:"人早都招够了,不要了,我明天就回去了。"

马丽早听说大城市里女孩穿得时髦,急不可耐地说:"哥,你就带我们去西安吧!"

梅姐也想去,她听说妈妈就在西安,于是要跟着一起去。

刚出北山县,杜三皮就把马丽卖给另一个人贩子,又连哄带骗把梅姐带到秦北县。回南阳村的当天晚上,天下着大雨,梅姐再三追问马丽的下落。杜三皮见哄不过,就对梅姐说:"卖了! 你乖乖的,给你在秦北找个好婆家,不听话把你也卖到山里去!"

平时看着瘦弱绵软的梅姐像发疯了一样,连踢带咬,挣脱杜三皮,冒着大雨拼命地跑到一户人家门前拍门呼救,姑和姑父开门救下了梅姐。南阳村和东杨村连畔种地,第二天早上,姑父提了杆土枪撵到南阳村抓杜三皮。杜三皮见事情败露,翻墙逃了。

大姑知道了梅姐的身世,抹着眼泪说:"苦命的娃呀! 等天晴顺了让你叔送你回去吧。"

梅姐死活不回去,她哭着说:"回去也是一个人。我能干活,姨你就留下我吧!"

姑父还是去了一趟北山矿上,梅姐的父亲醉醺醺地说:"爱死哪儿死哪儿去,都他妈死去!"

梅姐最终留下来了,留在了东杨村。为了显得亲近,就改口叫了"姑"和"姑父"。

梅姐干完活,打水洗脸洗手,对着小圆镜子梳头。本来的短发长了点儿,就用小皮筋扎住。

姑赶集回来笑话她扎的小辫子:"像个雀尾巴。"

她俏皮地翻个白眼说:"我爱,我爱,咋了咋了?"

姑说:"歪女子,嘴巴利得很嘛!"说完从口袋里掏出个丝绒头花递给她。

"呀! 姑,你是我亲姑!"梅姐搂着姑跳了又跳。她把头花套在刚扎好的小辫辫上问我:"建强,看姐漂亮不?"

"雀尾巴上套个花花。"我们已经熟悉了,我就跟她开玩笑。

"咦!你个坏蛋,今晚不领你看电影去了。"梅姐戳了一下我的额头。

姑父撑了车子在旁边说:"晚上看电影把手电筒拿上,路上黑。"

学校西边是灌区管理局和家属区，隔一段时间就会放露天电影。放电影的消息往往提前几天就会传到附近村里。

梅姐嘴上说不领，但每次都会带上我去看的。那晚电影名字忘记了，刚一开演，梅姐就说她在矿上看过这片子。影片里有个反面人物练的功是金钟罩铁布衫，怎么都打不死他，正面人物说一定要找到他的气门，打他的气门就能打死他。我问梅姐，这个坏蛋的气门在哪儿？梅姐说你自己看嘛。电影冗长，我又问。梅姐脸好像红了，说在屁股上。电影结束时坏蛋的气门被找到了，但不在屁股上。回来时，我们一路上都没说话。我脑子里闪着坏蛋被捏碎睾丸的镜头，脸红到脖子根儿了，幸亏是晚上，真羞死人了。我偷偷瞅一眼梅姐，她知道我看她，却故意装作没看见，一直顺着手电筒的光朝前走。

我们上学那一阵子特别流行军装。如果谁戴一顶军帽，或者能穿一件军用上衣，能吸引好多同学的眼球，军用皮带更是稀罕物。我偷偷把姑父的军用皮带系到了学校，结果在上厕所的时候，被高年级的学生抢去了。我弄丢了皮带，吓得不敢对大人说，跟丢了魂似的。梅姐知道了，她说："抢皮带的人你认识不？"

我点头。第二天下午，梅姐在学校门口接了我，就在路边等。两个大个子男生反戴着军帽从学校出来，我悄悄指了一下。梅姐走过去说："把抢我弟的皮带拿出来。"

抢皮带的那个大个子先是愣了一下，然后说："你谁呀？谁拿你皮带了……"

"啪！"

我都没看清，梅姐一耳光脆亮地打在大个子的脸上。

"你妈的……"大个子刚要骂，"啪！"梅姐反手又打在他另一边脸上。大个子摸不清来路,但看着梅姐凌厉的眼神,慢慢腾腾从腰里解下皮带,递了过来。梅姐收了皮带,非常娴熟地挽了个当时打群架时用的皮带结,啪啪地在手掌里拍着对大个子说:"姐耍这玩意儿的时候,你还在娘胎里转筋哩。滚!"

我在一旁看得胆战心惊,没想到平时看着娇弱的梅姐竟然有这么狠的一面。她领着我回去时说:"要想不受欺负,自个儿先要硬气。这一点,你不如你晓哥哥。姐最看不起窝囊鬼。"

晓哥哥就是梅姐的亲弟弟于晓,他在矿上拿着一米长的马刀搠倒了几个成年混混,被关进了少管所。他出来后来秦北县找过梅姐,但在农村待不住,又回北山矿区了。

我上初三的时候,梅姐晚上经常回来得很迟。姑和姑父会问她的去向,她笑笑说:"姑,我丢不了。"

天气已经很暖和了,梅姐还围着那条红纱巾。我问她谁送的,她说小娃家不要乱打听。有一天早上,她解下纱巾洗脸,我看见她脖子上有几片紫红的印子,就问:"梅姐,你脖子咋了?"

梅姐匆忙抬起头,红着脸说:"出疹子哩,不要给姑说。"

后来家里人都知道,梅姐谈对象了。

有天晚上,姑父一边铡草一边说:"得到矿上去一趟了。"

姑说:"也是的。毕竟不是咱的女子啊,咱拿不了这事。"

梅姐回来时在门外听到了,她说:"姑,不用去矿上,我十九岁了,能拿得了自己的事,这儿就是我娘家。"

姑父还是悄悄去了趟北山,打听到梅姐的父亲因为失手打伤人被判刑入狱,回来就没敢告诉梅姐。

梅姐谈的对象是灌区管理局的子弟,我见过那个小伙子,瘦瘦的,高个子,长得很帅。他家里托人打听过了,梅姐是商品粮户口,虽说暂时没有工作,但只要嫁过去就能想办法解决到灌区上班。

在梅姐的强烈要求下,姑和姑父诚惶诚恐地当起了娘家人。男方下了聘礼,姑父和姑商量过了,把梅姐当亲女子嫁,日子就定在元旦。

初中毕业后,我考上了中专。上学走的时候,梅姐和姑父来送我,她拍拍我的肩膀说:"阳历年记得回来噢!给姐压箱子,挣手帕吃宴席。"

元旦回家的时候,我去了姑家。屋里冷冷清清,姑父坐在脚地里的板凳上抽烟,姑躺在炕上。炕头摆着厚厚一沓新花被子,红包袱包着新搪瓷脸盆,一对台灯,一对鸳鸯戏水面的红枕头,摆着一些结婚陪嫁的零碎东西。

姑哭得两只眼睛红通通的,眼泡肿得像核桃,姑父脚旁边撂满了烟头。

"商品粮信不过啊!说退婚就退婚,真真拿刀子剜人心哩!"姑声音微弱,已经哭得没有眼泪了。

姑父胡子拉碴,捻灭了烟头说:"要怪只怪杜三皮,这货是梅梅的克星。"

从姑断断续续的话语中我听出来,杜三皮记恨姑父一家,元旦前到灌区管理局放话说于梅在北山是个烂女人,早在三四年前就被他睡过了。帅小伙一家悔婚了,说再不见东杨村任何人。

那一天,梅姐失踪了。直到今天,我才再见到她。

梅姐炒了几个菜端上来,又拧开一瓶酒笑着说:"多少年没见了?算出来了吗?"

"嗯……姐,你咋不言传一声就……"我还没从那个元旦回过神儿来。

"姐这不是好好地回来了吗!"梅姐给我递过筷子,倒了杯酒平静地说,"我把我卖了。"

"啊?"我吃惊地望着她。

男方悔婚后,梅姐去找过,人家死活不见她。东杨村人还等着轿车接新娘,去管理局食堂好好喝一回酒呢,人丢大了啊!梅姐没脸回东杨村,她回了趟北山矿区,又反身到南阳村找到了杜三皮。

杜三皮以为梅姐要找他拼命。梅姐却说:"你干啥勾当我清清楚楚,卖马丽的事不要以为人不知道。要收拾你,我会到派出所告你的。今天来,就是让你搭个线,把我卖了。"

杜三皮一头雾水,不知道梅姐葫芦里装的啥药。

"卖得越远越好,但钱得给我。"梅姐说。

杜三皮说:"于梅,你脑子没问题吧? 你不敢吓我噢。"

梅姐说:"要么你把我卖了,要么我去告你,你自己选。"

杜三皮跟梅姐一路南下到江淮,真的把梅姐卖了八千块钱。梅姐在邮局签了两笔汇款单:秦北县东田乡东杨村李树宽四千元(一千元给建强上学),北山县矿务局家属区于晓三千元。剩下的一千元,梅姐给了杜三皮说:"这钱是让你闭嘴的。"

我拿筷子的手不停地抖:"杜三皮和他姐是人贩子,已经坐牢了。姑父好几次去江淮找过你,没找到啊。"

"呵呵! 我不想被人找到,跑十趟也白搭。"梅姐笑着说,"吃啊,多少年前的事了,早过去了。来,姐只能陪你喝一杯,三儿还要吃奶哩。"

我这时才发现,炕上被窝里熟睡着一个小孩,白嫩的小脸,细长的眼线,上嘴唇有粉色的奶泡。好像听见妈妈招呼他了,攥着纤嫩的小拳头,两腿开始蹬被子,脸憋红了,要哭。

梅姐起身跪在炕边,俯下身子亲了一口孩子,麻利地换了尿布,抱起来说:"这是个儿子,前面两个女子。计划生育罚得太厉害了,姐避难来了。"

"噢,真乖啊!"我看见小家伙睁开眼看我,正要伸手抱,他却哇哇地哭起来。

梅姐侧身撩起毛衣,小家伙噙着奶安静地咂起来。梅姐轻轻拍着,低头看着孩子笑,笑得很亲,很甜蜜。可能是喝了杯酒的缘故,她右边脸上那个斜十字疤痕变得猩红。

"梅姐,你的脸?"我忍不住又问。

"你姐夫划的。"她说得很随意,"花钱买的媳妇,怕跑了啊,呵呵。"

我心里一阵疼痛,说:"你不恨吗?"

"恨谁?恨不起来,我们现在过得很好。"梅姐眼睛一直看着怀里的孩子,"儿子啊,我们过得多好啊!叫舅舅。这是你二舅,大舅在矿上挣钱呢。"

孩子哪能听懂啊,看到梅姐笑,他也笑,奶水从嘴角溢出来。

"梅姐……"我有点儿哽咽。

梅姐抬起头,眼里亮晶晶地闪,含着笑说:"一家人在一起,就好。你两个侄女学习都好,跟你以前一样。"

快中午了,姑和姑父还没回来。

吃完饭,我推门出去,踩着厚厚的雪离开。雪停了,天上的云变薄了。我泪流满面,不回头地走,朝身后摇了摇手,我知道梅姐抱着孩子站在门口送我。

大路上的雪消了一些,混着泥巴,粘在鞋底上,我的步子变得越来越重。太阳偶尔露出云层,发出惨白的光。

玩磁铁的男孩

西瓜快开园了,主人看得正紧。

杨铁蛋一队人马顺着瓜地沟往里溜的时候,当空一声断喝,一杆火铳出现在头顶。这可是真家伙哩,黑乎乎的枪管,油红的枣木枪托。看瓜的脸上露着让铁蛋心里极虚的笑,他喝道:"哒,找死啊!"

铁蛋趴在地上,抬起头说:"叔,叔,我……我拔草哩。"说完,手开始拽地垄上的杂草。

"叔,叔,拔草哩,拔草哩。"其他人也都应和着,伸手拽杂草。

看瓜的道:"趴着! 你们这群老鼠崽儿,瓜没熟的时候就来糟蹋过。咋,想溜啊?"

见无法脱身,铁蛋扭头指着李小沫说:"他,是他让我们偷的,他是军师。"

看瓜的说:"狗屎,还有军师哩! 排成一行,往瓜棚那儿爬!"

正午,太阳成了一个刺眼的小光圈,烤得土地滚烫,铁蛋、小沫和一群刚打完仗的小卒子撅着屁股在地上爬。看瓜的提着火铳跟在后面,像赶着一溜爬行在热锅沿上的蚂蚁。

"不是想吃瓜吗,来来来,吃! 连皮吃,连籽吃,连蔓吃,不准吐。"看瓜的从瓜棚旁边扯了几个死蔓瓜扔在他们面前。

铁蛋几个乖乖地蹲在地上啃西瓜,绿皮、白瓤、黑籽、瓜蔓、瓜把儿、瓜叶子都得往嘴里塞,直吃得他们龇牙咧嘴瞪着眼。

正吃着,李小沫突然口吐白沫,瘫软在地上。看瓜的急了,赶紧掐人中,扇扇子,灌喝的,终于把小沫弄醒了。

"避! 都避! 再敢来偷瓜,小心火铳不认人。"

铁蛋扶着小沫刚出瓜园,小沫用袖子擦了嘴上的白沫说:"没事,看我刚才装得像不像?"

铁蛋愕然看着小沫说:"你……你是装的吗? 呀,你真的可以当咱们的军师了。"

再玩打仗游戏的时候,小沫真的成了铁蛋的军师。铁蛋站在土台上,一手叉腰,一手举着木头枪,嘴里喊着:"冲啊——冲啊——"俨然一个久经沙场的将军。有了军师的调遣指拨,铁蛋一方很快就赢了。

铁蛋觉得不过瘾,他对小沫说:"还是跟原来一样,我带一队,你另带一队,咋样?"

以前打仗的时候,铁蛋的队伍里都是大一点儿的孩子,小的和脑袋不灵光的都分给了李小沫。李小沫是个很有头脑的头领,带着一帮小兵和铁蛋的队伍迂回周旋,一开始并不落下风,但终是弱不敌强,被铁蛋打败。

这次小沫提了条件:"人得由我分。"

于是,年龄身高相仿的两两猜石头剪子布,分出势均力敌的两组人,铁蛋和小沫各带一队。

战斗空前激烈,铁蛋让对方死(装死),对方撑得很硬,就是不倒地;铁蛋让对方投降,他们就是不投降。眼看着战局朝着不利的方向发展,铁蛋心里嘀咕:再这样下去我非被李小沫俘虏了不可。不行,得当机立断。他突然跳上土台喊:"不要了,没意思,都回家吃饭!"

"离吃饭还早着呢!"

"离吃饭还早着呢!"

"不饿。"

"饱得很。"

铁蛋恼了,脸色铁青,他没有说话,嗵地跳下土台子,像村主任宣布散会一样拍了拍身前身后的土,离开了战场。

小沫说:"咱继续耍。"

其他人说:"不耍了,铁蛋哥说没意思就没意思。回家吃饭喽——"

一群人作鸟兽散。

嘴上说回家,他们又悄悄从不同方向聚在了铁蛋后面。铁蛋还是没说话,继续若无其事地走。

"他李小沫神气啥嘛!"

"不就是会装死嘛!"

"狗头军师!"

"给个鸡毛当扫帚呢!"

听着身后一群兵卒骂小沫,铁蛋的脸色明显比刚才好多了。

小沫被孤立了。

铁蛋不再组织打仗游戏。他和一帮跟屁虫跑马城,揉泥蛋儿,下排水渠逮青蛙,拿着长竿子套知了,都不会叫李小沫参加。

铁蛋玩弹球,小沫蹲在旁边看,铁蛋不理他,把他当成了空气。其他人都很专心地玩,也不同小沫说话。

小沫说:"铁蛋,玩弹球没意思,咱玩打仗吧,人由你挑,我可以死,你看,你看……"说着说着,他像中枪了一样稀软地倒在地上。

"没意思咯。"铁蛋继续打弹球。

"就是的,死来死去有啥意思嘛。"有人附和着。

几个年龄小的没资格玩弹球,蹲在旁边看。小沫对他们说:"人家又不叫你们玩弹球,咱玩打仗吧?"

· 40 ·

小的不敢动弹,悄悄抬眼看一下铁蛋。

铁蛋说:"有人叫打仗哩,去嘛,去嘛。"

小的说:"没意思咯,谁爱玩打仗嘛。"

小沫见连小的都叫不动了,只好悻悻地回家。

小沫一走,铁蛋收拾了弹球说:"打仗!"

大家像一锅憋足了气的爆米花,嘭地一下炸开了。

"好,打仗!"

"好,打仗!"

喊声像一根根锥子扎进小沫耳朵里。

嘟嘟嘟……

嗒嗒嗒……

交火声比平时大了好几倍。

"杀啊——"

"冲啊——"

冲杀声震得猪蹦出了圈,鸡飞上了房,驴在槽头昂起脖儿叫,狗也加入战斗队伍中,跟着各自的主人跑着,叫着。

小沫陷入了无尽的孤独。

打破李小沫孤独的是在城里上班的舅舅捎回来的一块吸铁石。

"只要是铁都能吸住?我叫铁蛋咋吸不住?"铁蛋用头往小沫手里的吸铁石上蹭。虽然吸铁石没有吸住他的头,但他知道,自己确实被小沫手里这块黑石头吸住了。不但他被吸住了,平时跟在他后面的一群小卒卒也被这个神奇的玩意儿吸了过去。

小沫专心地拿着吸铁石在沙子堆里来回滚,黑色的铁砂像听话的孩子般无比兴奋地站在吸铁石上。小沫很仔细地把铁砂捋下来,放在雪白的道林纸上。这时候的李小沫,就像玩弹球时的铁蛋一样,把铁蛋当成了空气。

　　铁蛋说:"烂石头有啥好玩的,咱还是玩打仗吧!"
　　没人跟他去,都不抬头,都静静地看小沫吸铁砂。
　　铁蛋照着一个屁股踢了一脚:"走不走?"
　　挨踢的不抬头。
　　铁蛋再踢一脚。
　　挨踢的还是不抬头,紧抿着嘴,眼泪在眼眶里打转转。
　　再踢。
　　哇——哭声震得小沫打了个激灵,把纸上的黑砂弄掉了。
　　小沫说:"哭啥嘛,男子汉流血不流泪。"
　　挨踢的憋住了,任铁蛋再踢也不哭。
　　"喂不熟的狗,以后再不跟你们玩了。"铁蛋走了。
　　小沫把道林纸交给挨踢的说:"真勇敢,这个最重要的任务交给你,我放心。"
　　交代完重要任务,他又对旁边的说:"我舅舅说了,这不是石头,叫磁铁。"
　　"啊,磁铁啊?"
　　看着大家夸张的表情,小沫心里升起前所未有的自豪感。他觉得刚才铁蛋的参与让游戏变得更有意思了。为了显示自己比铁蛋大度,他让每个人都体验了一下从沙子堆里吸黑砂的美妙感觉。
　　小沫心里舒坦啊!他来了兴致,给大家表演了磁铁游戏最精彩的节目——黑砂跳舞。他把黑砂放在道林纸上,让两个人拽着四个角,用磁铁在纸下面来回动,本来无精打采的黑砂变得像一队训练有素的士兵,随着磁铁在纸上左冲右突。当然了,小沫是无比大度的,他还亲自拽着纸让每个人都掌握了指挥黑砂军团的本事。

铁蛋回到家里捣鼓收音机,被父亲狠狠地揍了一顿。

铁蛋说:"我要吸铁石。"

父亲说:"要你妈的腿!"

铁蛋说:"小沫有吸铁石。"

父亲说:"姓李的?"

铁蛋说:"老师说,收音机里有吸铁石。"

父亲说:"妈的,你不早说。"

父亲把收音机砸了,还给门口拉了一大堆沙子。

铁蛋坐在高高的沙堆上一边吸铁砂,一边对那群小卒卒说:"我爸说了,只要跟我要,管饭!"

小沫舅舅用鼻子哼了一声。接下来,杨家井村发生了稀奇的事情。

村道里,小沫拉着一条铁链子,铁链子后面绑着一块极大的磁铁,像拴了一只黑笨的狗。

小沫和"黑狗"在村里走,女人们做活的顶针、剪刀,挂在墙上的镰刀,靠在门口的铁锹,一股脑儿被吸了过来。"黑狗"越来越壮实,小沫开始是牵着的,接着把铁链缠在手臂上拉,后来转过身倒退着拽,到最后把铁链子扛在肩上像牛犁地一样地拉。

哐啷,哐啷啷。

哐啷,哐啷啷。

小沫头上出汗了,胳膊和肩膀上勒出了深深的红印。

经过铁蛋家门口的时候，铁蛋父亲正蹲在门口吃面，手里的搪瓷饭碗被吸得忽闪忽闪地摇。坐在沙堆上玩磁铁的铁蛋刚扭头一看的工夫，手里的磁铁嗖的一声飞了，被吸在小沫身后的黑疙瘩上面。

铁蛋惊得目瞪口呆。他很快就反应过来，像一只被烫了屁股的猴子，嗖地蹿过去抠自己的磁铁。

这时候，村里的男人们追过来踏着小沫的"黑狗"拽回了镰刀、铁锨，女人们惊叫着拔下顶针、剪刀……

小沫黑红的脸上淌着汗水，一溜儿小太阳随着汗水滚落。"黑狗"身上只剩下铁蛋的磁铁了，任他怎么抠都抠不下来。小沫笑了，浑身乱颤，笑声碎了一地。

啪！

铁蛋打了小沫一巴掌，拽起铁链子把连在一起的两块磁铁扔进了门前的井里。小沫愣住了，泪花在眼里打转转。

铁蛋父亲对儿子竖了竖大拇指，仰起脖子喝完最后一口面汤，转身进了家门。

"凭什么扔？"

"我扔我的。"

"还有我的！"

"我只扔了我的。"

"我吸住你的了，我的大。"

"大能咋？啊……"

小沫一把挝在铁蛋脸上，像疯了一样抠住铁蛋的鼻子。铁蛋一下子掐住小沫的脖子。小沫身体单薄，根本不是铁蛋的对手，但小沫发疯了，疯了的人会爆发出超过平时几倍甚至几十倍的力气。两个人一直撕打着，一会儿互相飞踹，一会儿在土窝里打滚儿。铁蛋的拳头很硬，发狠地砸在小沫鼻子上，血唰地下来了。

村里人喊小沫母亲的时候,她正在门口纳鞋。听说儿子被人打流血了,这个胖女人如母老虎般扑了过去,一锥子扎在铁蛋屁股上。

　　铁蛋像挨了刀子的黑猪,嗷一声撒开手,捂着屁股一蹦一跳地哭着跑回了家。

　　铁蛋父亲领着铁蛋找到小沫家,他对小沫父亲说:"是这,摆个场子让俩娃再弄一场,生死由命,弄成啥样子我都认了。"

　　小沫父亲说:"小娃们耍哩。"

　　"铁蛋受伤了。"

　　"小沫也受伤了。"

　　"铁蛋的伤不一样。"

　　"吸铁石不要了。"

　　"吸铁石算啥嘛。"

　　"娃娃们打架,过两天就好了。"

　　"我没说娃。"

　　"我给铁蛋赔不是。"

　　"跟你没关系。"

　　"那你说咋办?"

　　"让铁蛋在你老婆屁股上扎一锥子。"

　　小沫母亲哇地哭了:"欺负人啊,欺负外姓人啊！我嫁给你姓李的受人欺负啊……"

　　母亲跑了,小沫去追。

　　"跑了?跑了和尚跑不了庙。铁蛋,我跟你叔在门口下盘棋,你到家里找找,看戳你的锥子在哪儿。"

　　铁蛋父亲拿石头在门口画框框,对小沫父亲说:"咱老弟兄俩来几局'狼吃娃'。"

小沫父亲赔着笑说："一辈子没赢过你咯。"

铁蛋父亲给画好的棋盘上摆了三个石子,说:"少吧吧儿,老规矩,你当'娃'。"

铁蛋进了小沫家院子,一脚把鸡窝门踢开了,几只老母鸡吓得翅膀拖着地在院子里乱窜。

"爸,鸡窝没有么。"

"继续寻。"

铁蛋进了灶房,提起锅盖摔在地上,把案上的碟子、碗扒拉得满地乱滚。小沫的书包被甩出院子,本子和笔散落一地。

铁蛋上到炕上,把被子、单子、褥子拉到地上,最后在小沫母亲做活的针线笸箩里翻出了锥子。

"爸,寻见了。"

铁蛋父亲拿起锥子让小沫父亲看:"啧啧,锥子尖尖都成了黑的了。这婆娘,哎呀呀,你看这攮进去多深! 这婆娘,不得了。"

"爸,我尿呀。"

"尿嘛,在咱家你还不是想尿哪儿就尿哪儿。"

铁蛋抹下裤子站在院子中间转着圈尿。

"慢些慢些,不敢尿到你叔脸上了。"

铁蛋打了个激灵,真尿到小沫父亲身上了。

"你这瞎东西,咋不懂规矩么。"

"我没摄住。"

"尿完了?"

"还想尿,尿不出来了。"

"哎呀呀,这一锥子扎得,怕是失禁了。这婆娘,不得了。"

小沫父亲自始至终没吭声,圪蹴在门道里抽烟。

铁蛋折腾够了,他父亲说:"锥子我先拿回去,小沫妈回来了,让她到我屋里来取。"

小沫父亲嗫嚅道:"锥子⋯⋯咱⋯⋯不要了。"

铁蛋父亲站起身,把棋盘上代表"娃"的土疙瘩一个一个地踩碎了,说:"哎咦!不要不行,都有儿子嘛。"

第二天早上,小沫母亲从娘家回来了。看着家里像被狼扒了一样,破口大骂:"羞先人哩,叫人辱没成这样子。他不是要扎屁股吗?我这就去让他扎。"

"你不会在娘家躲几天?"

"躲个屁!我忍够了!"

"惹不起,咱低一低头嘛。"

"头都塞到裤裆了!他欺负人欺负惯了,生个坏种还要欺负我娃,老娘不忍了!"

小沫母亲一路骂着朝铁蛋家走去。骂声像小沫拉的那块磁铁一样把在屋里做活的妇女都吸引到门外,跟着胖女人穿巷过道。小沫母亲进了铁蛋家院子,身后的妇女们三三两两聚在门外,纳鞋底,聊天儿,时不时把针在头发里篦一下,支了耳朵听门里面的动静。

小沫母亲站在铁蛋家院子里喊:"姓杨的,有种你来扎呀!"

铁蛋父亲撩起门帘刚要出来,小沫母亲就把裤子褪到了脚腕子上。

"哎呀呀,你这婆娘。"铁蛋父亲一边用手遮住眼,一边退回屋里,"赶紧⋯⋯赶紧把裤子提起来。"

"欺负人啊——老天爷啊——你睁个眼看一下啊——可怜穷人受欺负咧——可怜我的娃啊——"

小沫母亲扑通一下坐在地上,带着哭腔唱起来,腔调儿抑扬顿挫,时而婉转如莺穿杨柳,时而高昂似瀑落石潭,就像死了亲人哭丧一样。铁蛋父亲碍于她没穿裤子,没办法靠近,只能站在里屋劝说。

小沫母亲低一声高一声地哭唱,眼泪鼻涕抹得满脸满身,弄得铁蛋家真的跟过丧事一样。外面的妇女探头往里面瞧,也没人敢进来劝阻,只是小声议论着:"麻丝儿缠住鸡爪爪了。"

"歪人碰上黏婆娘了。"

"这一回把姓杨的吵叨得够呛。"

……

"你妈的!"铁蛋父亲终于忍不住了,掀开门帘出来,啪啪给了胖女人俩耳光。

女人愣了一下,像受伤的母兽般哀号,满地撒泼打滚儿。片刻间,杨家院子里乌烟瘴气。

铁蛋父亲不管不顾了,抓着女人的头发就往门外拽。女人如死猪般在地上磨蹭,男人如屠夫般狰狞。

啊——胖女人突然瘫软在地上,口吐白沫,不断抽搐。

铁蛋父亲吓了一跳。

铁蛋从屋里冲出来指着女人说:"装哩,装哩。"

"滚回去!"父亲把铁蛋骂回屋里,招呼门外面几个妇女进来,掐人中的掐人中,穿裤子的穿裤子,灌温水的灌温水,把胖女人抬上手推车送回小沫家。

小沫母亲躺在炕上不吃不喝,小沫父亲靠着炕沿蹲在地上。

"人丢大了。"

"……"

"叫你忍忍。"

"……"

"你说句话些。"

"我想死。"

"你……"

小沫舅舅领了一帮人到了杨家井村口,这些人胳膊上文着缠在剑上吐芯子的蛇,脸上都和塘泥一样,青色儿。他们说要卸了铁蛋父亲的胳膊腿。

铁蛋父亲弟兄五个,还有本家几个年龄大的侄子,手里都抄了铁锹、铁叉、锄头立在村道中间。铁蛋父亲说,让外村人竖着进来横着出去。

太阳挂在村西树梢上,血红血红的。

村民们都关上门躲在屋里。

杨家井村从没有过的寂静。

小沫父亲跪在两帮人中间像鸡鹐食似的磕头,嘴里叨叨着:"停手吧,不敢打起来! 停手吧,我给你们磕头了!"他额头磕出了血包,像落进林子里的太阳,血红血红的。

外村人最终没有进村。小沫舅舅说:"我姐瞎了眼,嫁给你这么个软软头。给你弄事哩,你不撑蹄!"

小沫母亲没有寻死,她收拾了行李,引着小沫走了。

小沫父亲以为老婆在娘家熬几天自己就回来了。以前,老婆赌气回娘家,他就领着小沫去叫。老婆不理他,他给小沫使个眼色,小沫哇哇地哭:"妈,饿,饿得很。"女人心软,抱起娃就回家了。

这一次,老婆熬娘家的时间有点儿长,小沫父亲心里不踏实。他到丈人家门口喊:"小沫,小沫。"

小沫刚想往出跑,被外婆拽了进去,大门哐地关了。

没办法,他又去找小沫舅舅。

"我姐跟你没关系了。"

"兄弟,你跟姐夫说笑哩。"

"谁是你兄弟?赶紧走!"

"小沫哩?还有小沫哩。"

"小沫已经转学了,也跟你没关系了。"

"两张嘴哩。"

"我姐打工挣钱去了。"

晚上十点多了,铁蛋还没回家。

铁蛋母亲打着手电出门去找,铁蛋父亲说:"男娃嘛,叫逛去,野够了自己就回来了。"

小沫父亲来了。这么多年,他很少来杨家,即使来说事,也是靠着门框蹲在门口说。

狗咬得很凶,小沫父亲给扔了一块东西。狗嗷呜一口吞掉,不再叫唤。

他对铁蛋父亲说:"下一盘棋么。"

"不下。"

"老规矩,你当'狼',我当'娃'。"

"避避避!"

"我老婆不回来了。"

"跟我有啥关系?"

"你老婆寻娃哩。"

"你……你……把铁蛋咋了?"

"先下棋。"

小沫父亲在地上画了棋盘,摆好三枚代表狼的石子和十五个代表娃的土疙瘩,拍了拍手说:"'狼动弹,娃叫唤',你先走棋。"

　　铁蛋父亲很不情愿地蹲下身子,开始走棋。

　　一会儿工夫,棋盘上一只"狼"被"娃"围死了。铁蛋父亲头上直冒汗。

　　"你见我家铁蛋了?"

　　"上一回村里分地,你拿旱地换我水浇地了。"

　　"我问你话哩!"

　　"下棋。"

　　棋盘上剩下的两头"狼"左突右冲,吃掉了几个"娃",但很快又有一头被围死了。

　　小沫父亲取掉被围死的"狼",说:"你家这房盖了有七八年吧?"

　　"你把铁蛋弄哪儿去了?"

　　"房盖了成把月,我放下屋里的活帮了你三十多天。"

　　"你的情分我记着哩。"

　　"你说盖完房给我申请一院宽庄子,间半厦子房我住了半辈子了。"

　　"明天,明天我就给乡上说。"

　　"下棋,下棋。"

　　棋盘上最后一头"狼"也被困死了。

　　小沫父亲脸上流着两行泪,鼻涕也出来了,他捏起那个代表狼的石子看着铁蛋父亲说:"你一辈子没当过'娃',不知道'娃'的难处。'娃'是土命,每走一步都得小心着,一不留神就被'狼'算计了。老规矩定下的,得往前走么,不走咋弄? 不过,'狼'也有被'娃'憋死的时候。"说完狠狠地把石子扔到院子里。

"铁蛋在哪儿?"

小沫父亲没接话,双手抹了一把脸,起身往出走。铁蛋父亲一把拉住他。

"铁蛋在哪儿?!"

铁蛋父亲掐住小沫父亲的脖子。小沫父亲被顶在门框上,憋红了脸。

"在哪儿?!"

小沫父亲脸上没有丝毫恐惧,露出轻蔑的笑,眼睛里透出阵阵凉气。

铁蛋父亲被凉气瘆到了,心里一阵发慌。他松开手说:"兄弟,娃娃们的事情,不要弄大了。"

小沫父亲捂着脖子干咳了几声,说:"走。"

两人一前一后往出走。走到井边的时候,小沫父亲嗵地跳了下去。

村人从井里捞上来两具尸体——小沫父亲和铁蛋。铁蛋裤裆里缺了一件东西。

铁蛋家过丧事的时候,村里人看见小沫父亲画在地上的棋盘。棋盘横竖总共十根线,每条线都画得很深,像刀子刻的。本该摆在棋盘上的三个石子没了,只剩下十来个歪歪扭扭的土疙瘩。

囚　鹰

咕咕爷坟前有两棵松树。

松树枝丫交错,松针茂密,一层一层展开像老鹰的翅膀。松针落在地上,踩上去软绵绵的,还有些落在新叶上,给翅膀缀了毛茸茸的金边。白色的、灰色的鸽子在天空中骄傲地飞,一圈儿,一圈儿,丈量着自己的领地,鸽哨呜呜地响,蓝天颤动,金黄的松针簌簌地落。

咕咕爷大名叫崔大河,爱养鸽子。村里不管年龄大小都把崔大河叫"咕咕爷",管他老婆杨青梅叫"咕咕婆"。

杨青梅年轻时候是村里出了名的俊俏姑娘,十里方圆的小伙子成群结队地跑来瞧她。瞧得多了,少不了说些不入耳的话。崔大河跟杨青梅同村,听见这些人说杨青梅的坏话,拿了铁叉站在路口骂:"说啥哩? 再说小心尻子上多几个窟窿!"

杨青梅说:"崔大河,你嚷嚷啥? 盐里有你还是醋里有你?"说完,指头轻轻拨开叉把儿,瞪了他一眼,故意挺了挺胸,甩一把辫子,跟他擦肩而过。崔大河被辫梢扫了一下,鼻子里痒痒的,酥酥的,空气里飘过一丝混合着汗味的香气。他看着杨青梅高耸的胸脯和粗布大裆裤下若隐若现的屁股,咕噜一声,咽了一口唾沫。

崔大河跟别的小伙子一样,也喜欢看杨青梅。杨青梅家的后院墙有一人高,两堵土墙接茬儿处露了个豁口,刚好能搁下一个头。崔大河从豁口探出脑袋的时候,青梅长长的头发洗过了,在头顶挽了个松散的髻。天气闷热,她又从瓮里舀了清水,蹲着身子用毛巾擦洗胳膊和后背,白粗布小衫儿下面一截白嫩的腰身忽隐忽现。崔大河眼睛泛花,喉咙里像着了火。平日里他只是偷偷看一看,根本不敢到青梅跟前去撩挑。一来青梅对他待理不理,二来青梅的父亲杨黑颡太厉害了,经常虎着黑脸,眼睛里带着刀子,一嗓子能把树上的麻雀震下来。崔大河天不怕地不怕的人,见了杨黑颡也很怵火。

鬼知道今天怎么了,青梅身上那股香味直往崔大河心眼里钻,现在又糅杂了一丝皂荚的清香。香味逗起了崔大河内心里一股邪劲儿,他从豁口跳进院子,胸口突突直跳,但身子轻得像猫一样,落地的时候竟没有声音。他踮着脚轻轻接近,猛地从身后搂住了青梅,嘴巴胡乱在那细白的脖颈上亲吻。

"啊——"青梅猝然被人从后面搂住胸脯,惊得往屋里逃。刺啦一声,小白衫儿被撕开了,胸前两只白鸽忽地飞了出来,她回手给了来人一耳光,哐当关了门躲进屋里。崔大河惊呆了,树桩子一样戳在院子里,仿佛掉进了梦境。咔嚓一声闷雷,他从梦里惊醒,像被砸了一砖头的野狗,仓皇地从豁口逃了出去。

"崔大河动你哪儿了? 得手了没有?"杨黑颡回家了,他提着被撕烂的小白衫儿,黑着脸问。儿子们站在父亲身后,像几尊怒气冲冲的黑金刚。

"得啥手嘛。"青梅刚哭过,脸上的眼泪还没干。

"×了没有?"杨黑颡是队长,队长开会的时候嘴里经常蹦脏字。青梅哇哇大哭起来,她想用哭声掩饰内心的羞怯和不安,眼泪又迸出来,像门外凌乱的雨滴。

"反了他,敢在太岁头上动土!"杨黑颡怒了,抄起顶门杠子往出走,出去的时候把门摔得哐一声,门闩叮当叮当响了半天。

崔大河躺在雨地里，一条腿几乎被杨黑颡手里的杠子砸折了，青梅几个哥哥差点儿没把他撕着吃了。

"大，把这货咋办?"儿子问。

"呸!"杨黑颡脸色铁青，浑身发抖，咳了一口浓痰，唾在崔大河脸上说，"能咋办? 回!"

屋漏偏逢连夜雨，适逢"严打"，有好事者向上面告发，崔大河被公安扭走了，判了流氓罪。

杨黑颡也被批评不该滥用私刑，这是他万没有想到的。让他更加坐立难安的是，杨青梅被崔大河耍流氓的事，就像她俊美的名声一样传遍了四里八乡。

崔大河到戈壁滩劳改不久，杨黑颡就蹬腿归西了。村里人说杨黑颡是被气死的，谁家摊上这事心里能过去? 何况是一辈子在人面前弄事的人。媒人跑了好多人家，青梅也没能嫁出去。哥哥嫂子碍于村人的口舌，推说家里食粮短缺，托个熟人把青梅送到西京一家叫"春又生"的羊肉馆做工去了。

羊肉馆的掌柜姓马，也是厨子兼屠夫。他壮得像一只熊，整天光着膀子，齐胸系一条脏分分的长围裙，手背上长满黑毛。青梅坐在厨间，扑腾扑腾地拉着大风箱，辫梢儿在饱满的胸前晃来晃去。厨子切肉的时候差点儿切了指头，暗骂道:"小骚货!"

厨子宰羊，刀子从羊脖子贯穿下去。青梅冷着脸，端着盆在下面接，鲜红的羊血汩汩地流进盆里。羊蹄子猛烈地蹬了一阵，不动了，任厨子长着黑毛的手在身上游走。青梅想起头天晚上，她像这只羊一样被厨子按在床上。她低声地呼喊，激烈地挣扎，厨子犍牛一样的身躯压得她喘不过气,一阵灼热像刀子一样进入身体,撕裂般疼痛。她心头泛起一股血腥,直冲向脑袋,泪水从眼睛里溢出来。

看着羊的眼神从绝望到漠然,青梅冷冷地笑了一声。

"你笑啥,不害怕?"厨子一边咚咚地捶着羊身子,一边剥羊皮。

青梅摇摇头,笑:"我想学宰羊。"

厨子看了青梅一眼,说:"哈,哈哈……行。"

宰羊,刀子要快。青梅起得早,在院子里磨刀,磨得霍霍响。厨子光着一只脚在后厨里来回寻,边寻边骂:"鞋哩? 我鞋哩? 鞋跑到胯子上去了?"

小伙计们吓得不敢吭气。青梅噙着辫梢磨刀,一声不吭。她知道,厨子的新胶鞋正混在羊肉锅里煮。厨子走过来问:"有你这么磨刀的吗? 卷刃了! 见我鞋没有?"

青梅拿起刀子,刀刃上泛着青光,她盯着刀子,唾掉辫梢说:"没见。"

厨子没言语,从墙根跐了一只旧鞋进了前厅,从柜台上抓起大茶缸,泡了一把黑叶子,端起来边吹边品咂。

来吃羊肉的是熟客,进了店伸着脖子一个劲儿朝后厨里瞅。厨子知道他在瞅青梅,笑着招呼:"赶紧坐,赶紧坐,胡看啥哩!"

"看你缸子里泡的啥。"食客目光从后厨收回来,落到厨子手上。

同来的客人说:"大厨喝的那是补药。"

瞅青梅的故意问:"啥补药?"

后面的压低声音说:"淫羊藿……"

"哈哈哈……"

晚上,厨子挑着一只面目全非的胶鞋在青梅眼前晃着问:"你干的? 你个破鞋,没人要的东西,我管你吃管你睡教你手艺,你敢在背后日弄我!"

青梅再一次被摁在床上,厨子这次是要掏了她的内脏,她觉得五脏移位,差点儿昏厥过去。她想起了羊,被摁在条凳上扳住脖子等着放血的羊。厨子下手狠,羊很痛苦,掏内脏的时候,丢在一边的羊头在流眼泪。她宰羊不像厨子,她的刀子磨得无比锋利,下刀时像风一样轻,羊像晕了一样,鲜血流尽,幸福地闭上眼睛,没有丝毫挣扎。

刀子就在褥子底下,她把刀子攥到手里了,手有点儿抖。现在面对的不是羊,是一只熊,一只血脉偾张力大无穷的黑熊。毕竟宰的羊多了,她很快冷静下来,刀子开始在厨子背上行走。厨子感到后背上凉凉的,像指甲划过一道。他知道,女人是用来征服的,这个女人已经成了他圈里的小绵羊。他猛烈地冲撞着,要让这只羊儿彻彻底底地驯服。

第二刀不再像刚才那么轻柔,青梅听到了皮肉翻开的声音。血,混着汗滴在她的胸前,汇聚,流过锁骨窝,顺着肩膀淌下去,洇湿了床单,脊背慢慢变得黏糊糊的,鼻腔里充斥着羊膻气、汗臭、血的腥味。

一声闷哼,厨子瘫在她身上。

她推开厨子,从床上下来,像一只从母羊肚子里滑出来的羊崽儿。擦洗完身子,穿上衣服,她抓起早已准备好的包袱,敲了敲其他伙计的房门,离开了"春又生"。

厨子流了那么多血,竟然没死,养好伤以后继续杀羊卖肉,不再露光膀子,原因是后背上多了一粗一细两道蚯蚓一样隆起的长疤。他没有寻青梅闹事,他知道,青梅刀下留情了。

回到东田乡,杨青梅没回家,直接进了街上卖牛羊肉的北店子。宰了一只羊,剥掉皮,剔完肉,放下刀,青梅对店主说:"给一口饭吃吧。"看着她娴熟的刀功,店主合不上下巴。

没多久,青梅成了闻名乡里的女厨子。除了锅灶上的手艺,她还学会了抽旱烟、抹牌。白天宰羊、剔骨、炖肉、调汤,晚上在昏黄的灯下,跟一群男人抹麻雀牌。她的脸庞依然俊美,但多了一分冰冷。有了刀子,更没人敢在她跟前撩挑。

　　崔大河从戈壁回来,喂头牯,吆车,鞭子打得贼刁,套一挂马车,给街上的店铺盘货。

　　东田乡成了东田公社,收了店铺,成立供销社。崔大河凭着一条鞭子,成了供销社的专用车夫。北店子也变成国营食堂,还卖牛羊肉泡馍。

　　崔大河隔三岔五往北店子跑,吃一碗泡馍,眼睛盯着杨青梅看。杨青梅说:"咋,戈壁滩没待够?"崔大河说:"没吃上羊肉落了一身膻,得补回来。"

　　杨青梅说:"眼往哪儿瞅呢!"

　　崔大河说:"瞅你哩,我想娶你。"

　　杨青梅说:"哟,本事长了,胆儿也长了。"

　　崔大河说:"不敢不敢,你大厉害,你比你大还厉害,拿刀子戳哩!"

　　杨青梅捏了一撮肉撂进崔大河碗里,脸凑近了说:"吓死你小子!"

　　崔大河盯着杨青梅的眼睛说:"我是被吓大的。"

　　"哈哈哈……"杨青梅笑了,她捂着胸口,有点儿心疼。

　　崔大河端起老碗喝完最后一口汤,说:"敢不敢去西京?"

　　"西京?"

　　"我明天去西京拉棉籽。"

　　"有啥不敢?"

　　"走!"

　　"走!"

马车进了西京。

装好棉籽，崔大河要看看"春又生"，见识一下宰羊的马厨子。青梅领着他去西大街，"春又生"的门牌改成了"团结饭店"，肉案前一个年轻的厨子正在剔肉。青梅上前问："马胖子还在吗？"

年轻人瞅了一眼两个陌生人，扭头用嘴努了努旁边的小巷子。青梅和大河进了巷子，巷子里杂乱地摆着羊骨头、羊皮。"春又生"牌匾靠在墙角，满是油腻。见有人过来，苍蝇嗡地炸开来，胡飞乱撞。青槐树下背对他俩放着一张躺椅，椅子上斜靠着一个光头老汉。

青梅愣了一下，从墙根捡起一把砸骨头的斧子，对崔大河说："去，剁了他的手，你说啥我都随你。"

大河说："他就是……他就是……"

青梅说："错不了，他脊背上有两道疤，不信你扒开衣服看。"

崔大河走到槐树下，突然扔下斧子指着老汉笑起来，对青梅说："哈哈哈，你来看。"

青梅过去，只见老汉嘴眼歪斜，涎水滴得很长，像蚕丝一样发着亮光。看见青梅，老汉微微抬起一只长满黑毛的手，嘴里呜呜着。一群蚂蚁，在躺椅下忙碌地搬着饭渣子。

青梅紧攥着拳头，表情冰冷，眼泪从两腮滚落下来。崔大河解开裤子，朝老汉脸上身上尿，老汉睁不开眼，呀呀地叫着，任尿液顺着左手流到地上，冲得蚂蚁四散而逃。"呸！"崔大河不解气，又咳了一口浓痰唾在老汉脸上。

"够了！"青梅突然冲过去，一把推开了崔大河，跑出了巷子。崔大河提起裤子，跟着撵了出去。

清亮的河水，弯弯曲曲，河边柳树长长的枝条在风中摇曳。沿河的大路上跑着轻快的马车。杨青梅依偎在崔大河肩上，自从父亲去世后,她再也没有依靠过这么厚实的肩膀。吆车的人儿扬起了鞭子,脆亮的鞭声响彻云霄。

马车到了两县交界,天色渐渐暗下来,路上几乎看不到行人。青梅说:"停一下,我想解手。"

崔大河脑袋里轰的一下,心跳不由加速。"吁——"车停了。青梅跳下车,下到河湾里。崔大河坐在车辕上发呆,压不住狂跳的心脏。他拉了车刹,跳下河湾,一把把青梅抱了起来。

"哎哎哎,你……我还没……"青梅手抓着裤腰喊。

大河把青梅压进了装棉籽的麻袋间,剥开她的上衣,那对他八年前没来得及看清的白鸽"呼"地扑了出来,他把全身的力量压了下去……

马车晃动着,拉车的公马突儿突儿地打着响鼻,蹄子在地上嘭嘭地刨。

"你……你这个……牲口!"青梅喘不过气,"牢房……没……坐够……"

"没有……没坐够。叫你大来绑我……来呀……来呀……"

嘣——马车突然动起来,崔大河忙乱中蹬开了车刹。大红马上路了,它狂奔起来,车子颠簸得越来越厉害。

"哎呀!"崔大河的肩膀被青梅狠狠咬了一口,指甲在他脊背上留下两排血道子。他起身,亮着光膀子,抓起马鞭,啪——啪——大红马鸣叫着,四只铁蹄砸得土石飞扬。

河道变窄,水流湍急,打着漩儿,向下游冲去。

杨青梅嫁给崔大河,又让十里八乡的人吃了一惊。结婚当晚,青梅问大河:"八年呢,你真的不恨我大?"

崔大河说:"不恨,我还要谢老丈人呢!要不是八年前的事闹得风风雨雨,哪能轮到我娶你? 我要给他用青砖箍坟,青石刻碑,给他磕头,磕十八个响头。"

崔大河很快兑现了诺言,用青砖箍了杨黑颡的坟,在坟前栽了两棵柏树,在青石碑前咚咚咚地磕头,一边磕一边说:"老丈人啊,你在底下安安生生享福噢,这墙圈得结实,可不敢钻出来再砸我一杠子。"

青梅照着他屁股踢了一脚,说:"好好给我大说话。"

其实崔大河箍坟是另有心思的。村里人都说杨黑颡是被他气死的,他怕老丈人的鬼魂来缠他。风水先生说柏树能安魂,他栽了柏树;风水先生还说,如果不放心的话还有个办法……他又在坟堆后面砸进去三根桃木楔。

杨青梅一直没有生养。

崔大河说:"你身子让马厨子弄坏了?"

杨青梅说:"宰的羊多了,是老天爷的报应。"

两口子抱养了一个孩子,没养活。崔大河再要抱,青梅不愿意,她说:"养个猫狗死了都难受一阵子,不抱了。"

崔大河说:"我还想再抱一个。"

杨青梅说:"你就是个养牲口的命。"

崔大河说:"避!"

崔大河恋上了别的女人,女人说要给他生儿子。青梅找到那女人,说:"我是北店子宰羊的,听说过吧?"话说了以后,那女人离得远远的,不再理崔大河。崔大河骂:"杨青梅,你就是个光噪窝不下蛋的鸡,少管我的事。"

杨青梅说:"不准偷吃。休了我,你随意。"

崔大河的鞭子落在杨青梅头顶。杨青梅一点儿也不避,眼睛一眨不眨,瓷愣愣地盯着他,跟她大一样,眼里带着刀子。鞭子挽了个花,

· **61** ·

啪的一声,打在了空里。

也怪,崔大河每次和青梅闹事后,当天晚上杨黑颖都会来找他,来了也不说话,眼一直盯着他,盯得他脊背炸毛,身上冒虚汗,脚蹬手刨,嗷嗷地喊叫。青梅翻过身,把他的头搂进怀里,喂他吃奶。他迷迷糊糊嚼着奶头,呷得吱吱响。青梅抚着他的头发,手在背上拍,一边拍一边说:"又魇住了。"

俩人闹活了一辈子,谁也没离开谁。崔大河熬成了"咕咕爷",杨青梅熬成了"咕咕婆"。人老了,闲时间更多,闲下来少不了斗气顶嘴。

咕咕婆说:"老不死的,几十年前笼笼关你,你老了弄些笼笼关鸟儿。"

崔大河说:"死老婆子,你抹牌,我养鸟,咱各耍各的。"

咕咕婆早不在北店子宰羊了,住回村里,抽旱烟末儿,抹麻雀牌,邻里过事的时候,偶尔去帮忙做做菜。

咕咕爷吆不动车了,养了一屋子鸟。他每天早上把鸟笼子提出来挂在屋檐下,鸟笼大大小小、各式各样,有竹篾编的,有铁丝网的,还有从县城买回来的塑料笼子。竹笼子里灰雀儿上蹿下跳,铁笼子里大个儿的蜡嘴学着说人话,塑料笼子里一对浑身涂了油彩似的相思鸟互相整理羽毛,画眉婉转地唱歌。后院屋檐下的墙壁上,全是木框做成的鸽舍,几十只鸽子咕咕——咕咕地叫唤。

侍弄完鸟儿,咕咕爷端了铝盆砰砰地敲,盆里是金黄的玉米粒。鸽群呼啦啦从鸽舍里飞下来,一把把玉米粒撒出去,鸽子嘣嘣嘣在地上啄,有的飞起来落在盆沿上。

咦,怎么不见红嘴儿?红嘴儿是咕咕爷的心头肉,红嘴红眼,一身雪白的羽毛,长得最漂亮,飞得也最稳健,是鸽群里的女王。它每次进餐时都落在咕咕爷的肩膀上,优雅地从咕咕爷举起的手里啄食。这小精怪,钻哪儿去了呢?

喂完食,咕咕爷放下盆吆喝一声:"呜——吁——"鸽子们呼呼地飞了起来。怪了,领飞的红嘴儿还是没出现,鸽群七零八散地在村子上空飞了不到半圈,又迅速落到屋脊上,来回转动着头,有的竟然直接飞回了鸽舍。平日里吃饱了,它们一定先往庄西空旷的天空中飞,然后一圈一圈再转回来啊。红嘴儿的失踪和鸽群的异常表现让咕咕爷心里很不踏实。

玉米收完了,村人在庄西地里挖玉米秆,刨地垄,种麦子。突然有人指着天空中缓缓移动的一个黑点说:"老鹰!"干活的人都抬起头看,有人说看见了,有人说没看见。最早发现鹰的人揉揉眼睛,再看时,不见了。

第二天一大早,咕咕爷就去了庄西。刚翻过大渠,就看见了那只鹰,黑色的,好像定在天空中。他想走近一些,加快了脚步。鹰扇动翅膀,向西北方向迅速移动,很快从他视线里消失了。他心想:这野东西,从哪儿冒出来的? 总不能老在天上飞啊,它得有个落脚的地方。东田乡没山没坳,村庄稠密,它会落脚在哪儿呢? 咕咕爷想到了一个地方。

果不其然,在老丈人杨黑颖的坟顶上,咕咕爷发现了几根白色的鸽子毛,一只黑色的鸽哨,是红嘴儿的。他抬头望了望两棵柏树,心里道:野东西,你在这儿落脚呢!

咕咕爷会挽二十几种绳套,这手艺跟喂头牻吆车一样,是在戈壁滩倒腾会的。他用了一整天时间琢磨着绳套的挽法。他要布一个捕鹰的陷阱,诱饵是一只灰鸽。他摸着灰鸽的背说:"老伙计啊,难为你了!"

天不亮,咕咕爷提着鸽子笼和绳套进了坟地。他在柏树旁布好陷阱,藏在青石碑后面,用一堆干玉米秆盖住身子。一整天,空中也没见黑点出现。他提了灰鸽回家,咕咕婆骂:"老不死的,你有日天的本事哩,还想逮鹰?小心把老命搭上了。"他不听,天不亮,又趴到石碑子后面。两天过去了,还是没见鹰的毛。

第三天出发时,他叫醒咕咕婆说:"天亮后,把鸽子都吆到庄西去。"

坟地里黑乎乎的,咕咕爷心里升起从来没有过的恐惧。布好陷阱,雨下了起来。他趴到老丈人坟堆上时,雨落在玉米秆上,像沙沙的脚步声。快三天了,他太累了,窝在玉米秆堆里睡着了。睡梦中,迷迷糊糊听见老丈人杨黑颡的声音:"崔大河,狗东西,敢给我下套子!"他惊出一身冷汗,一个激灵,醒了。心跳得厉害,想爬起来逃,咕咕——咕咕,鸽子的叫声一下子把他拉回现实。他心里平静下来,对自己说:"有什么可怕的,五六十年的鬼还能把活人吓死?"

咕——咕——鸽子发出惨叫声。

扑扇,扑扇,大翅膀在扇动着。

套住了!

咕咕爷套住了黑鹰!

黑鹰被圈进了木栅栏鸡笼里,铁黑色的羽毛折断了几根,坚喙如钩,尖利的爪子上像镀了一层灰铅。围观的人一接近笼子,鹰立即梗着脖子,眼睛里露出寒光,呼呼地扇动翅膀,在笼子中扑棱。

咕咕爷发烧了,躺在炕上说胡话:"鹰,黑鹰,黑颡,鹰……"

鹰七天不吃不喝,咕咕爷躺了七天七夜。鹰的羽毛灰暗,干枯稀疏,目光变得呆滞。咕咕爷身上时凉时热,整个人迷迷糊糊,喂药吐药,喂饭吐饭,只能灌一点儿水进去。咕咕婆骂:"老不死的,逞能逞出鼻血了!"

第八天早上,咕咕爷突然灵醒了。他起身,打开鸡笼伸手去抓鹰,黑鹰一动不动,身体僵硬,两只铁爪像钉在笼底。他干枯的脸上一阵抽搐,颤巍巍地走到房檐下,一个一个打开鸟笼。蜡嘴、灰雀、相思鸟全飞了出去。鸽舍里的鸽子呼呼地跟着飞了出去,迎着太阳,飞在雨后晴朗的天空中。

　　放完鸟,咕咕爷又倒在炕上。咕咕婆把他的头搂在怀里,他抓着咕咕婆的手说:"有件事……得告诉你,我娶你……是咽不下……那口气……"说完话,咕咕爷闭上眼,不动了。

　　"你个老不死的,老不死的……"自从西京回来以后,咕咕婆再没有流过泪。这一回,老泪纵横。

　　咽气前,咕咕爷突然又坐起来,灰白的头发像冬天的干蒿一样乱蓬蓬地岁着,脖子上青筋暴突,血红的眼珠快要从眼眶里迸出来,紧攥着竹耙子似的大手说:"在我坟上,戳两根松杆子!"

　　咕咕婆嗯了一声,点了点头。咕咕爷轰然倒在炕上,紧攥着的大手嘎巴巴地松开了。

理发师

　　玉顺是理发师。自从玉顺的理发店从自己家搬到公路边以后,村里人给外村人都这样介绍。人们以前喊玉顺"推头的""理发的",现在变成了"理发师",玉顺喜欢这个称呼。

　　玉顺的理发店只有半间房子,在村头公路边。为盖这半间房子,玉顺给村主任送了一瓶西凤酒、一条带过滤嘴的猴王香烟。尽管自己不喝酒不抽烟,但盖房子开店是件大事,玉顺咬牙送了烟酒。

　　房子盖起来了,玉顺又买了城里理发店退下来的二手座椅。座椅的坐垫极厚,像牙科诊所的那种椅子。椅面的皮革破了,露出海绵,玉顺媳妇巧儿就用颜色相近的布补了一块。理发店墙角放了一个脸盆架,脸盆架上方是白铁皮水箱,洗头的时候把凉水和热水兑进去,开了水龙头就有温水流下来。巧儿说,为设计这个水箱,玉顺几天几夜没睡觉,都熬成兔子眼了。理发工具很简单,一把手工推子,一把剪刀,一把梳子,最贵的是一个吹风机。吹风机也是城里理发店淘汰下来的二手货,吹头发的时候,像开着脱粒机,震得耳朵嗡嗡作响。

　　理发店少不了镜子。镜子是巧儿在街上挑的,安在座椅对面的墙上。镜子上半部分照人还行,下半部分把腿照得歪歪扭扭。玉顺要换,巧儿说理发又不是卖时装,行了。

　　理发店搬到公路边,二孩是第一个光顾的。二孩摸了一下黑硬的头发说:"理个板寸。"

玉顺拿着手工推子问："啥是板寸？"

二孩说："寸头！"

"寸头？"玉顺一脸茫然。

"就是平头，理得越短越好！"二孩嘴几乎贴到玉顺脸上。

玉顺经常理平头，理起来倒得心应手，推子咔嗒咔嗒地响，很快就理好了。

二孩说："我给你教啥是板寸。"说着，他用指头顺着头绕了一圈说，"上面不动，底下这一圈，推光。"

玉顺拿着推子不敢下手："这……这就好看着呢。"

"我是要好看吗？看起来不恶嘛，推！"二孩是水站上收水费的，得让别人怕他。

玉顺战战兢兢地推，每一推子下去，都好像离万丈深渊近了一步。终于推完了，只留下头顶一片头发。

二孩瞪着眼睛看镜子里的自己，脸上露出很凶的神情。

玉顺说："我真没理过板……板寸，这……这……按你说的……"

二孩转身瞪着玉顺问："恶不恶？"

玉顺上半身往后趔了一下："你……你别吓我。"

"哈哈哈。"二孩笑了，笑得玉顺心里发慌。

"不错。"二孩拍了拍玉顺单薄的肩膀。

玉顺一听，赶紧往水箱里兑水，说："再洗一遍。"玉顺给小孩理发的时候从来不会洗第二次，围布一扯，推子一收，说句走人，就打发了。

给二孩洗头的时候，玉顺心还在怦怦地跳。板寸？这就是板寸？玉顺很久没有到城里去了，连这个新兴的头型都没听过。这不行，得去学习了。他锁了门，门上用粉笔写着：进城学习，歇业两天。以前玉顺也在自己家大门上写过这几个字，反正只要是进城去，他都会写这几个字。

再开门的时候,玉顺穿了一件白色长褂,像镇卫生院的医生。镜子旁边墙上多了一张彩色画,画上都是俊男美女,发型各不相同,有郭富城、刘德华、张学友,还有许多不认识的。

母亲给我一块钱,让去玉顺店里理发。

玉顺说:"头发都长荒了,叔给你理个明星头。"

"明星头?"

"嗯,富城头。"玉顺用梳子点了点画上郭富城的头型。

我半信半疑地点了点头。

洗了头,我上了座椅,像坐在针毡上。玉顺给我围上洁白的围布,我觉得自己像一只要接受新实验的小白鼠。

玉顺从塑料盒里拿出几个小夹子,把我的头发一撮一撮夹起来,边夹边说:"理富城头只有一个诀窍——掏剪。"

夹完头发,他并没有像往常一样拿起手推子,而是拿了一把剪刀。左手拿梳子把没夹的头发往下梳顺,右手拿剪子剪一下,再梳,再剪。奇怪的是,他每梳一下,梳子把儿都会嘭地敲一下我的头。我怀疑他在城里没学会怎样拿梳子。

嘭,咔嚓,嘭,咔嚓……

剪刀声和梳子的敲击让我更加肯定自己就是那个小白鼠,心里越来越不踏实。我看见镜子里自己的腿像被风吹歪了,不停地在抖,抬眼看一看画上的郭富城,他笑得很浅但很自信。为了"富城头",我咬了咬牙。

过了半个多小时,他把夹子一个一个拿掉,把我的长头发梳下来,看一眼郭富城,下一剪子,看一眼,再下一剪子。

"好了!"玉顺嘘了一口气,像做完一台大手术的医生,用手背擦了擦额头的汗,把围布从我身上揭下来甩了甩,"看一下像不像?"

我看了看画里的郭富城，再看看镜子里的自己——"不像。"

玉顺急了，他用手挡着我的鼻子和嘴，把我的头扭得侧了一下说："没问你长得像不像，光看头型。"

我按他的提示看了看："像。"

"嗯——对了。"他从桌子上拿了一个长铁罐子上下摇了摇，挤出一手的白色泡沫，一点点抹在我头上，打开吹风机，嗡嗡嗡地吹，边吹边看着画里的郭富城，用梳子轻轻地梳，梳着按着捏着，问："现在呢？"

"啊？"吹风机声音太大了，我听不清他问什么。

玉顺关了吹风机，指着镜子里的我，再用眼睛挑了一眼画上的郭富城说："满意不？"

我肯定地点了点头。

"这是摩丝，定型用的。"玉顺手里绕着吹风机线，指了指长铁罐子。

回到家，母亲问："咋没推头？"

"剪了。"

母亲像揭母鸡尾巴一样抓了一把我的头发，用鼻子嗅了嗅："剪了咋还这么长？抹的啥？"

"摩丝。"

母亲从门后面抄了一把笤帚，我撒腿就跑，一边跑一边喊："这是明星头，郭富城，知道不？"

母亲的笤帚撇过来，骂道："狗屁！"

母亲转身就去找玉顺。玉顺给母亲讲了半天道理，母亲不听，一口咬死说："不行，得推成平头。"

玉顺说："让娃留着吧，多时髦啊！这样吧，钱退一半，只收五毛。"

"不行!"母亲很坚决。

"钱全给你,让娃留着。"

母亲接过钱,看了一眼玉顺,再看了看画上的明星,从理发店出来,到小卖部买了一包盐、一瓶醋回家了。

玉顺耐心地给村里每个孩子推荐画上的明星头,你像刘德华,你像张学友,你像谁谁谁。他还把我扯到镜子前面,一边用梳子梳头一边说:"郭富城,四大天王,港星!"

说归说,理法都一样,夹头发,掏剪,打摩丝,理出来的都是"富城头"。最后,半村子的孩子都留着"富城头",我怀疑他上次进城只学会了"富城头"。

有一天放学回家,看见理发店门牌上写着:进城学习,歇业几天。玉顺又学习去了,看来这一次学的时间长。

一个礼拜以后,玉顺回来了。理发店墙上贴了许多女人的照片,这些女人都有一个共同点——卷头发。其中一张单独的女人画,金色卷发,神态迷离,嘴微微张着,手刚刚做完飞吻的动作。

玉顺指着画上的女人说:"玛丽莲·梦露。"

女人们都骂玉顺是蛇货,把外国骚娘儿们贴在墙上败风气。男人们呢? 理不理发都喜欢到店里坐一坐,抽抽烟,谝谝闲传,眼睛时不时瞄一瞄墙上的女人。大人去,小孩也去,在大人腿旁边钻来钻去,有时候还偷偷摸一下画上的女人。

吃完晚饭,村里的男人们有了共同的话题。

"走,看马莲去。"

"人家叫露露。"

"叫马莲。"

"叫露露。"

"马莲!"

"露露! 你看那女人,把啥都露出来了。哈哈……"

玉顺贴玛丽莲·梦露的目的是吸引女人们来店里烫发,但自从贴了这些外国女人以后,村里的女人们连剪头发都不找他了。她们洗了头,找张报纸围上脖子,自个儿用剪子剪,一边剪一边骂玉顺。

烫发的设备可是花了不少钱呢,总不能给男人烫发吧!

巧儿也着急,对玉顺说:"先给我烫!"烫了头,巧儿一整天不敢出门,她实在接受不了自己的新发型。玉顺说:"多好看啊!城里女人都流行烫发呢!"农活总得干啊!巧儿硬着头皮出门了。村里人背过身说:"像㞗了毛的猫头鹰。"

二孩来了。

二孩领着女人进了玉顺的店,指着玛丽莲·梦露的照片说:"就照这个烫。"玉顺激动得快哭了:"嗯嗯,保证让你满意。"

玉顺给女人头上别满了花花绿绿的卷发夹,把一个摩托车头盔样的东西罩在女人头上。理发店里飘出一股怪味,像过年时父亲用烙铁烫猪头的味道。

取下"头盔",卸完卷发的夹子,女人"啊——"地叫了一声,一把抓在玉顺脸上说:"给我弄回去!"

二孩端着女人的头看了看说:"好看啊!时髦啊!弄回去干啥?"

玉顺捂着脸说:"二孩,还是你懂得潮流。"

女人听了二孩的话,对着镜子又打量了半天说:"我总觉得怪怪的,你说好看就行。"

巧儿慢慢地习惯了卷发,也越来越会收拾自己。有时候把头发弄湿,留一两个卷儿在额头上;有时候用一条彩色的帕子把头发箍起来,画个眉毛,涂点口红,惹得年轻媳妇和姑娘们的心里像鸡毛摩挲。巧儿把她们领进店里,指着画上的模特说:"烫了头,化了妆,保证你们比明星还漂亮。"

玉顺的生意越来越好,烫头、板寸、明星头都不在话下。碰上过年或者二月二,两口子忙得都顾不上吃饭。

理发店还添了许多小玩意儿,有女人用的各式各样的发夹,银光闪闪的耳环,各种颜色的头帕。墙上还揳了一溜钉子,上面挂着许多铁项链,链子下面坠着刀剑、骷髅头、十字架。玉顺说:"人是什么气质,理哪个头型,搭什么配饰,是有讲究的。"

玉顺进城学习的次数越来越多,每次回来都会带些新玩意儿。

二孩又来了。他怒气冲冲地抓住玉顺的衣领子:"你动我女人了?"

"没有。"

"没动过你咋知道尺寸?"

"我……我拿眼断的。"

"你……好眼力!"

二孩竖起大拇指,玉顺不自然地笑了。

啪!

二孩扇了玉顺一耳光走了。

二孩来寻事,巧儿知道原因,这事儿一开始也挺让巧儿脸红的。玉顺上次进城时给巧儿买了件小衣服,贴身穿的那种。穿上以后,巧儿总是用手拽外面的衣服。二孩女人悄悄问巧儿:"你穿的啥?身条子咋这么正的?"巧儿红着脸告诉了二孩女人。玉顺又给二孩女人捎了一件。这不,惹恼了二孩。

　　后来,公路边开了许多理发店,开店的大多是年轻女子。玉顺的生意慢慢淡下来,他说:"干理发这行当还得是年轻人。"

　　玉顺儿子长大了,进了城。儿子进城不久,玉顺的理发店就关门了,斑斑驳驳的牌子歪歪扭扭地挂在门楣上。

　　玉顺儿子偶尔会回村里一趟,有时染着红头发,有时染着绿头发。村里人看不惯,玉顺解释说:"你们不懂,娃染头发是工作需要。"

　　"啥工作?"

　　"设计师。"

　　"设计师?"

　　"发型设计师。"

老　奎

以前村里盖房少不了泥瓦匠和木匠。这些人是技术工种，主家得给管饭管烟茶，一天干上午、下午两晌，按天开工钱。盖一拱土木房，若天不打搅，七八天泥瓦活、木活就做完了。早晨下雨，工头就不再招呼干活，即使雨早早停了，也要等到一点后才开工，按半天算工钱。

老奎是泥瓦匠，大个子，大饭量。他干活快，活路细，但脾气大。出门干活拎个几乎发白的军用书包，里面是瓦刀、抹子、尺子。近了走着就去了，远了骑着"老红旗"，工具包拴在车子后架上，每天早出晚归。

后来，吉娃跟着老奎出门干活，总把军用包斜挎在身上。吉娃人有些憨，但身坯子结实，干活实在，从不溜号偷懒。老奎砌墙，吉娃和泥、摆胡基、搭泥。刚跟师父干活，不是泥和得稠了就是胡基递得慢了，老奎瓦刀啪地在铁锨上一刹，吉娃就知道师父不满意了。

墙越砌越高，架也越搭越高，十几斤的胡基得一个一个往架上撂，吉娃从下面扔，老奎在上面接。一开始，吉娃拿不住劲儿，扔的胡基不是高了就是低了，有时手指头一溜，胡基打着旋儿就上去了，老奎在上面高接低捞，骂道："饭吃到猪肚子去了，弄啥不会动脑子！要猴哩是不？架这么窄的，你撂得一下高一下低，是想把叔摔死哩？好了，胡基够了！"

吉娃吓得不敢抬头，抓起锨赶紧去铲泥。

拾掇完吉娃，老奎把线升起来，吉娃第一锨泥就端到架底下了，只要听见上面瓦刀在泥斗上啪地一敲，连泥带锨就撂上去了。老奎也不用看,锨头刚一上架,左手一把抓住锨脖子,往泥斗里一侧,右手瓦刀唰地一刮,泥就全到斗子里了,左手一撩,空锨就到吉娃手里了。再铲,再上,老奎瓦刀啪地一敲,泥够了,吉娃就不再摺泥,又忙着准备下一批要上的胡基和青砖。时间长了,吉娃和老奎配合得越来越熟练,他一边和下面人谝闲话,一边上泥,有时候就忘了听瓦刀传来的停止信号。一锨泥上去,老奎看都不看,回手一瓦刀连泥带锨敲下来,摔在脚跟前,溅得吉娃满身满脸泥,眼睛都睁不开。老奎却在上面专心干活,好像啥事也没发生。吉娃嘴闭紧一声不敢吱,赶紧跑到水瓮边洗了脸,专心打下手。

砌山墙是最考验小工的时候。架搭到五六米了,上泥、上胡基难度越来越大,老奎会提醒吉娃注意安全,其实他在架上接胡基、接锨比下面人更困难。要是碰上大风天,架咯吱咯吱地晃,胆小的人站都不敢站,更不要说干活了。吉娃在这个时候非常专心,每一次上去的锨和胡基又平又稳,老奎接起来很舒服。砌山墙的时候,村里年龄大的人一边看这师徒俩干活一边啧啧称赞。吉娃神情专注,节奏平稳,他觉得这是最给老奎长脸的时刻。

山墙砌完,该"立木房"了。立木房共三道程序,先上屋架,再上脊檩和檐檩,最后掼椽。屋架搭好,主人给脊檩绑了红绸缎,挂一串鞭炮,两边山墙上站的小伙子喊着号子就拉上去了。炮捻子从下面点着,噼噼啪啪的炮声过后,山墙上主家安排人把一把分分硬币撒了下来,一群小孩子一哄而进,屁股撅着在地上抢钱。突然两盆水从上面泼下来,孩子们一个个被浇成了落汤鸡。抓到钱的全不在乎一头一身的水,啧啧地在同伴面前炫耀着,没捡到钱的还不甘心,继续钻到房里在地上寻。钱没有了,却拾到几个没响的炮仗,同样举起来向别人炫耀。

檩上完,其他帮忙的人坐到院子等着主家开饭,老奎和吉娃得配合木匠把每根檩拨正。

吉娃站在梯子上，老奎在下面指挥："第二根有点儿偏，下来，把撬杠拿上去别一下。"

"不用，我劲儿大，我在上面扛，你看着。"吉娃不愿意下梯子拿撬杠，今天饭桌上有酒有肉，他想赶紧弄完好好吃一顿，"叔，你看正了没?"

"没正，再向右!"老奎说。

吉娃憋着劲儿朝右扛："叔，正了没?"

"没有，过了，向左。"老奎说。

其实已经正了，但吉娃在上面看不出来。他又憋着劲儿向左。咔嚓，梯子桄踏断了，吉娃差一点儿掉下来。

"下来! 光知道使蛮力，没脑子。梯子拧好，拿撬杠上去拨!"老奎骂了吉娃一顿。

吃饭的时候，吉娃闷着头一句话不敢说，老奎夹了个肉夹馍递给他："吃! 吃完自己夹去!"

木活做完，泥瓦匠要上房抹泥、摆瓦，这一道工序叫"瓦房"。老奎瓦的房，茬子严，行子端，几十年不漏雨。村里人说，老奎收的房檐，檐瓦上能吊个大小伙子。

房子盖完，老奎会给主家报工，大工几天，小工几天，一共多少钱。吉娃从来没领过工钱，都装到老奎包包了。他从来也不问，挎着军用包跟着老奎就回家了。

邻村有个主家特别吝啬，为了省钱省粮食，盖房的时候只请大工，让自己家的侄子打下手。而且每天活催得紧，伙食也很差。老奎带不成吉娃，吉娃就得在家里饿肚子，但没办法，谁让碰到这样的雇主呢?而且临时给老奎打下手的人，劲儿大聪明，要什么递什么，挑不出毛病。

椽掼完了，老奎提着瓦刀骑在脊檩上喊："上两锨泥!"下面打下手的年轻人抬头一看，椽都掼了，每根椽之间最宽处也没锨头宽，五六米高，这咋上呀?

老奎继续喊:"快点儿！要压脊檩哩,酒在下面等着呢!"

主家在下面问:"老奎,你咋不把泥先上上去哩?"

"天这么热,上得早了泥就干了。"老奎很真诚地给主家说。

主家急了:"你们几个,上泥!"

几个侄子袖子挽起来,一锨,又一锨,就是穿不过椽空隙。锨碰到椽上、檩上,白白净净的檩条和松木椽被糊得脏兮兮,地上也滑得站不住人了。主家看着新房被弄得脏乱不堪,不由得叫苦连天。

老奎说:"唉,实在不行算了,明天再弄吧。"说完就要下架。

主家一听更着急了,拖到明天又是一天工钱啊:"老奎,你说咋弄呀?"

老奎说:"去,这活路吉娃能弄,赶紧叫他来,给算半天工钱。"

吉娃早都来了,就在不远处人群里谝闲话呢。老奎早上走的时候都给他交代了,今天能挣一顿饱饭。吉娃一听见这边喊他,小跑就过来了。老奎看得清楚,瓦刀在脊檩上一敲:"上泥!"

"来了——"吉娃三两下把泥拍得方方正正,铲到锨头,健步到了梁下,轻轻一个蹲身,嗖一下锨就上去了,锨头侧着从椽空钻了上去。老奎伸手一抓,泥倒在墙头了,锨从上面又下来了。嚯嚯嚯共上了三锨泥,椽上没沾一点儿泥。墙头压好了,老奎顺着梯子下来,主家几个侄子嘴还没合住呢:"不是说两锨吗?"老奎一边收拾瓦刀一边说:"对呀! 两锨分三回上,你几个不服给你伯再撒几锨泥上去!"

吉娃坐在老奎旁边狠狠吃了一顿,老奎一句都没骂他,偶尔看一眼他,继续笑着喝酒。老奎那天喝醉了,吉娃把他背了回去。

干上几家活,老奎会到吉娃家坐一坐,给吉娃瘫了多年的母亲买点儿好吃的。临走了,悄悄把钱塞到吉娃妈手里说:"这是吉娃最近的工钱,你收好。他在外面有我照应,不用花钱。这些钱攒下,将来给娃盖房娶媳妇。"

傻 柱

玉山商场全是卖成衣时装的。一间间小店面像鸽子笼一样。店里的女人一个比一个穿得花哨，嘴皮子像刀子一样，一天下来抽屉里零的整的票子塞得像谷堆。晚饭后，女人们蘸着唾沫数钱，时不时拿起一张大票子对着灯看水印。

柱子挨家挨户收垃圾。"姐，今儿挣了多少钱啊?""避! 你问这是咋呀?""垃圾，我问垃圾就门口这些?""噢，你嫌少得是? 赶紧拿走，你身上那味道把人能熏死。"

柱子闻了闻袖子，没有啥味道啊! 中午光着膀子在水池子旁边洗了好几遍，胖嫂还骂他是亮臁哩。几个孩子跟着喊:傻柱子，亮臁哩!傻柱子，亮臁哩! 他拿拖把胡抢了几下，把那群猢狲打散了。

"柱子——来。""哎哎，来了。""把垃圾收了。"说话的是卖男裤的汪菲，商场里最好看的女人，个子高高的，长头发烫着大波浪，皮肤白嫩，爱穿素色的衣服，啥时候都显得凹凸有致，最关键的是从来不叫他傻子，也没有一句脏话。柱子没事经常装着路过裤子店，偷偷向里瞄一眼。女人或是轻声招呼买主，或是拿着熨斗一条条打理裤子，店里始终整整齐齐。让柱子感到奇怪的是，她没朝外面看就喊:柱子，给姐提一桶水;柱子，到古塘巷给姐提一份面皮去。好像背后长着眼。女人的声音好听极了，柱子喜欢听她使唤。一得了这类信号，他像驴惊了一样就飙去提水买吃货了。

"哟，柱子又给菲菲提水呢!"柱子不说话，提着天蓝色的水桶接水。他舍不得放开桶襻，汪菲的手也提桶襻，现在他提着，他就等于是握着她的手了。他晃一晃,桶里的水荡出一圈圈波纹,他想到了汪菲那一头黑亮的大波浪。汪菲吃面皮总是拿纸挡在胸口,筷子每次只挑一条,慢慢送到嘴里,一抬头看见柱子没走:"柱子,你咋还没走?""噢噢,姐你慢慢吃,我等着给你收拾垃圾呢!""赶紧走,店里还来买主哩,你把门挡完了。"柱子实在想进店里,但地方太小,他也没胆子进去,因为远处经理那双三角眼几乎能把他脊背上的肉剜出来。

柱子不识字,但他会写"汪",是他用一根棒棒糖让胖嫂儿子教的,那小孩的铅笔字写得真好,一连写了十个"汪"字,写完还"汪汪汪"地学狗叫。第二天记不清咋写了,柱子又去问胖嫂:"狗汪汪的汪咋写哩?"胖嫂正洗头,湿指头在椅子上写了个"汪"字,柱子说不对啊,这字一晚上长这么粗?

倒垃圾的时候,柱子瞧见商场门口有几个男人,其中一个膀子刺着青龙,边走边咋咋:"卡罗男裤,没问题!"柱子倒完垃圾,又偷偷溜到裤子店去瞄汪菲。离老远就听见哐里哐啷的响动,汪菲哭着骂着:"土匪,一群土匪!""你男人欠钱不还还玩失踪,不找你找谁?!""我跟他早都离婚了,你们凭啥拿我的钱抢我裤子?""啊——这婆娘还咬人呢。"啪一个脆亮的耳光,汪菲被打得趴在门外。其他门面的人都吓得不敢出来,隔着玻璃门往外看。

"今天这算收个利息,再不还账下次就把你带走!""青龙"狠狠捏了一下女人的下巴,带着两个马仔起身就走。"你……你们咋打人呢?"柱子心里有点儿怯。"滚开!""裤子,你们把裤子……"话还没说完,一个巴掌打得他眼冒金星,肚子上挨了一脚,接着四五只脚在他头上身上踩。"妈呀——妈呀——""叫爷都没用! 你个傻子还充大,踏不死你!"商场保安离得远远的一个屁都不敢放。打完了,经理不知道从哪儿钻出来说:"几个哥们儿,给我点儿面子,放这女子一马。"几个人才扬长而去。

过了很久,柱子爬起来,嘴里鼻子里全是血腥味。他走到裤子店门口，店牌子吊在门框上，上面写的大概就是那几个恶鬼说的"卡罗男裤"吧。"姐，那人把我打坏了。""滚！傻子，滚远……"汪菲像受伤的母狮子一样红着眼睛，大波浪粘在嘴上、脸上。

第二天，商场经理帮着汪菲挂好牌子，把店里东倒西歪的架子拾掇整齐，掏了一沓钱说："哭啥哩，不就是几条裤子嘛，康复路多得是，钱拿上再进些货，这个季度房费给你免了。""你少在这儿装好人！我男人咋个染上赌的？还不是你勾搭去赌博的！"经理躁了："菲菲你咋认不得瞎好人哩？""人没长尾巴比驴都难认，大不了不开这店了。"

经理碰了一鼻子灰，气没处撒，嗵嗵嗵上到二楼，把柱子的烂铺盖从狗窝一样的杂物间扔了出来："滚！滚远！你个傻子还玩英雄救美哩，把你打死了我还得贴葬埋费哩！"

柱子喜欢城里热闹人洋气，尤其是逛商场的女人，比村里的新媳妇好看得多。他在城里流浪了好久，每天晚上就在玉山商场台阶上过夜。不知道商场经理怎么看中了他这个傻子，领他洗澡剪头，让他在商场收拾垃圾，一天三顿管饱但没有工资。现在挨一顿打也把好日子打没了。柱子开始怀念在农村的时光，那时候，谁家结婚、埋人、给娃过满月、给老人过三年都有柱子一口饭吃。村里娶媳妇，柱子早早把主家的几个水瓮都担满水，窝到灶房噗嗒噗嗒地拉风箱烧锅。新媳妇到门前了，他拿根扫帚棍把挡在路上的小娃吆喝远，小娃们挨了打喊："傻子柱，欺负娃娃打老汉，见了小伙儿跑得欢……"直到大总管喊："傻柱，赶紧离远，看你鼻涕涎水的样子，你是到人前恶心新媳妇哩是不？"柱子用黑袄袖子擦一把鼻涕，提一提快溜到胯上的大棉裤："叔，叔，我给你把场子拾掇清。""避，避！赶紧去灶房叫你婶子给夹肉馍去。"柱子已经吃过肉夹馍了，他也想看新媳妇，但他知道自己这傻样子，不敢站在人前面，就远远站在高处看。新媳妇一下轿，他看不清脸，急着往前凑。不知道谁从后面抓了一把，扎在黑棉袄上的麻绳被拽开了，精身子露在外面，身上麻钱厚的垢坷上被拉了一道白印子。

柱子不喜欢过红事，嫌时间太短。他爱过白事，那里没人嫌他傻，也没人嫌他身上脏。老人一倒头，主家就要忙着报丧、打墓，请人算下葬的日子，雇乐人、厨子，借桌子板凳，烧纸、引魂、接食落，请帮忙的，迎吊丧的，抬埋、送埋、填埋，没有三五天下不来。碰见高寿的老人，过七八天下葬的都有。柱子好像先知先觉，在老人闭眼蹬腿的那一瞬间就有感应似的，往往是最先到主家帮忙的。跑腿出力的活只要一声："柱子，你狗日没长眼是不?"他跑得比谁都欢，干得比谁都卖力。时间长了，他已经完全熟悉了过事的路数，抬埋前杠子、绳子全准备到灵前。起灵了，他拉着一架子车锨就往墓地里跑，填埋完拿起石柱子在墓道虚土上蹾，埋完人又把锨、绳子、杠子装车拉回。回来的路上村里人说:这傻子还能行得很! 柱子心里滋润，他知道是夸他呢!

虽然村子挺大的，也不是经常有白事，没事过的日子真的难熬。哥哥、嫂子脸拉得跟茄子一样，整天骂他吃得多。他开始出村过事，慢慢地方圆十几里都知道有个爱吃肉夹馍的傻柱。但是有一回，柱子过完事没吃下去肉夹馍，一口咬下去肥油流出来，他吐得几天没吃下去饭。下葬正是伏里天，埋的人是车祸死亡，听说事出了以后车跑了，人在镇上医院搁了好几天。下葬的那天，总管让人在棺木上摔了几瓶子酒。还好，墓地不远，就在大路边上，抬埋的捂着鼻子勉强把人抬到了墓地，结果往墓洞下的时候绳子断了，谁也不愿意下去背棺材。披麻戴孝的女儿哭得昏过去几次，柱子听得心里发毛。他咕咚咕咚闷了半瓶子酒:"让我下去背。"再上来的时候，他几乎窒息了，只觉得太阳白花花地晃眼，那哭声震得他脑子里嗡嗡嗡直打旋儿。那天，是他第一次没吃下去肉夹馍。

走就走吧，到哪儿都是流浪。但城里真是狗欺生、人难认，饭好吃、脸难看。谁说不是呢! 回? 回! 回农村过事去!

回去的路上，柱子路过那个让他吃不下去肉夹馍的墓地，看见碑上有他认识的那个"汪"字。

王　武

王武,爱喝酒,爱撵兔。

"一年不喝一老瓮酒就不算喝酒。"这是王武的口头禅。村子里和王武熟识的,不是酒友,就是狗友。

除了喝酒撵兔,王武有一个重要的身份——村小学校长。学校方方正正十亩地,有二十多个教师,五百多名学生。学校里有两个长期住校的人:烧水的梁师和王武。天没亮,梁师五六担水已经倒进大铁锅,拉着风箱开始烧水。学校里栽种着许多杨树、桐树,鸟儿在树上叽叽喳喳地说话。王武起来,把前一天晚上热水壶的水倒进牙缸、脸盆,挤牙膏,端了缸子,圪蹴到房门外刷牙。唰唰,嚓嚓,他刷牙力道极大,恨不得把牙皮刷掉一层。王武喜欢抽黑卷烟,经常烟不离手,离他老远都能闻到烟味,但牙齿极白。洗漱完毕,梁师提两壶热水过来,把两个空壶换走。

王武用热水烫了茶壶茶杯,泡上茉莉花茶,点一根卷烟,烟抽完一壶热茶也下肚了,校园里满是咿咿呀呀读书的学生。

王武从墙上取下哨子,走到操场。吱——只需一声哨响,校园里的读书声都停下来,学生们列队进入操场。

王武叫操从不喊一句话,所有口令都是通过哨声传达。"嚯嚯,嚯嚯——"所有学生稍息,立正。"嚯嚯——嚯",队伍全部齐步走。"嚯——嚯——喂"是走路的节奏,待到跑步时,哨音突然变紧,"嚯嚯喂,嚯嚯喂",学生自然由走转跑。待听到"嚯嚯嚯嚯"的哨音时,学生齐喊口号"一二三四"，还有"好好学习，天天向上""锻炼身体，保卫祖国"等。学生听王武的哨音，就知道该走还是该跑，或由走转跑，或由跑转走。哪个班步子乱了，王武的哨子立即变得严厉。他边跑步边盯着这个班看，学生们马上规矩了，步子跟上哨子节奏，队伍瞬间整齐划一，王武便把目光移开，继续边跑边吹。不论冬夏，每天一场操下来，王武的脊背都汗津津的。

王武带高年级体育课，一上课照例是一通哨子指挥学生跑操，看学生身体都活动开了，给体育委员一个眼神，这学生马上会意，撒丫子奔向会议室兼乒乓球室兼体育器材室，后面立即有几个男娃也跟着跑过去。一会儿工夫，满操场都是跳绳的、打沙包的、打篮球的、踢足球的（有时候踢的是排球）。没课的时候，王武会背着手在教室后面转，教师和学生正上课的时候突然会感到一种莫名的气场，这肯定是他马上要转到那个教室后面了。

每周五下午是全校教师政治学习时间，王武照例让主任给大家读报纸。当主任读到"深川特区"的时候，他说："停住，那个字读'圳'不读'川'。你当主任哩不懂就要弄懂，错错教给老师，老师再错错教给学生，娃回去再念错给大人，让人笑话学校哩！"

村小学的教学质量很高。快到毕业季，为了争生源，附近两所初中都会请王武吃饭喝酒。王武都不推辞，一一应承，而且从来都是单独赴会。到了饭桌上，有人说："王校长，你都没带个主任或老师过来，把你喝翻了也有人背你回去。"

王武答："主任来了谁管教学哩？老师都忙着上课呢！再说了，把我放翻的人还没出生呢！"

初中一帮领导轮番敬酒，三巡过后，王武挽起袖子说："划拳！要敬拿拳敬。我先走关，会划拳的划，不会划的找人代拳。老规矩，每人六拳，一拳一杯酒，零比四重来，三平决一个，喝酒不准代。"规矩定了，王武从右至左开始打关,大部分人都会落败,碰到酒量大不服输的要再加划,王武从不拒绝。一圈关打完,有些人不胜酒力,已经面红耳赤,醉话连篇。王武却伸出左手说:"刚才正打了一圈,现在我用左手划拳,反打一圈,一把一抹。"两圈关完,大部分人喝到位了,剩下的都不敢再挑战。王武对初中校长说:"招生的事你放心,数量、质量都没问题。有几个家里困难的娃,到时候给你写个单子,学费该免的免,该减的减。"

没当校长的时候,王武经常吆喝村上一帮狗友,拉了细狗跑到河滩里撵兔。

领头撵兔的人称"狗司令",要运筹帷幄,又要善于临场指挥,王武就是村里的"狗司令"。看着是杂乱的一群人一群狗,其实分工是很明确的。走在前面的手里拿着棒子这儿戳戳那儿打打,吆喝着把兔子惊起来。后面跟着牵狗的,每条细狗脖子上都戴着皮圈子,下面是一个小葫芦环,绳子一头拿在手里,一头从环穿过去不打结直接拉回到手里。一发现兔子跑起来,狗立即狂吠,扑着要奔出去。"狗司令"一声"撒绳",牵狗人只需放掉一个绳头,狗就蹿出去了。这时候,田野里尘土飞扬,人吼声、狗叫声此起彼伏,野兔没命地疯跑,后面白色的、黄色的、黑色的几支箭紧紧追随。眼见着就要咬住,兔子一个转弯,几条细狗全被闪一个趔趄,满身黄土,汪汪乱叫。受了兔子的侮辱,细狗们红了眼睛,顾不得狼狈,复又转身追逐,步幅速度较前有过之而无不及。

若只有一只兔子,只需放三四条狗就够了,其他狗再叫再挣扎,牵狗人也不会撒绳子。因为细狗虽然速度快,但耐力差,不能让它频繁冲击。待到下一个目标出现时,这一批狗才会放出去,刚才出击的又会被牵狗人牢牢拽在跟前。年龄大、经验丰富的猎狗是不需要拴绳子的,它们不会像年轻的猎狗那样乱跑乱撵,往往远远出现在兔子逃命的方向,有时候会用狗语指挥年轻猎狗围捕猎物。兔子后腿长前腿短,善于爬坡,上坡比细狗快得多,刚上到坡口,往往撞上守在高处的老狗。老狗威严的吼声惊得兔子赶紧往下跑。这时候前腿太短,没法在高速中掌握平衡,连翻带滚就下去了,几条猎狗恰好形成包围圈,兔子瞬间被围在中间,几张嘴就咬到身上了。

这情形早被王武看在眼里,他喊:"胜娃!跑哪儿去了?"胜娃是负责拾兔的,他身上背个蛇皮袋子,手里拿根棒子,跑到狗群里,边打边吆喝。硬生生从狗嘴里把兔子拽出来塞进蛇皮袋子。猎狗们不罢休,围着胜娃又叫又跳,但是惮于那根棒子,都不敢真正去咬。一场围猎这才算结束。

撵到人困狗乏的时候,胜娃袋子里已经装了好几只兔子了。一帮人一群狗来到羊肉馆子要几碗羊肉泡,撵兔人把羊肉捞出来夹到烧饼里,扔给刚才表现好的猎狗,自己却从包里拿出馒头就着羊肉汤吃。吃完喝完,饭钱照例是王武掏。

自从当了校长,王武很少撵兔了,只要不是假期,即使狗友们死缠硬磨,他也从不出去。

当然也有例外。几个狗友提了几瓶酒来说,一人先喝一瓶,然后划拳,撵不撵兔谁喝赢谁说了算,结果那次王武真的被喝翻了。后来他才知道,刚开始那瓶,他喝的是酒,几个狗友酒瓶子里装的是水。从那次之后,王武不当"狗司令"了,几个狗友吓得好久不敢见他。他说:"我现在身份变了,年龄也大了,不能再像以前那样野得没边边。你们几个要喝酒行,不准使诈。"

村小学校长一干就是十几年,王武的称呼也变成了老王,但学生总成绩始终在全乡名列第一。

后来,有许多师范生被分到乡上。老王找到乡上,说学校都是民办教师或者代课教师,该多补充些正牌师范生教课了。领导说中心小学在集镇上,要加强中心小学的师资力量,要多分师范生,以便打造全乡的标杆学校。

老王急了:"我们学校年年第一,都分不了几个师范生吗?中心小学是个屁,年年倒数!你当领导哩放着现成的标杆不打造,明显是偏偏斧子——胡决哩!"领导也躁了:"你还想当标杆哩?你连当校长的资格都不够,除了喝酒、撵兔你还会弄啥?你早该被现代教育淘汰了!"

老王那天在街上喝了许多酒,半醉半狂从东头走到西头,大骂了一通。

没过几年,老王病倒了,胃上的病。他去世后,几个分到村小的师范生哭得很伤心。他们说,每遇着晚上停电的时候,都会想起王校长挨个儿给送蜡烛的情形,校长说让他们不要害怕,老王在学校住着呢!

皂荚树下

直到五驹子蹬腿咽气，贺家院子里也没挖出先人藏黄货的罐子。

五保户五驹子是麦子泛黄的时候死的。村里老人说五驹子命苦，临了都没吃上新麦馍。

村主任贺丰登从旁边老坟上挖了一锨迎春花拍在五驹子坟头上，脱下鞋在锨把上磕了磕土，从耳朵后面摸了纸烟啣在嘴上说："五驹子才不苦哩。这货一辈子走南闯北，是见过大世面的，也算是没白活。"

旁边人掏打火机给点着烟，他狠吸一口，腮帮子鼓了鼓，一团浓白的烟雾从嘴里吐出来，又吸进鼻子，嘘——再出气时几乎看不见烟雾。"羊娃子你个白眼狼，埋舅哩都不回来，贺家村从今往后就没有你娃的脚印子了。"

"可不敢把话说绝了，羊娃子以后在外面把事弄大了，说不定回来给咱村修渠修路呢……"

"羞他先人哩！再回来我不唾到他脸上！"

算黄算割——算黄算割——布谷鸟从远处飞过来，算黄算割——算黄算割——风轻轻地吹过，鸟儿的叫声回荡在空旷的田野上。麦子快要搭镰了，齐簇簇的麦穗沙沙地在风中摇动着。

五驹子从裤兜里掏出几株麦穗在手心里揉烂，吹了麦糠塞到嘴里胡乱嚼着，麦芒卡在喉咙上，扎得他直翻白眼。

"娃呀，你再不敢糟践队里的庄稼啊！咱孤儿寡母的，谁都得罪不起啊!"

"我一点儿都没糟践,都咽到肚子里了。"五驹子手指头在喉咙里抠麦芒。

五驹子妈再不敢说了,她怕说得紧了,五驹子拿镰把生产队那片青麦子全搂了。自从父亲死了以后,五驹子从来不在吃喝上讲究,只要能填饱肚子的,都往嘴里招呼。

"妈,咱屋里到底有没有黄货?"

"谁知道呢!反正你爷死的时候说先人埋了一罐子黄货。唉,估计是老糊涂了,说胡话哩。"

五驹子把院子的角角落落挖遍,差点儿把房子挖塌,也没挖到装黄货的箱子、罐罐。整天饿得裤腰掉到半胯上,他再也没心思挖了,看来老先人真是糊弄人哩。

铁锨和镬头扔在地上,院子里到处坑坑洼洼,门前的老皂荚树周围也挖得根须狰狞。

五驹子不见了。

村里人说五驹子跟耍马戏的余老汉跑了。余老汉的女儿小霞长了一双大花眼,把五驹子的魂勾跑了。五驹子妈直到闭眼也再没见过儿子的面。

贺丰登点了根烟递给五驹子问:"你那些年跑哪儿去了?"

五驹子支棱着胳膊半靠在床头上,掐了过滤嘴说:"我不爱抽带把儿的,没劲儿。"

屋子里烟雾缭绕。除了一张大木床,五驹子家没有一件像样的家具,冬夏的衣服裤子揉成疙瘩都堆在床角,十五瓦的灯泡发着昏黄的光。

"还是咱关中道里好啊!"虽然跟贺丰登年龄相仿,但五驹子已经满脸褶子,明显苍老得多。他抽了几口烟,咳嗽得胸口疼,指头没夹住,烟掉到地上。丰登再要递烟,他摇摇手:"不抽了,不抽了!咳咳咳咳……"

"那女子的腰软得很,身子叠着能钻过那么细的桶。"丰登记起年轻时候和五驹子在皂荚树下看马戏的情形:

皂荚树开着一簇簇小花,蜜蜂嗡嗡嗡在花间树上飞舞。余老汉的铜锣一响,徒弟出场,高个儿白脸面,鼻子直挺俊俏,几套刀枪拳路打下来,村里人纷纷喝彩。余小霞身着红绸单衣,要完几组魔术,在小小的高台上表演钻桶。五驹子涎水流着,眼珠子都快掉下来了。

"你到底跟小霞成了没?"丰登问道。

五驹子眼里露出少有的光彩,忽而又暗淡下去:"唉!我俩成了还能落到今儿这光景?霞妹子性子太烈啊……"

丰登说:"小霞跳河了,余老汉死了,这你以前都说过,我就想问你俩到底好了没有?"

五驹子眼里有泪,摇摇头不说话了。

"你个瘫子,每一回到关键时候就不说话了,你早先娶个媳妇也不至于落个这下场。"贺丰登续上烟。

"都是让倒插门哩,我才不弄辱没先人的事。"

"还有人撵着要嫁给你,你为啥不娶?"

"撵上门的都是些啥人嘛,我大小伙子能娶个寡妇?"

"唉——你活该!"丰登收拾了碗碟,起身要走。

"哎,再坐一会儿……"

"不坐了,屋里脏得跟猪窝一样,明儿叫彩云过来给你收拾一下。"贺丰登手里端着碟子碗,脚钩了门走了。

自从五驹子瘫了以后,贺丰登就安排村里人轮流给他送饭。腊月里,丰登媳妇彩云领了一帮妇女给他拆洗了被褥,打扫了屋子。五驹子现在最盼望有个人能跟他说说话,但除了丰登偶尔来坐一坐,屋里再能跟他对上眼的就是房梁上磨牙的老鼠了。

皂荚树叶子落光了,皂荚又黑又硬,在风中噼噼啪啪地挤撞着。五驹子再回到贺家村的时候,怀里抱着一个男娃。

"这是……这是……五驹子回来了?你家这皂荚结得真繁……你抱的这是……"丰登妈放下手里的竹竿,把装皂荚的竹笼往身后拉了拉。

"外甥,我外甥。"

"娃呀,你咋才回来呀!你妈天天下了工就坐到皂荚树底下念叨你哩,苦命人啊!"

"婶,这娃叫余建功,以后还要你多照应哩!"

丰登把五驹子引到坟上,给老人奠酒、烧纸、磕头。"妈呀——儿不孝啊——没能给你送终哟——"五驹子放声大哭。

"哭够了?哭够了就回,屋里娃还等着吃奶哩。"

余建功是吃羊奶长大的,村里人都叫他羊娃子。

"舅舅,舅舅,别的娃娃都有爸爸妈妈,我咋没有?""你爸妈到外国做生意去了。来,舅舅给你变个魔术。"

"舅舅,我爸妈啥时候回来?""你乖乖地念书,他俩就回来接你了。来,你给舅舅表演个魔术。"

"舅,我爸妈到底在哪儿?""外国。""哪个外国,日本还是美国?""舅给你变个新魔术。""我不学你那骗人的把戏,他们到底在哪儿?""建功娃你别问了,舅也不知道,还能给你变出来不成?"

五驹子经常骑着车子赶集会。附近街镇哪天逢会,他脑子里清清楚楚。一四东田会,二五八胡市会,三六九油张会……村里人只要看五驹子骑车子朝哪儿去,就知道是东田过会还是油张过会。哪天要是他回来晚了,肯定是胡市或者银桥过会,这两个镇子大,人多,集会结束最晚。

到了集镇上,五驹子蹲在街边,给钉鞋的跛子递了烟,山南海北地说闲话。待到上会的人越来越多,他在地上摊开布幔子,把膏药瓶子、虎骨、鹿角一一摆开,手里一边变着小戏法一边吆喝:

"哎嗬——

走一走,看一看,

祖传秘方神仙散。

腰疼腿疼脖子疼,

立马见效,一贴就灵,

长期使用,浑身没病。"

人围得多了,五驹子挽起袖子,从腰里摸出刀子,刺啦一下,胳膊上顿时鲜血直流。他不紧不慢,撕一片膏药贴在伤处,狠狠按了按,再揭掉时刚才伤处竟光洁如初。"先来的买一贴送一贴哦,后到的只卖不送哦,今儿个药带得不多,要买脚底下麻利些……"

农村人下苦干活,哪个没有腰疼腿疼的时候,一哄儿都上来买。有的干脆直接让贴在腰上腿上,热烘烘麻酥酥的。钉鞋的叼着烟在旁边搭讪:"膏药比吃药好得快。五驹子,记得给我留几贴。"

收摊的时候,五驹子又给钉鞋的递烟。跛子说:"再不要拿刀子拉胳膊了,小把戏谁看不懂呀?赶紧把你那鸡血袋子拾掇了,苍蝇嗡嗡嗡的把人能恶心死。"

街道上西药店越来越多,买神仙散的人越来越少。五驹子不卖膏药了,但还是到处赶集会。

"哎嗬——

走一走,看一看,

最新研制的老鼠药噢——

红豆豆,绿面面,

闹死老鼠一串串。"

丰登填完担保书交了罚款,把五驹子从派出所领了出来。"能不能安安生生在家种地? 地里草都比庄稼高,你整天尽干些哄人的事。"

"我下不了你丰登那憨苦呀,不挖抓些钱咋供羊娃子念书哩? 老鼠药没哄人,真的药老鼠哩。"

"药哩? 连人都能药死。你那是毒鼠强,国家不准卖!"

"人想寻死,一根草绳的事,非要吃老鼠药那能怪我?"

"避避避! 要不是看羊娃子可怜,我才懒得管你。"

"哎哎哎,给一根烟……"

羊娃子考上大学了,是贺家村第一个考到北京的大学生。五驹子在皂荚树下摆了八桌酒席,村里人都很高兴。"五驹子,祖坟上冒青烟哩,你这烂娃还能供出个大学生。""外甥,是外甥。"五驹子表现出少有的谦虚。"外甥咋? 外甥也是咱贺家村喂大的外甥。"

"敬酒,敬酒! 羊娃子给你丰登舅敬酒,给吉娃舅敬酒,给拴牢舅敬酒……"五驹子领着羊娃子给村里人挨个儿敬酒。

酒一直喝到后半夜,五驹子喝醉了,贺丰登喝醉了,皂荚树也醉了,整个贺家村都醉了。

羊娃子天不亮就走了,走的时候没叫醒五驹子。他独自背着行李离开了满是舅舅的贺家村。昨晚上,丰登舅扒着皂荚树吐的时候,拍拍他的肩膀说:"你爸……你舅没白养你,余小霞……也该瞑目了。"

羊娃子的生活费每月得按时寄去。膏药、老鼠药都卖不成了,五驹子不会种地,也懒得种地,他整天骑着破自行车,戴着墨镜走街串巷。

"老嫂子,你屋里最近事不顺吧?"

"你是干啥的?"

"你不管我是干啥的,你家是两棵树上结了五个枣——大儿大女是前房的,后面两儿一女是你的血脉。小儿子经营收割机,小女子婚姻不太顺当。"

"噢?"老妇人一惊,"你咋知道?"

"前世恩怨现世报。你家最近会有血光之灾啊,女儿婚事倒不要紧,关键是你小儿啊……"五驹子说完转身就要走。

老妇人面色蜡黄,浑身筛糠:"先生,先生,你说该咋办呀?"

五驹子卸了墨镜,凑到老妇人跟前说:"钱财乃身外之物,古话说舍财消灾,你只要舍得花钱,就有办法消灾。"

等老妇人搜腾出箱子底、炕席下的钱来,五驹子领她揭了门前的水道,挖出一个破镯子。

"这是你男人前房的遗物吧?"

"我没见过呀。"

"噢,这压箱子底的东西,你肯定没见过。左青龙右白虎,这物件在水道上,压住龙脉了,克着你家小儿啊!"

"怪不得我家小四小时候爱得病。"

钱到手、事说毕,五驹子把镯子扔进自行车梁上的帆布袋里,跨上车子悠悠地离开了。老妇人摸了摸胸口,长出一口气,似乎多年的心病一下子好了。

骑到村道后头,五驹子整理了一下帆布袋里的各种道具,又找出一块白石片,埋在另外一家人的后墙根下。

到了农忙时节,五驹子和他的小三轮车也没闲着。虽说自己地里不打庄稼,但后院里总是晒着几箔子棉花,满地摊着黄亮亮的苞谷、白生生的豆子。

丰登骂道:"你越来越可憎了,再出去偷小心狗腿叫人卸了。"

五驹子坐在皂荚树下剥着昨晚弄回来的棉花:"我又不动咱村里的东西。再说了,你能眼看着咱外甥在京城里饿肚子?"

"呸!娃早都下看你了!"

羊娃子的来信越来越短。最后一封信写得没头没尾:舅,不用寄钱了,花那钱我心里不舒服。五驹子没放在心上,寄钱的时候捎带写了几个字:建功,安心读书,家有黄货,钱很干净,你放心用,舅贺丰盈留字。

寄了几次,钱都原封不动地退了回来,再也没有羊娃子的音讯。五驹子专程去北京找过,羊娃子到东北实习去了,听说毕业要交流到国外学习。

"京城是啥样子啊?""路宽得很,坐地铁要刷卡哩。""见羊娃子没有?""见毛主席了,水晶棺里躺着,跟睡着了一样,纪念堂外面参观的人排了几里长的队。""你没见羊娃子?""咱外甥要出国哩,贺家村谁还出过国吗?"

乡上让报五保户,贺丰登第一个想到五驹子。

"我不当五保户。""村里就你符合条件,没媳妇、没娃、没固定收入。""我嫌丢人。""你一辈子干的丢人事还少?养个外甥都不认你了,老了谁埋?"五驹子蔫了。"好了好了,我把这事拿了,将来政府管葬埋哩。"

三轮车翻了,一车苞谷压了五驹子几乎半晚上。没有人卸五驹子的腿,三轮车压断了他的腰。邻村人留下苞谷把他送回贺家村,地里再也没丢过庄稼。

五驹子吃完第二轮百家饭的时候,皂荚树的叶子像绿色的羽毛层层叠叠把院子罩严实了。日落西山,晚霞染红了半边天空,村庄沉浸在柔和的霞光里,五驹子让丰登把他挪到树底下的藤椅上。

"大师兄不是个东西,把小霞肚子弄大自己跑了。唉,陈芝麻烂套子的事,不说了。"

"弄了半天,你管了一辈子闲事,我还以为羊娃子是你儿哩!既然你跟余小霞没有啥,咋不娶媳妇哩?"

"心里放不下她么。唉,娶了媳妇羊娃子要受罪哩。丰登,我要是死了,这庄基……给羊娃子……留着。"

"你这一辈子,叫人咋说哩……"

"应承下的事,总得……办到头啊!"空气中浮动着淡淡的清香,五驹子慢慢抬起头,"丰登,你看……皂荚树……开花了……"

五驹子仰着头,望着一簇簇黄白的花儿,消瘦的脸上露出一丝笑容,他慢慢闭上了眼睛,泪水流过面颊耳际,滴落在黄土地上。

村里的年轻人都拥进大城市打工,村道里有点儿年代的大树也跟着进城了。五驹子家门前的皂荚树被锯掉枝丫,草绳裹根,坐着专车进了城。五驹子先人没哄人,皂荚树挖起来的时候,下面有个沉甸甸的罐子,贺家村人把它上交国家了。

贺丰登说:"政府给这五千元奖励和树钱先放到村里的账上。五驹子的庄基谁也不准动,给羊娃子留着。"

"亲舅蛮外甥,洋学生早把贺家村忘了。"

"羊娃子肯定会回来的。"

大个子女人

小个子金亮领回来一个大个子女人。

金亮这小子,长得又低又黑,没爸没妈,整天跟着乐队给人过白事、过红事,家里就两间半破房子、一面大炕,要人样没人样,要家道没家道,当了三十几年光棍,咋就能领个女人回来?

杨家井村人挤满了金亮的婚房。

"亮叔,从哪儿引的媳妇啊?""亮亮,媳妇看着比你大多了。""金亮,你媳妇该有一麻袋麦子重吧?""亮哟,你好像都没有媳妇奶奶高?"金亮不搭话,露着一口黄牙嘿嘿嘿地笑。大个子女人倒是开通,穿着红锦缎棉褂子递烟倒茶,"叔、哥"地叫着,招呼这个招呼那个,哪个愣小子偷偷捏她一下、摸她一下也不忸怩。

大个子女人第三天就在院子里干活了。她穿着那件大红锦缎褂子扑腾扑腾地压水。压水井太低,她弓着腰,胸前的肉随着井杆的上下忽闪忽闪地晃荡,褂子太短,一截白生生的腰露了出来。

金亮嘴里叼着烟哼着小曲,蹲在门外边搪泥基。

拐子眼瞅大个子女人半天了:"亮亮娃,搪泥基哩? 咋,炕塌了?"

"噢……"金亮脸红了。其实红不红看不出来,他脸太黑。

拐子又说:"你大一辈子给人抹泥基盘炕,想着你家炕够结实了。"

"拐子叔,操心你脚底下。"金亮回了一句。

"咦啧啧,你这娃,拐子是你叫的? 你大在世也不敢这么叫。"

女人提了两桶水出来倒进土堆里,抬起胳膊擦头上的汗,褂子太短,露出一截白生生的肚子。她说:"叔,亮亮不会说话,你个跛子跟那憨憨较啥劲儿哩!"

说完话,抄起铁锨开始和泥。

"唉,一对二货!"拐子一高一低地走了。

中午饭时,杨家井村人都知道金亮家炕塌了。

儿子出生了,金亮还让拐子叔给娃取名字。拐子捏着几根杂乱的胡须说:"就叫金强吧,期盼着娃到时候比你过得好些。"

老二出生了,金亮让拐子叔给娃取名字。拐子捏着几根胡须说:"就叫金盛吧,期盼着今后你家日子越过越好。"

俩儿子的长相、身坯子都随大个子女人,圆盘子脸,大眼大嘴,手大脚宽。夏天精屁股光脚板到处乱跑,脸上肚子上厚厚的汗泥,手抓到哪儿,哪儿就是几道泥印子。冬天穿着棉开裆裤,前腿面上一道道白尿印子,一只脚光着,一只脚上跶着看不出颜色的棉窝窝,在雪地里爬来滚去,屁股通红。

"亮哟,你家出了门就是大公路,汽车摩托车快得很,这俩货跟土匪一样,要经管好啊!"拐子叔关心地说。

"不用经管,"金亮指着俩儿子,"大的撞了五万,小的三万。"

"二货!"拐子一高一低地走了。

金亮露出一口黄牙嘿嘿嘿地笑。两个儿子看见父亲笑,仰着脸也嘿嘿嘿地笑。

大个子女人从家里出来,在儿子屁股上啪啪地打:"没长耳朵是不是? 没长耳朵是不是? 再胡跑! 再胡跑!"

两个儿子哇哇地哭,女人打完转身回去了。金亮说:"咧咧啥哩,咧咧啥哩! 来,给你俩一毛钱,买糖去。"

俩小子又嘿嘿嘿地笑了,大的拿了钱一溜烟跑了,小的趔趔趄趄地在后面追。

在乐队里,金亮是敲大鼓的。村里老了人,引魂、献饭、扫墓的时候,他嘴里叼着烟,眼皮子耷拉着,挎着大鼓咚、咚咚、咚、咚咚地敲着单调的节奏。到了填埋快完时,或是主家设酒席谢忱村里人时,乐队头头喊一声:"亮,来一段精彩的!"

金亮噗地唾了烟把儿,咚、咚、咚咚咚,鼓点立时密起来,脚底下挽着花儿,黑脸上神采飞扬。忽儿弓步大马,忽儿金鸡独立,忽儿跳到凳子上,忽儿凑到年轻女子脸跟前,鼓槌上下翻飞,喝彩声此起彼伏。

小号"嘀——嗒嗒嘀——"吹响,金亮的鼓舞才停歇下来,擦汗的时候,主家的烟递上来,酒端到面前。金亮把烟夹到耳朵上,脖子一扬,酒干了——金亮狂了。

人狂没好事,狗狂挨砖头。金亮狂了,金亮睡了乐队里敲小锣的那个黑女人。黑女人的男人放不下,领了四五个精壮小伙子围在金亮家门前。

"金亮,你出来,今天非骗了你不可!"

金亮吓得钻到屋里不敢露头。大个子女人一手提切面刀一手抓着门框,高大的身子几乎堵住整个家门,用刀指着那男人说:"不就是睡个觉嘛! 来来来,往炕上走!"

"啊呸——你那裤裆能吰进去马车! 叫金亮出来!"

几个人上来就拉。女人胡乱挥着切面刀,结果抓着门框的胳膊被一棍子给砸折了,她疯了一样挥着一条胳膊追砍。几个人哪见过这阵势,边跑边骂:"母老虎,母老虎!"

"我是女人不?"

"嗯。"

“那黑女人有啥好？”

“不一样。”

“啥不一样？”

“腰细。”

“滚！”

……

“亮亮，我好不好？”

“好。”

“啥好？”

“心好。”

“还有啥好？”

“啥都好。”

“我还想……”

“哎哎哎，小心你胳膊……”

杨家井村离县城三十里路，有人骑着自行车绑着铁锹到人市上寻活做工，一天能挣几十块钱。慢慢地，周围村里上人市的人越来越多。天麻麻亮，上人市的自行车队从金亮家旁边的大公路上过去，天擦黑，又从公路上回来。

大个子女人眼瞅着两个儿子个子往上蹿，一家人还住在两间半破房子里，一听到路边自行车来来去去，心里像猫抓一样着急。

“亮亮，你也上人市去吧，一天好赖还挣几十块钱呢！”

“我不去。没手艺的人才上人市呢！”

“你有手艺，谁敢要你？不就是敲个鼓嘛，还敲到人家炕上去了。”

“唉！一说就说到那事上，一说就说到那事上。”

“不说行。说你拿啥挣钱，不挣钱咋盖房，不盖房咋给娃娶媳妇？

你以为现在的女子跟我一样傻?"

"反正我不去。"

"你不去我去!"

从此,上人市的自行车队里多了个大个子女人。

女人不在家,没人经管做饭,金亮嘴里寡淡得难受,又跟着远路上一个乐队混去了,有事跟着过事,没事时喝酒、抹纸牌耍钱,十天半个月不着家,从没给过家里一分钱。

金强、金盛没人管,整天在学校挨罚站,上学跟没上学一样。回到家也吃不上一口热饭,一人手里捧个冷馍啃着,裤裆吊到膝盖上,拉着鼻涕到处游荡,拔人家蒜苗,摘地里的辣子,闹腾得村里鸡飞狗跳。

大个子女人上人市回来,灶膛里黑泥横流,木锅盖半开着,几个馍馍熏成了黑蛋蛋。两个儿子热馍时烧干锅了,灶膛起了火,一桶水泼下去,人跑得没影儿了。

女人哭:"金亮呀,你个狗东西,生娃不养娃,娃跑不撵娃。金亮呀,你个狗东西,钻到哪个窑婆炕上去了……可怜我俩娃呀……"

女人决定不上人市了,她给娃置办了新衣服,洗干净手脸,每天天麻麻亮就打发他们上学,叮嘱着到学校好好念书,早饭午饭再不耽误。

娃上学走了,大个子女人吊着一对大奶子倚在门口,跟上人市的熟人打招呼:"急啥,到屋里喝杯茶再走。"

有人把车子靠到麦秸垛后面,跟着女人进屋,门"吱——哐啷"从里面关了。

从此,"喝茶"成了人们聊天的新话题。两个年龄大的坐在人市上边等活边聊天:

"你也去喝茶了?"

"喝了。"

"多少钱?"

"熟人,二十。"

一个毛头小子在旁边问:"喝的啥茶?"

"啥茶? 花茶!"

"咦嗒嗒,比喝奶都贵。"

"哈哈哈……"

一天,拐子推开大个子女人家的门:"金亮家的,再穷你也不能干这辱没村风的事,叫外村人拿尻子笑话哩!"

女人却哭了:"叔呀,要不是为了娃,我怎能走到这地步?"

拐子"唉"了一声,摔了门转过身一高一低地走了。

金亮回来了,家里能摔的东西全摔坏了,大个子女人被打得嘴脸乌青。摔完、打完、骂完,金亮又走了,说永远不回这个家了。

大个子女人哭:"金亮啊,你狗东西整天在外面胡吃海喝,欺负我没娘家啊……"接着又骂,"拐子呀,你舌头太长了,你不是男人,你个烂嘴婆娘啊……"

金强、金盛斜挎着书包进门了。女人擦干眼泪,系了围裙说:"妈给你俩擀长面。"

没有风,夜很静,炕热乎乎的,两个娃的鼾声均匀,大个子女人悄悄出门了。村道里的狗偶尔"汪汪"叫两声,庄北地里苞谷秆有一人多高了,水渠上一溜桐树黑乎乎地站着。

女人总觉得有什么跟在身后,她摸了摸腰上的绳子。管它是啥呢,死都不怕了,还有啥害怕的!

咔嚓,树股断了。

"哎呀——"是个老男人的声音。

大个子女人栽下来,压在一个人身上。

"金亮家的,我也是为你俩好好过日子哩,谁能想到闹成这样子!"原来是拐子。

"你管我干啥?我不想活了,谁要你管!"女人坐在地上嘤嘤地啜泣。

拐子说:"你死了,俩娃就没妈了。"

"哇——哇——我就是个没妈没大的娃啊。哇——哇——"女人放声哭了起来。

"娃呀,人一辈子谁没有个磕磕绊绊哩!"拐子站起身拍拍土说,"哭够了吧?哭够了就回。"

"叔,我知道你为我好为我家好,我都记下了。叫我死吧,活着日子也过不下去。"女人坐在地上没起来。

拐子盘了绳子说:"活人还能叫尿憋死?起来,回家,叔给你想办法。"

大个子女人的小卖部开张了,拐子写的牌子——强盛小卖部。店里货不多,主要是油盐酱醋和小食品。女人把小店里收拾得干干净净、整整齐齐。大公路边人来人往,店里生意越来越好。

拐子每天都来店里坐。女人边倒茶边笑着说:"叔,你放心,除了你再没人来喝茶了。赶紧,你爱喝的茉莉花茶。"

拐子端着茶杯说:"这茶香! 这茶香!"

直到大个子女人盖起三间平房,金亮也没回来过,村里人说他领着黑女人跑了,跑到南方去了。金强二十二岁、金盛二十一岁时跟着村里人到广东打工都好几年了。

那件发白的红锦缎褂子已经成了大个子女人天冷时干活的工作服。她一手端着白灰,一手拿着抹墙的泥壁粉刷内墙。褂子袖口破了,露出棉花;前襟破了,露出棉花。她一泥壁一泥壁地抹着白灰,褂子太短,露出一截软塌塌的肚皮。她弯下腰掊沙灰,褂子太短,露出一截皱巴巴的腰。

大个子女人的超市开张时,拐子叔已经过世了,电脑喷绘的门头——强盛超市。超市里货很多,烟酒糖茶,各种食品,摆满整整三排货架。女人每天把超市收拾得干干净净、整整齐齐。她喜欢上了喝茶——茉莉花茶。

柜台上电话响了,是金强打来的:

"妈,寻见我爸了。"

女人紧紧抓着电话问:"他……他干啥哩?"

"他……在天桥上乞讨。"

"那黑女人呢?"

"没见,只有他一个人。"

"让他回来……"大个子女人哭着对儿子说。

"他不回去。"

"你弟兄俩把他给我绑回来!"女人歇斯底里地吼道。

"亮亮,新房盖起来了,给咱敲上一阵子。"

金亮张嘴嘿嘿地笑,一对黄门牙没有了:"老了,蹦跶不动了。"

"敲,我就想听个响。"

"敲啥呀?"

"敲我第一次见你时那段。"

咚——咚咚——咚——咚咚——

咚——咚——咚咚咚……

问　渠

杨拉水的魂丢了。

刁胜民掉到南干渠淹死以后，杨家井村人都这样说。

太阳炸了似的暴烤着大地。地里的玉米苗变成灰青色，细长的叶子拧成了绳。大个儿的红蚂蚁顺着干裂的地缝灰头土脸地跑，热得喘不过气来，在细小的阴凉下摇着触角大口大口地吸气。南干渠水位很低，渠水浑黄地流着。几个光屁股小子在水里扑腾，身上头上裹了黄泥，捏着鼻子扑进泥水里，像泥鳅一样扭一阵子，猛地起身，手顺着眼睛鼻子嘴巴往下抹，噗噗地唾着嘴里的泥沙，哈哈哈地笑，笑声瞬间被颤悠悠的热气吸进肚子里，随着太阳的呼吸变成芒刺扎进人耳朵里。

杨拉水穿了一条大裤衩，脸上身上发出油黄的光，光膀子上搭着的湿毛巾早已经干硬。他扯着嘶哑的嗓子喊："上来！小心大水下来淹死你们！"喊声像石块般砸在水面上，惊得一群小泥鳅哇哇叫着，站起身蹚着水朝远处跑了。杨树上的蝉吱的一声，像子弹一样射出去，拐个大弯儿，背着阳光消失在空中。

渭河都快断流了，哪有大水啊！杨拉水是盼着大水下来呢！眼看着地里正在挺命的玉米、棉花，身为西斗渠的斗长，却没要到水，杨拉水心里着急得像火燎。再不浇水，杨家井村今秋就要绝收了！他真想从段长自行车后架上把闸门扳手拽下来，开了西斗渠的闸。

早上淑叶来了，从笼里端出一大碗馍花麦饭，递给杨拉水。

"水下来了？"

"今年水比命贵。"

"棉花收了我给你装个棉袄。"

"麦饭好吃。"

"棉花旱得不长,满是红蜘蛛。"

"村里人眼瞪得跟牛蛋一样。"

"好吃多吃点。"

淑叶收了碗,从斗房出来顺着西斗渠往回走,她实在不愿意瞅渠边自家的二亩多地。旱了二十多天,棉花几乎没长个儿,蔫了吧唧的,见主人从身边走过,眼巴巴地看。搁到往常,只要南干渠水下来,西斗都会先开闸,西斗开了,淑叶的地就有人给放水。淑叶要交水费,杨拉水说,渗渠的水要啥钱么。刁胜民说,回回渗渠的水都流到寡妇地里去了,咋没见给旁人地里流过?杨拉水说,关你腿事!刁胜民说,小心把你腿闪了!

淑叶一走,杨拉水装了两盒纸烟也出了斗房。

"拉水,平时对你们西斗够照顾了。"段长接过纸烟说。

"要不到水,村里人不乐意么。"杨拉水给段长点上烟,"天天给人回话,快把斗长当成孙子了。"

"我给你当孙子,这回咋说也得先开东斗。"

"平时都是先开西斗呢。"

"东斗几个村闹腾得厉害。"

"闹腾顶屁用,你一句话的事。"

"拉水,你得是想把我的槽抬了?"

"段长,不是这话。都知道我总跟你喝酒,紧火时要不来水,村里人拿尻子笑我哩。"

"再不要麻缠,我得巡渠去。"

"不全开也行,把闸门往上拧两丝,先渗渠么。"

"渗啥渠哩!你趁早滚蛋,少耍花花肠子!"

"啥时候能开啊？我得给村里人回个话。"

"问我哩？问渠去！"

段长从门背后提了二尺多长的闸门专用扳手，推自行车出门。杨拉水一把拉住了车子后座上的扳手。平时靠在门背后冰冷的铁扳手，现在热得发烫。

"咋，夺权啊？"段长脸忽地黑下来，"丢手！"

没要到水，杨拉水撵跑了下渠玩水的孩子，圪蹴在闸门跟前点了根烟。闸门下面是西斗渠，沿渠两边是杨家井、金家寨和赵姜村三四千亩地。唉，再要不到水咋办啊？杨拉水把烟头丢进渠里，脚狠狠地在渠沿上跺了一下，恨不得跺出个大口子，让渠水流进西斗。

杨拉水住的斗房在南干渠和西斗夹角处，墙上一溜大字斑斑驳驳：水利是农业的命脉。两扇铁门锈得看不出原来的颜色，院子里靠东墙长了两棵椿树。靠北墙的菜地里，韭菜干黄得像月子娃的头发，茄子和西红柿啥都没结，南瓜蔓鸡爪子一样伸着，叶子蔫在地上。

太阳下去了。刁胜民提着草笼出来割草。

"拉水，你把渠铲得比婆娘的脸都干净。"

"天下火呢，渠上有狗毛哩有草？你提个笼做样子呢！"

"呀！水下来了！"

"扳手在段长门后头靠着呢。"

"我倒想当狗哩，段长看不上么。"

"说话不踏犁沟的货。"

"总不能拿担担水……"

"挣死你！"

"渗渠的水都没有？"

"滚！"

"给南干渠掏个窟窿咋样？"

"敢！"

"看我敢不敢！"

没有月亮，没有星星，天黑得严实。杨拉水铺了苇席坐在斗房院子里，烟头一明一灭，收音机刺刺啦啦地响着。淑叶的脚步很轻，像一丝风飘近杨拉水，风里有淡淡的香皂味。

"娃都睡了？"

"我熬了绿豆汤。"

"噢。"

"你这儿凉快些。"

"我担水浇菜了，院里泼了水。"

杨拉水端着碗喝汤，淑叶在他旁边坐下。土腥味混着湿气从苇席下透上来，菜地里浇过的西红柿叶子散发出涩涩的清香。

"你喝一口？"

"我不爱吃糖。"

冰糖绿豆汤进了杨拉水干渴的身体，微微地发出汗来，他浑身的毛孔张开了，还是热，但和白天热得不一样，口干舌燥大腿发抖。

"淑叶，我……"

"段长没答应？"

"淑叶，我有些上火……"

"地都旱着呢，又不是咱一个村，不要上火。"

"嗯？嗯。"

"打得再少也够装件棉袄。"

"说啥棉袄嘛！"

"今冬肯定冷。"

"谁知道嘛。"

"今晚没有月亮。"

"哎呀——"

淑叶看了看杨拉水,其实也看不见。她知道,杨拉水一直在盯着她看,脖子上的筋一定暴起了,呼吸声很粗。这呼吸声弄得她有点儿紧张,手心出汗了。难道是今晚上?不,事情得做得圆泛些,省得给村里人留下口舌。

扑啦,院墙外面有响声。俩人屏住气,再听时没有了声音。墙头上有老鼠突突突跑过,收音机信号不好,刺刺啦啦响着。

"嫂子多好的人啊,可惜了!"

"你唱戏哩?咋有一出没一出的。"外面一惊动,杨拉水没有了刚才的燥热。

"一个人抓扒娃娃真不容易。"淑叶像是说给杨拉水,又像是说给自己。

"我想去渠上转转。"嘴里说着,杨拉水并没有抬屁股。

"你下午跟胜民嚷仗了?"

"斗了几句嘴。"

"他老缠我。"

"死狗。"

"我不会跟他的。"

"嗯。"

"你说段长今晚会来不?"

"水下来了,他忙得顾不上。"

"我倒希望他来,前头说的事还没影儿哩。"

"那是他喝醉了说的。"

"醉了才说心里话。哎,要不再送瓶酒,说不定他答应了呢!"

"放水?"

"嗯?噢,都办了最好。"

"村里人的嘴怕怕着呢!"

"你试一下嘛!"

杨拉水进屋揭开柜子,一股淡淡的酒味。这瓶酒是嫁到城里的女子买的,他藏好几年了。唉,咱咋不是段长呢! 豁出去了,为了要水今晚豁出去了。杨拉水提起酒盒子想了想,又放下去。他瞅了瞅屋外,唉,豁出去了。

淑叶说:"把手电拿上。"

拉水说:"离段上牙长一截路,闭着眼睛都能打来回。"

淑叶浅笑,也是,和她从村里来斗房一样,路熟了。

南干渠涨水了,看来上游落了雨,渭河涨了。要水的事有眼隙! 杨拉水抱着酒顺渠沿往段上走,心里豁亮多了。

啪,摔了一跤。平路上咋摔了呢? 酒瓶子碎了,浓烈的酒味溢出来。他赶紧倒提着盒子,抬起头张开嘴嚼住盒子一角,像娃吃奶一样把从盒子流出的酒吸进肚子,直到盒子里只剩下哐啷哐啷的碎瓶子声。

平地上咋能摔跤? 杨拉水抹了把嘴,蹲下身子在渠沿上摸。偷水呢! 谁驴日的搭管子从渠里偷水呢? 管子一头插在南干渠,一头正哗哗哗地往地里流。他估摸了一下,心里一下子明白过来:胜民这家伙,怪不得下午提个笼在渠上踅摸呢! 水正往胜民地里哗哗地流。他撇下酒盒子,两手从渠里把管子拖了上来。

杨拉水揣着酒离开斗房以后,有人进了斗房院子。

淑叶问:"咋又回来了?"

来人不搭声,径直坐在苇席上。

淑叶问:"咋不吭气?"

那人呼地把淑叶扑倒在苇席上。

"谁? 唔唔……"淑叶被捂住了嘴。

"少喊叫!"

"唔唔,拉……水……"

"怪不得不答应我,是因为杨拉水!"

"啊……刁……你畜生……"

"不准喊！再喊把你俩的丑事张扬出去！"

淑叶不敢喊了，手脚使劲抓着蹬着，眼泪憋了出来……

酒没了，杨拉水窝了一肚子火进了院子。他听见淑叶低哑的哭泣声，大喊一声："谁？"

胜民见有人进来，来不及穿裤子，夺门而逃。杨拉水提起脚底下的凳子砸过去。"啊——"胜民踉跄了一下，向南干渠上冲去。

杨拉水边撵边骂："打死你个贼娃子！"撵到渠沿上的时候，扑通一声，胜民不见了。干渠的水快涨到渠沿了，闸门旁的水呼噜呼噜地打漩儿，水声淹没了黑夜。

段长跟着失急慌忙的杨拉水进了斗房。

"可惜了！离老远我都闻着渠沿上有酒味，拉水你吃独食。"

"胜民不见了。"

"胜民偷水哩。"

"胜民……"

杨拉水嘴里呜啦着，趴在苇席上哇哇地吐。段长一边捂着鼻子一边说："可惜好酒了。"

听淑叶和拉水断断续续说完以后，段长说："胜民偷水怕被拉水巡渠的时候逮住，所以搭好管子后就到斗房外面盯拉水。咦？按说拉水出来他知道啊，咋不窝回去先拔了管子呢？"

"拉水哥给你送酒去了。胜民……他……"淑叶嘴里打绊了，呜呜地泣。

"噢，明白了。"段长太佩服自己的推理能力了，"人啊，咋不是个虫虫吗？"

"他……不会淹死吧？"淑叶问。

"淹死了,淹死了。"杨拉水惶惶地应着。

"没事,那货会水。我到他屋里看看。拉水喝醉了,你给擦擦嘴脸。唉,六年陈酿啊,可惜了。"段长起身走了。

刁胜民确实被淹死了,尸首混着树股和烂柴火卡在下游一个桥洞子里。段长说:"胜民昨晚偷水呢,管子裤子都在地头撂着哩。南干渠哪一年不淹死几个人?"

村人说:"段长,胜民头上有个口子。"

段长说:"肯定是碰到渠帮子上了。"

村人说:"胜民会水哩。"

段长说:"碰昏了。"

村人说:"胜民看上淑叶了,淑叶看上拉水了,该不会是……"

段长说:"胡说!拉水打了半辈子光棍,要寻女人早都寻下了。"

村人说:"好好个人,一晚上就没了?"

段长说:"问我呢?问渠去!"

段长堵了众人的嘴,段上掏钱葬埋了胜民,给西斗开闸放水。水进了地,村里人说段长这人面恶心善,够仁义。

收完秋,淑叶带着娃去了外地,再没回过杨家井村。杨拉水魂丢了,魂丢了以后冬夏都穿着一件棉袄。

孩子们在南干渠里戏耍,看见杨拉水坐在渠沿上发呆,一个扯着小公鸡样的嗓子喊:"拉水呦——"

另一个捏着鼻子应:"回来喽——"

祝 狨

　　秦北县城西南五十里有山,山上土石相杂,在沟畔崖隙长着怪异的松树,有的像崖缝里伸出来的断臂,有的低处枝叶极密,孤孤一根主干极细极尖,直戳向天空。山上有村子叫牛坡,一共二三十户人,分散在山间稍平的地方。年轻力壮的人都进城打工去了,有些过年也不回来,村里仅剩些老人和小孩。

　　牛坡村有一少年叫祝狨,长到两岁还不会说话,只能发出嗷嗷的叫声。他五岁那年,因为村里有人偷看他母亲上茅房,他父亲便手持利斧杀了对方一家三口,那家人仅剩下个老太婆和在外上学的小儿子。祝狨父亲提着斧头杀红了眼,在村子里胡乱砍杀,被村人乱棍打死。祝狨妈在极度自责中惶惶度日,第二年也失足落崖,一命归西。

　　六岁的祝狨沿门乞食,主人不拿吃的他就坐在门口不走。村人见他可怜,就给一些残羹剩饭,即使是猪狗不吃的霉馊馍饭,他也吃得津津有味。

　　到了夏天,山谷里溪水流淌,祝狨跳进溪中撩水抓鱼,揭石头逮螃蟹。有一次竟抓住一条半尺长的黄鳝,他一口咬掉黄鳝的头,黄鳝的半截身子痛苦地扭动着,流出黑红的血。祝狨嘴里咔嚓咔嚓地嚼,黄鳝的胡须像长在他嘴边似的一翘一翘。别的小孩吓坏了,四散而逃。祝狨张着血嘴发出"嗷——嗷——"的叫声。

　　牛坡村再往上走有一座小庙,庙里供着观世音。虽是小庙,但菩萨极灵验,远近的人都来这里磕头烧香、许愿还愿,有求子的,有祈福保平安的,香火一直很旺。

祝狡每次见有人进庙烧香,都会悄悄藏在庙背后墙根下。等香客走了,他像老鼠一样溜到供桌前,抓了供奉的水果食品一溜烟钻进林子里偷吃。看庙的婆婆骂一句"狼托生的",也不追赶,转身双手合十在菩萨跟前絮叨,说许多好话。婆婆就住在庙旁边的老房子里,大儿子一家几年前死于非命,小儿子上完大学在城里安了家,她白天收拾收拾庙里的卫生,闲了就坐在门前和村里几个老人拉家常。

"庙婆婆,你咋不进城哩? 听说你小儿子都在城里买房了。"

"进城了谁守庙呀?"

"唉,现在都没人拜菩萨了,你给谁守呢?"

"还有老香客哩,还有……"庙婆婆悄悄擦了把泪。

庙里的香客越来越少,十天半月也来不了一个人。祝狡饿得心慌,在庙里转一圈不见有能填肚子的东西,再转一圈还不见。他生气了,跳上供桌拉下裤子朝菩萨尿一泡。平时没注意看,菩萨像男的又像女的,长得真好看哩。祝狡低头看了看裤裆,想起那条被他咬掉头的黄鳝和黄鳝那一翘一翘的毛胡子。他提着裤子从庙里出来,路过庙婆婆的老房子,瞅见窗台上放着几个馍馍,抓起来就跑了。也怪,只要庙里没有供品,他总能在庙婆婆家窗台上找到吃的东西。庙婆婆见祝狡跑了,坐在炕上说一句"狼托生的",又双手合十念念叨叨,给菩萨说一些好话。

庙里来了一对如愿得子的年轻香客,给菩萨披上红被面,供品里竟然有酒和肉。庙婆婆把酒肉提出去扔了好远,反身回来跪在菩萨脚底下战战兢兢地说:"娃娃们年轻不懂事,求菩萨莫要怪罪。"

祝狡的鼻子太灵了,他老远就闻到庙里燃香的味道。这次没想到竟然能吃上肉,还有酒。他给村主任家放羊的时候听村主任说过,"宁舍一斗粮,不舍一瓶酒"。酒肯定是好东西。开始喝的时候挺辣的,祝狓有点儿不适应,他拿着瓶子一口一口地抿,越喝越香,越喝越想喝。

祝狓赶着一大群羊,过了一条很宽很宽的河。他看见河边站着一个身穿白纱衣、腰系绿飘带的美貌妇人,乌发如黛,美目传情,娉婷地走着,如风摆细柳,日沐梨花,身上佩戴的玉环发出叮咚叮咚的声音。祝狓立即追上去,奉上所有的羊儿。妇人引他进了一个香气四溢的房间,坐在铺着大红锦缎被褥的床上,放下床幔,宽衣解带,轻轻唤他过去。祝狓扑了过去,他想起小时候父亲就是这样扑向母亲的,狼一样的眼神,牛一般的喘息……突然一声断喝,美妇人的丈夫手持大斧头砍了过来。

祝狓惊出一身冷汗,他睁开眼睛,月亮出来了,挂在小庙的檐脊上。庙婆婆屋里的灯亮着,婆婆的身影映在窗子上。祝狓狠狠地咽了一口唾沫。

第二天早晨,牛坡村后山的歪脖子松树上吊死个人,像一束干柴火静静地悬在空中,绳子勒进干巴巴的脖子里,眼睛紧紧地闭着,舌头伸得老长老长,是庙婆婆。

从那天起,村里人再没见过祝狓。有人说,到了月亮最明的晚上,能听见南山深处有"嗷——嗷——"的叫声。

祝 馀

　　秦岭北麓沟峪无数,大的深的有名号的七八十个,大沟大峪又旁逸出众多小的沟槽,像老树的根须一样顺着塬坡爬下来。

　　祝家村东南西三面环沟,沟槽像一个篆书的"人"字把村子包在中间。"人"字的撇在东面,依沟正在建设桃花源景区。"人"字的捺在西面,是一汪碧水,被一道三百多米长的坝拦成了水库,浇灌着祝家村千余亩土地。

　　祝馀拄着一根枣木棍站在"人"字的顶端——村南头沟畔上。她的腰几乎弯成一百度,宽大的裤管下面露出干瘦皱黑的脚腕子,整个身子像一根窝弯了的枣木棍。毡片一样的头发几乎罩严了死灰样的脸,阴森森的目光透过"毡片"在沟里巡视,突然盯着一处不动了。沟底里有一堆不同于酸枣树、狗须芽、沤桃树的东西。

　　弯的"枣木棍"拄着竖着的枣木棍笃笃笃快速下沟。过了不久,祝馀左胳膊弯夹着一堆破旧的衣服上来了。村里人说:"这老婆子,又给孙子娃弄外挣去了。"

　　祝馀死灰样的脸上闪过一丝得意,眼神里很快又露出恐慌,财不外露,财不外露,一定要记住父亲说过的话。祝馀抓住鼓囊囊的衣襟,夹紧刚从沟底捡回来的衣服,枣木棍磕在水泥路上,节奏越来越快,直到进了家门,插上门闩,心跳才慢慢放平缓。

　　儿子前几年得病去世,儿媳妇去秦北县城当保姆,两个孙子都二十好几了,在秦北县三马路东头贩菜。儿媳孙子一年到头几乎不再回家,偌大的家里只剩下祝馀一个人。

三间平房,正中一间是过道,东西各一间是两个孙子的房子,东边往后拐出刀把状一间房子,里面是儿媳妇的火炕。三个房子祝馀都进不去,儿媳妇走的时候反锁了房门,钥匙往腰里一别,说:"安安生生住到后面房里,少在平房里面胡动!"

顺着平房中间过道往后走,院子里几枝新发的桐树芽子、沤桃树芽子胡乱长着,一尺多高的杂草伸着贪婪的爪子,每天和祝馀争夺通往后院的一条一尺来宽的小路。

后面三间老房,是祝馀父母在世的时候盖的,青瓦上面长着厚厚的黑苔和灰绿的瓦楞草。屋前一棵大椿树,屋后一棵老槐树,巨大的树荫把老房子罩严实了。

吱呀呀推开木门,屋子里黑乎乎的,像没牙的老汉张开了嘴。"哐",走扇子木门合上了,祝馀立刻处在黑暗之中。她喜欢黑,一进到后面老房里她就有一种莫名的兴奋。即使在黑暗中,她也知道西边两间房里堆着一捆捆柴火,东边房子是土炕,土炕上摞满了村里人送的和她从沟里捡回来的衣服鞋子。

蜷在堆得像山一样的衣服的夹缝里,祝馀觉得自己是这个世界上最富有的人。被财富包围着的时候,她常常想起父亲母亲,想起以前的日子。

父亲祝升继承了殷实的祖业,又在村里当着会计,即使是全国饥荒的时日,一家人也没挨过一顿饿。母亲马金桂人长得体面,锅灶上炒菜做饭,农忙时地里干活,农闲时的针线女工,样样都在村里挑梢子。

一天,祝家村里来了个要饭的女人,趴在祝升门口举着破碗磕头乞讨。马金桂舀了一碗苞谷糁倒进要饭女人的破碗,抹了把眼泪转身进屋。一声孱弱的啼叫突然从女人怀里传出。马金桂转过头,那女人坐在地上,一手端着苞谷糁大口大口地喝,一手揭起破衣服,干瘪的乳房下吊了个枣核样的小脸,两只猫爪一样的小手拼命地抓着女人的衣服。

"掌柜的!"马金桂朝屋里喊,"你出来一下。"

祝升从屋里出来,见马金桂眼睛死死盯住女人怀里的孩子,他明白了媳妇的意思。

祝升和马金桂虽说日子过得舒坦,但结婚好几年没有落个一儿半女,总是在人面前抬不起头。

马金桂说:"掌柜的,你看……"

祝升说:"我看合适。花子的娃娃好养活,肯定长寿。"

要饭女人哭红了眼睛,最终还是留下怀里的孩子,背着一袋子粮食走了。祝升两口子欣喜万分,给女子取名祝馀——家有余粮,富贵有余。

祝馀长到十七八岁的时候,高挑的身材,乌黑油亮的头发,俊嫩的脸盘子上一双桃花眼,再加上马金桂每天精心打扮她,惹得村里村外的小伙子扒在墙头上偷看。

马金桂骂:"一个个穷汉娃还想'搭爪子',赶紧滚得远远的!"

女子慢慢大了,该学做针线活了。马金桂手把手教祝馀纳鞋底,怎样穿针,怎样用顶针,针要在头发里篦一篦,下针的时候滑溜。马金桂见女儿会下针引线了,就下地忙活去了。再回来的时候,祝馀把鞋底上指甲盖大一片纳得又厚又密,针线根本没往其他地方走。

马金桂心里熬煎,对祝升说:"娃她大,咱女女以后咋弄呀嘛?"

祝升嘬着烟袋说:"娃小的时候我都看出来了,啥都学不会,一天光知道谋嘴。"

马金桂说:"给做的新衣服也舍不得穿,就爱穿旧衣服,真跟要饭的……"

祝升说:"行了行了,别泼烦人了,赶紧给招个女婿。女人么,只要能生娃娃就行。"

祝升家道好,祝馀又长得出众,媒人跑得几乎能把门槛踢断。女婿算是百里挑一,人高马大,长相俊朗,也称得上庄稼行里的一把好手。

不过跟祝馀过日子,让这个能行的上门女婿整天头疼。每次下地干活回来,祝馀总是走在后面,到门口的时候,怀里抱一堆乱七八糟的东西,桐树枝、竹子竿、棉花秆,还有生了锈的铁桶圈子、别人扔了的破帽子。祝馀为此没少挨丈夫的打骂。挨完打,又偷偷跑到沟底把刚才被丈夫扔了的东西捡回来。

祝馀继承了生母的生活习惯,也继承了养母马金桂不育的血脉,结婚五六年肚子没有一点儿变化。没办法,祝升和马金桂在有生之年又给祝馀抱养了儿子。没过几年,老两口"唉"了一声双双归天。上门女婿随后也重病去世。

亲人相继离开,祝馀不但没有一点儿悲伤,反而觉得自己终于能放开手脚大干一场了。她每天早出晚归,不放过任何一个布头、铁片、柴火棒棒。

屋里被塞得满满当当的时候,儿子当家了,祝馀捡拾多年的宝贝被全部清理出家门。儿媳过门以后,生了两个胖小子。祝馀伸着又黑又脏的手想抱一抱孙子,却被儿媳妇冰冷的眼神挡了回去。抱不了也不要紧,反正是我孙子,祝馀心里劲儿更大了。虽然腰越来越弯,眼睛越来越花,但毫不影响她从路边、沟底、坡弯捡拾宝贝。

天有不测风云,儿子也得病去世,村上给祝馀定了个"失独户",政府每月发一千二百块钱的生活补贴。钱全让儿媳妇和孙子领走了,祝馀连存折也没见过,但每年年检的时候都去村委会照相确认。

村主任说:"你个傻老婆子!一分钱见不到,还给他照啥相哩?"

祝馀瞪一眼村主任说:"你才傻哩!我不照相谁给我孙子发钱哩?"

照相的人要二十块钱冲洗费,祝馀从衣襟里面鼓囊囊的包里掏出一张五十元的票子,嘿嘿地笑一声递过去。

"啊呀!"照相的人像被蝎子蜇了一样,扔掉票子问村主任,"这是人是鬼啊?"

村主任看着掉在地上的五十元冥币笑着说:"这老婆子,说你傻你倒鬼精,拿阴司票子哄人哩。"说完掏出二十块钱递给照相的。

祝馀说:"我没钱。你当干部挣钱哩,周济一下穷老婆子嘛。"说完弓着腰挂着枣木棍走了。刚走了几步,又慢慢转过身:"主任,夜晚里是不是你叫人把我门口那堆柴火拉走了?能烧一年哩,你得给我赔钱!"她抬起眼质问道。

村主任说:"你不说我倒忘了,你把烂柴火堆到大路上影响村容村貌,镇上派车拉走了,还说得寻你要二十块钱垃圾清运费哩!"

祝馀愣了一下说:"我没钱,你知道。"话没说完就挂着棍儿走了。

照相的问:"这是个啥人啊?抠捂(咨啬)得很。"

旁边的人对照相的说:"好兄弟,你还想跟这老婆子要钱哩?老婆子家里现在连烟火都不动,吃的百家饭。村里过红事白事,娃娃满月,盖房上梁,这老婆子提个桶、挂个布袋,把剩菜剩饭收拾回去慢慢吃。"

照相的问:"孙子光领钱也不管婆?"

村里人说:"咋管哩? 老婆子把啥都往回拾哩,屋里塞得实实,脏乱得下不去脚,剩饭剩菜把人能熏死,难怪人家媳妇孙子不回来。"

村主任说:"唉,恓惶人。"

村里人说:"啥恓惶人,我看就是叫花子命。"

在衣服山里睡到半夜,祝馀醒了。老鼠在衣服山里打洞做窝生儿子,儿子又生儿子,现在正吵闹得不可开交,还有两只趴在脚头啃祝馀的脚指头。真不像话,祝馀受不了老鼠一家子的折腾,从"山缝"里爬出来,摸着枣木棍,拉开木门出来。"哐",走扇子门闭合了,外头的月亮真好。她坐在石门墩上,放下枣木棍,手摸进衣襟下面鼓囊囊的包里,掏出一摞钱开始数。这些钱是她卖油菜籽、卖麦子、捡瓶子卖钱攒下的,有五块十块的,大多是五毛一块的小票子。她数来数去也没数清,叠整齐了又装回衣襟下面油乎乎的包里。

大孙子前年回来过一次,说要在秦北县城里买房子,以后就不在农村住了。祝馀听说城里的房子很贵,她盼着孙子哪天回来,添上这些钱买房子,有了房子才能娶上媳妇呀!

刑 天

　　赵刑天把组长贺丰登从家里撵了出来。丰登站在巷道里说："天娃叔，争啥气嘛，贫困户咋了？有些人想挂这牌子还没资格哩！"

　　话音未落，一只鞋从屋里撇了出来。"滚！滚得远远的，看见你就够了！"赵刑天拄着拐棍光着一只脚站在门道里骂，"我不落这名声！"

　　丰登说："叔呀，你都算个文人哩，咋能这么粗鲁呢？现在政策好得很……哎哎哎，不说了不说了，你把鞋穿上。"他见赵刑天又要脱另一只鞋，连忙打住话，拾起刚才撇出来的鞋撂进门里。

　　眼见丰登领着镇上的扶贫干部走了，赵刑天一屁股坐在椅子上，脸色铁青，抓着桌子角的手青筋暴突、不断发抖，到最后全身都在抖，桌子上大大小小一堆药瓶也跟着抖得哗哗响。

　　"活着真没意思。"赵刑天心里念叨着。

　　家里养了多年的老猫嘴里噙着一只小老鼠轻轻地迈着步子，顺门边进来在椅子旁边站定，它抬眼看了一下主人，卧下身子放下老鼠。小老鼠黑溜溜的眼睛里充满恐惧，求生的欲望在一瞬间又被激发出来，它决定利用老猫松口的时机逃命，但刚一起步就被老猫的利爪扒拉回来紧紧按住。老鼠吱吱地叫着，老猫松开爪子，小老鼠再跑，又被抓回来按住。如此反复几次，小老鼠被折腾得目光呆滞，瑟瑟发抖。

　　刑天好不容易从刚才的情绪中缓过神来，正好看见老猫逗弄老鼠的情形。他抓起拐杖打在猫脊梁上骂道："你老了老了还给谁逞能哩！"老猫"喵"一声惨叫，叼起老鼠钻到柜子底下，发出呜噜噜的声音,接着是小老鼠骨碎肉断的声音。

昨晚儿子两口子回来了。儿子见了就问:"大,你腿咋肿成这样子了?"

"峰峰回来了噢! 大没事,没事。"赵刑天知道儿子问的是啥意思。老人们经常说"男怕穿靴女怕戴帽",腿肿成这样子,估计阎王爷已经拿着朱笔在生死簿上准备点他的名字哩。

儿媳妇金惠站在门道里一句话不说,只是对着他淡淡地笑,笑的时候眼睛一直往他身后瞅。赵刑天知道金惠在瞅什么。他挪了挪身子让出挂在墙上的相框,相框里有孙女过百天时儿子一家三口的相片。

"金惠,冰儿长大了,越来越像你了。"赵刑天指着相框里孙女初中毕业时的照片说,"你俩在那头不用担心。"

金惠低声啜泣,眼里流下两行血泪。儿子拉了媳妇一把,俩人转身消失在门道的光影里。金惠一转过身,赵刑天就看见她一直藏在背后的手里拿着"敌敌畏"瓶子。这瓶子他认得,是十几年前金惠喝药寻死时他夺下的那个瓶子。

唉,可怜这一对娃娃了。赵刑天想起儿子刚结婚那几年,俩娃聚的心劲儿真大哩。峰峰每天开着四轮车把自家预制厂的楼板送到四周八下的村里,又从县里拉回水泥钢筋卸到厂子里。楼板紧俏的时候,父子俩黑夜白天忙得连轴转。刑天老婆贺粉霞心疼地说:"钱挣多少是够? 人要紧!"

刑天还没开口,儿子说:"妈,你看好冰儿,厂里的事不用操心,咱不能光给人家送楼板盖两层么!"

刑天知道儿子的心思,他是要在贺家村最先盖起楼房呢。好小子!

峰峰每天在厂里忙,金惠把家里收拾得整齐干净,一家人的饭食、衣服、开销零用捋置得停停当当。刑天对金惠这个儿媳妇是相当满意的,但这娃心气太高,性子太硬,见不得别人下眼看,自家的任何事情都不能比村里人差。头一胎生了个女子,金惠好长时间都不愿出门,她觉得到了贺家头一炮就没打响,尤其是村里跟她一拨儿结婚的媳妇都生了男孩。刑天和粉霞为此也怄愁了一阵子,后来想了想,俩娃年轻,还能再生一胎,一家人的生活劳作很快又恢复到正轨上。

那年种麦的时候,刑天父子忙着预制厂的事,是金惠买的麦种子。一场秋雨过后,金惠跟村里几个年轻媳妇领着孩子到地里看麦子。结果金惠地里麦苗出得稀稀拉拉,俩邻畔麦苗齐刷刷绿油油的。几个男孩又开腿比谁尿得远,年轻媳妇们挡着半边脸小声说话,不时发出窃窃的笑。金惠红着脸抱起冰儿回到家,咕咚咕咚灌了一瓶子"敌敌畏"。

"唉,这娃太要强了!"刑天叹气道,"峰峰娃哟,你心里可不敢受症啊!"

"大,没事,是我贺赵峰没有这福分。"儿子神色憔悴,强打精神安慰父亲。刚办完金惠的丧事,峰峰就开车送楼板去了。出去没多久,峰峰翻车出事的消息就传回了贺家村。

儿子儿媳的突然离世,让一个幸福的家庭顿时陷入无限的悲痛。贺粉霞抱着三岁的孙女哭得失声,刑天的头发一夜间几乎白了一半。

秋雨又沙沙地下起来,一阵阵寒风从门槛底下钻进来。和风一起钻进来的还有一只无主的小猫,两只水亮的眼睛几乎占满整个脸,细长的胡须上沾着水点,浑身湿透了,稀疏的毛贴在透明的皮肉上,它扯着细细的脖子发出低微的叫声。

刑天圪蹴着,抬眼看了看蜷在炕角的粉霞和粉霞怀里睡着了还在不断抽泣的孙女,又看了看脚旁睁着大眼"喵喵"叫着的小猫。他下意识地伸手,把猫儿抱在怀里。一种力量慢慢向小腹汇聚,越聚越多,又沿着小腹往下流动,腿有劲儿了,足以支撑他站直身,这股热流顺着脊梁向上涌动,胸膛宽阔起来,他感觉到脖颈两侧血脉的搏动,头脑也渐渐清晰。

雨停了,村道里有手扶拖拉机驶过,门前一只老母鸡"咕咕咕"地叫着,用爪子扒拉着苞谷皮,一群小鸡跟在老鸡后面抢食,把雨后爬出地面的蚰蜒拽得老长老长。

刑天一个人又撑起了预制厂。在短短几年间盖起了三间两层十二米进深的楼房,从杨家井村给小女儿招赘了上门女婿。女儿结婚的时候,贺粉霞抹着泪说:"难道咱家就是没儿的命?"

赵刑天说:"我就不信命,命是个人争下的。"

贺家村人眼看着赵刑天不仅从丧子之痛中走了出来,还盖起了最好的房子,带领村人修了村道,通了自来水,不禁对赵刑天这个倒插门的汉子又一次刮目相看。

赵刑天是赵河村人,刚入赘到贺家村时,村里人说:"粉霞大呀,你咋给女子招了个半瞎子嘛,恐怕吆牛犁地都撵斜哩!"

赵刑天左眼打小受过症,几乎看不见东西。但当他坐在仓房哗啦哗啦拨着算盘把生产队乱七八糟的账务厘算得清清如水后,老队长说:"粉霞大,你给咱贺家村招了个金凤凰啊!"

粉霞大说:"要不是眼有麻达,刑天早都叫推荐上大学了。"

除了记账拨算盘,赵刑天还有一肚子诗书、一手好字。村里的婚丧对联、过年的春联,他都是见客下饭,据实而拟,稍加思索,挥毫而就,引得村人啧啧赞叹。不出几年,刑天当上了会计,又当队长。改革开放以后,他第一个在西田乡办起了水泥预制厂,让贺家村人着实另眼看待。

赵刑天竟然看见儿子儿媳回来了。儿子走了十几年了,咋想起这时候回来看一看? 或许娃以前也回来过,跟他说话他听不见,也看不见。这一回他看得真真切切,听得清清楚楚,他恍惚间觉得自己通了阴阳两界。

　　粉霞上人市回来,刑天把这消息告诉了她,然后昏昏沉沉睡了过去。粉霞惊得半天合不上嘴,她抱起刑天的衣服挂在门闩上,嘴里喊着:"峰峰大,回来了——峰峰大,回来了——"又抓了一把麦秸在门口笼了堆火,朝着公坟方向说:"峰娃哟,金惠哟,屋里啥都好着哩,冰儿上高中了,学得也好,娃放假回来了给你俩烧钱去。"

　　刑天昏睡了一夜,早上灵醒过来说:"掌柜的,赶紧烧一壶酽茶,喉咙干得很。"粉霞一骨碌翻下炕,烧水、泡茶、做饭。看着刑天喝了茶吃了些东西,把白片片、红豆豆各种药吃完,粉霞给猫食盆嚼了几口馍,抹洗完锅灶,一边推着自行车往出走,一边叮咛刑天:晌午饭在锅里焐着,水添够了,拢把柴火热一热就行;一定要按时吃药。

　　刑天没说话,看着粉霞臃肿的身子出门,跷了两次腿才骑上车子,歪歪扭扭地拐上村西头的大路。村里人的闲言碎语偶尔也传进他的耳朵,但他从来没找粉霞证过。不知道为什么,他对粉霞厌恶不起来,只是感觉自己心里前些年聚起的那股气正慢慢消散。

　　女婿杨童铰下南平弄传销,折腾完家里所有积蓄欠下一屁股烂账,把预制厂也整倒闭了,女儿贺赵灵一气之下南下打工再没回来过。刚刚浑全几年的家又散伙了。

　　前几年得了肾上的病,他一直扛着没吭声,难受得撑不住了,到小诊所开几包药凑合一下。医生说:"叔,你这是大病,要住院哩!"

　　他说:"农村人没有恁金贵,小病忍大病扛,扛不住了见阎王。"

　　现在腿浮肿得厉害,他不愿意到村巷里去,挂着拐在后院走走,刚才下肚的一壶热茶开始慢慢往下坠。他解开裤带,对着尿桶挤尿,黄色的尿液浇到桶里,泛起白色的泡沫,尿线越来越弱,滴答滴答把鞋头弄湿了一大片。"把他家的,这是吃了洗衣粉了,沫这么大的。"他心里说。

"刑天叔,在屋里不?"组长贺丰登在屋外喊,"镇上的同志来看望贫困户了。"

赵刑天系上裤子,挂了拐杖回到前庭,对丰登说:"我不是贫困户,看望啥哩?"

"叔,贺组长替你提交了贫困申请,镇上已经批准了。你在表上签个字,把牌子往墙上一挂,你看病也能报销,你孙女上学享受补助,好事情呀!"镇上干部说。

提起正上学的孙女,赵刑天不说话了。他沉默了半天说:"我死了还能申请贫困户不?"

贺丰登说:"叔,你还不到六十哩,可不敢胡整噢!"

"胡整咋了?我吃的盐比你娃吃的饭多,还轮到你指教我了?谁叫你给我申请贫困户哩?滚出去,我看见你就够了!"刑天说着拿起拐杖开始胡抢,把贺丰登和镇干部撵出门。贺丰登还想劝说,见刑天脱了鞋就砸,赶紧回话闪人了。

秋雨过后的夜空,月亮蒙着一层薄纱,散发着凄冷的光。粉霞今晚又没回来,赵刑天已经确信了村里人的传言。他苦笑了一声:自己咋能和城里那个拿退休金的鳏夫比呢?现在买几包药都要粉霞掏钱,自己纯粹成了一个吃软饭的人。一个女人,能有多大本事嘛,要供孙女上学,还要管个重病号,不能怪她,不能怪她。他撕了一张纸,在桌子上铺平,要给女儿写信。好久没动过笔了,写字手生,但脑子特别清楚。

"灵儿……"

写完信,赵刑天抬头看了看水泥过梁上预埋的钢筋钩搭,这是以前给冰儿拴秋千的,承个百八十斤没一点儿问题。

贫困户牌子只在赵刑天家钉了一天,就被贺冰儿抠下来送到了村委会。冰儿说:"丰登伯,我家不用麻烦别人帮忙,上不了学我就打工去。"

贺丰登瞪大眼睛说:"这女子,把你爷你妈跟得上上的。"

爷爷不在了,那只老猫也悄无声息地失踪了。贺冰儿把爷爷的信折成心形装进抽屉里,等以后有了姑姑的音信,一定要寄给她。信的内容她已经背过了:

灵儿:

今命运与我之状,若猫儿捕鼠而戏之。我患病日久,将息不息,阎王捉弄我就像老猫捉弄老鼠一样。而体肤之痛比不上心里之痛。欲求生而知终不可得,求死又不甘心,其痛一也;我虽没干出惊天动地的事,但也有过令人羡慕的日子,如今惨状,让村人亲友感慨惋惜,实在是我不愿意看到的,其痛二也,也最切。

自今后,我不再受阎罗摆布,女儿当欣慰。你还年轻,身强力足,好好过活。

勿念。

父　赵刑天

×年×月×日

渭水东流

一　守夜

赵渭水吃了一碗黏面,从院子东墙根取了特制的梯子捎上出门,顺手从门后面摘下黑布袋拴在腰里。

儿子赵麦娃看见父亲要走,连忙放下碗撵出门喊:"爸,爸,我也要去守夜。"

"避!"赵渭水一手扛着梯子一手钩上鞋。

"麦娃,回来!"赵渭水的妻子方腊梅一边收拾锅灶一边喊儿子。

麦娃死皮赖脸地跟在父亲后面。五天了,父亲每晚都去河滩地里睡,麦娃也想去。

赵渭水扭头看见儿子跟在后面,便和颜悦色地对儿子说:"麦娃,来,爸给你说句话。"

麦娃高兴地凑过去说:"爸,你得是领我去哩……噢——噢——"

"滚回去!"赵渭水照着麦娃的屁股给了一脚,"你个碎人,还反了!"

麦娃冷不丁挨了一脚,张着大嘴哇哇地哭着说:"赵渭水,你都引狗哩,咋不引你儿?"眼泪花顺着泥脸胡乱地流,淌到光腔子上,滴在刚塞了一碗黏面圆鼓碌碌的肚子上。

方腊梅瞧了一眼门外,笑了一下,端着一盆泔水出来倒进猪槽里,三头白条猪争抢着把头塞进槽里吭哧吭哧地吃起来。

麦娃见父亲没有领他去的意思,抹了把眼泪喊:"黑子,黑子! 回来,回来!"

黑子脖子上拴着崭新的牛皮项圈,正摇着尾巴跟赵渭水忽快忽慢地跑。听见小主人在家门前召唤,它立即掉头撒欢地奔了过来。麦娃嘴里嗷嗷嗷地唤着,待黑子抬头摇尾站定的时候,突然一脚踢在狗肚子上。

黑子吱的一声在土地上打了个滚。麦娃又笑着嗷嗷嗷地叫,黑子起身抖了抖土,和麦娃始终保持安全距离,再也不上当了。麦娃见黑子不过来,骂了句:"狗日的,天天晚上都能去滩里睡。哼!"说完弯腰在地上拾起土疙瘩就打。黑子嗖地蹿出去老远,回头看了一眼小主人,轻快地追赵渭水去了。

"主任,上工呀?"村里人问。

"噢,晚上睡觉灵醒些。"赵渭水提醒道。

老支书赵安阳蹲在门口碌碡上,嘴里哑着旱烟锅。见赵渭水过来,他在碌碡棱上磕了磕烟袋站起身,一瘸一拐地走到赵渭水跟前说:"渭水,不行咱给上面说一下,眼看着麦子熟了。"

"叔,不用,我给咱瞭前哨,估计黄洼村人不敢大明大胆地抢麦子。"赵渭水说。

老支书说:"去年种麦的时候河南里人闹腾得那么凶,麦子眼看着熟了,咋没见有啥动静了?这几天心慌得很,我怕这事太大,你娃拿不住。"

"没事,叔你安心睡觉。"赵渭水扛着梯子上了渭河北堤,向南走去。

渭河东流,不断滚道,进入秦北县界后,撂出南北两岸的河滩地,分属于北岸的赵姜村和南岸的黄洼村。

　　太阳马上落山了,曝晒了一天的河滩里闷热得像蒸笼。赵渭水顺着滩里的生产路一直朝南走,细沙土随着他的脚起来又落下去。路旁麦田边长着狗须草,零星的苜蓿开着紫色的小花,点缀在黄绿之间。麦子正在暗暗使劲儿,把全身的能量往穗子上聚集,饱满的麦粒快要撑开金色的包衣,连麦芒上也显露着那股由根部攒上来的力量。

　　高压电线由南向北跨河而过,架线的大铁塔在河滩里依次排开。靠近河道的铁塔下部是三四米高的水泥底座,赵渭水的梯子刚好跟水泥底座一样高低。他把梯子靠在铁塔下,领着黑子朝河道走去。

　　端午时节,渭河水位很低,水两边摞出几十米白沙地。几只长嘴长腿的白色水鸟在浅水处悠闲地散步。赵渭水点了根烟在崖畔上坐下,黑子朝着河边的水鸟“汪汪”地叫了几声。鸟儿张开翅膀轻轻地扑扇着飞向太阳落山的西方,黑子顺着崖畔老远地追。眼见鸟儿飞进通红的晚霞里,黑子喉咙里发出呜呜的低鸣,没追上猎物,不好意思地回头看看主人。

　　赵渭水打了一声呼哨,黑子转身奔了回来,拼命摇着尾巴,水汪汪的眼睛与主人的目光对视。赵渭水抚了抚黑子柔软光滑的脖子,轻轻按了一下,黑子顺从地卧在主人旁边。

　　红霞满天,河水静静地流动。高高的崖畔上,人和狗像沙土地里生出来的两尊泥塑,塑像身后是一望无际的金黄。

　　此刻的赵渭水心里一点儿也不平静。他坐在北岸,连抽了好几根烟,南岸的景物尽在眼底。河道已经快滚到南堤边上了,黄洼村的地仅剩下南堤到河边的不足二百米。原属于黄洼村的两千多亩地全摞在河北边,归了赵姜村。两个村子过去定下的规矩——随河种地,三十年河南三十年河北。两岸的人祖祖辈辈都依着这规矩耕种,其间也因河道变化、地亩变更争夺滩地打闹过,但近几十年再没有过大的争端。

这次不一样了。去年种麦的时候,黄洼村人开了十几台播种机从东边十几里的沙杨大桥绕过来要种地。赵渭水和村里人硬是把播种机挡在了北堤上。黄洼村人撂下话:"种不成不种了,明年来直接收麦!"播种机开回去了。

赵渭水对这话根本没往心里去,他心想等你们再绕十几里地过来收麦时,赵姜村早都把麦子收回去入瓮了。

但在去年冬天发生了一件大事,上面要在渭河上修一座特大桥,南北两头刚好在黄洼村和赵姜村。为了运输材料,施工队在渭河上搭了一座浮桥。有了浮桥,黄洼村的收割机一袋烟工夫就能开到北滩收麦。

眼见麦子成熟,离黄洼村人撂话的期限越来越近,赵渭水急得嘴上起泡,心里像猫抓。为此,他专门开了一次村民大会。

老支书在会上说:"现在是法制社会,滩地的事得报告上面解决,不能再像旧社会一样打打闹闹。"

赵渭水说:"黄洼村人敢来收麦,咱就一个字——打!"

村民们赞同赵渭水的说法,靠天靠地不如靠自己,随河种地的老规矩不能变。赵渭水自告奋勇地来河滩守夜,一旦黄洼村人过来抢收,就通知村民下河滩护麦。

老支书摇了摇头说:"这不是小事,得给上边汇报。再说了,哪一次争斗不死伤人,我这腿就是年轻时争滩地落下的毛病呀!"

方腊梅说:"有啥汇报的? 渭水,你去守夜,有事了我在村里喊人。"

赵渭水感激地看了一眼妻子,转身对村民说:"三声炮响,就是护麦的信号,咱不能让黄洼村人白白抢了麦子。"

天色渐渐暗下来,赵渭水狠狠吸完最后一口烟,捻灭烟头站起身,朝河南望了望。见没有什么异样,他转身走到铁塔下,从黑布袋里取了一个大馍扔给黑子,顺着梯子爬上水泥塔基,又回身把梯子抽上去,和衣躺下。

二　护麦

呜——汪!汪!黑子一阵狂吠。

赵渭水忽地坐起来,天黑乎乎的,无星无月。他抓着冰凉的铁栏杆站起身朝南望,只见浮桥上十几台收割机正向北滩驶来。雪亮的灯光把黑夜撕开一道道口子。

黑子见主人起身,一边狂吠一边朝河边奔去。

赵渭水小拇指弯着塞进嘴里打了个响亮的呼哨,黑子又迅速折回来。

赵渭水喊道:"黑子,回去!"

黑子像一道魅影向北堤外的村庄奔去。赵渭水从黑布袋里摸出三眼枪,撕掉裹在炮头上防潮的塑料和油纸,给三个炮管分别下满黑火药,封好炮口。他用棉球塞住两耳,点燃引线,朝着北堤方向举起三眼枪。

嗵——嗵——嗵——

三声震碎心房的炮响,惊醒了老支书,也震醒了赵姜村。

方腊梅听见响声,急忙拉灯穿衣下炕,墙上的时钟"当——当——"地响了两下。她打起正在酣睡的麦娃说:"麦娃,快,快去叫醒村人,黄洼村人来抢麦了!"

麦娃迷迷糊糊坐起来,正流着涎水揉眼,听见妈说这话,一骨碌从炕上翻下去,从二门背后提起烂了边边的搪瓷脸盆和一根棒子,光脚丫从家里奔出去。

哐哐哐——"黄洼人抢麦了！老少爷们儿,抄家伙喽——"

哐哐哐——"黄洼人过河了,下滩护麦喽——"

麦娃从村道东头往西头边敲边喊,突然听见一阵汪汪汪的叫声,是黑子！黑子站在堤顶狂吼,村子里大大小小的狗都跟着叫了起来,它随即转身又向河滩里奔去。

赵姜村每家的灯都亮了,男男女女都抄起铁叉、铁锹、镢头,向村东头集合。几辆三轮车从村子里不同方向开出来,载了护麦的村人向河滩驶去。

赵渭水放下梯子,下了塔基,提着三眼枪朝刚过河的收割机走去。

"哎！这是赵姜村的庄稼,不准进地!"他冲着司机大喊。

但收割机司机根本没有理他的意思,径直进了麦田只顾着往前割。另外的收割机分散开来,同时开始作业。赵渭水的声音被淹没在隆隆的机器声和扑面而来的麦秸末儿里。

赵渭水见对方不搭理,他一个箭步蹿上高高的司机台,用三眼枪敲着玻璃大声叫停。

嘭的一声,赵渭水背上挨了一棍,他重重地摔倒在麦地里。几个黑影手持棍棒一阵乱打。赵渭水手里的三眼枪是农村人过红白事时听响声用的,一根枣木把儿,上面镶着一个铁铸的三眼管子,类似于三个拴在一起的大炮仗,每次用的时候都要装填黑火药、下炮捻子。名字叫枪,根本算不上火器,不过打起架来倒是一件趁手的冷兵器,像过去的狼牙棒。

赵渭水身子厚实,挨几棍子算不得什么。他心里清楚,今晚上不是讲道理的事了,于是瞅准机会,噌地跃起,抡起"狼牙棒"撂倒身边几个黑影,朝着吃地最深的那台收割机冲去。

背后追赶的人喊道:"铁海哥,小心!"

赵渭水一棒子砸掉了收割机左侧的大灯,绕过去又去砸右边。收割机后面闪出一个壮实的人影,一棍子砸在他的左眼上,血唰地迸了出来,顺着左脸颊往下流。

"狗日的,敢砸车灯,我卸你的灯(眼睛)!"一个洪亮的声音喝道。

赵渭水知道这一棍子是黄洼村主任黄铁海砸的,隔河种了几十年地,那身影和声音他熟悉。他摇晃了几下,几乎要倒地,但不能倒下去,倒了就再也起不来了。几十个戴着白手套提着洋镐把儿的小伙子已经把他团团围住。他一手捂着眼睛,一手抡圆"狼牙棒",像一头孤傲的雄狮低吼着,逼得对方无法近身。但十几台收割机依旧朝前收割,有几台机子已经准备往身后跟着的三轮车上卸麦子了。赵渭水心里的伤比眼睛更疼,这是全村人辛辛苦苦一年的收成啊!他的头快要炸了。

黑子完成报信任务后迅速找到了主人。看到主人半边脸半边身子已经被血染红了,强烈的血腥味刺激着它极度灵敏的嗅觉。黑子脖子上的鬃毛噌地全竖起来,它眼睛喷着怒火,翻起上唇,露出獠牙,向四周的黑影疯狂扑咬。

赵姜村的护麦队来了。人们跳下三轮车呼喊着:"打!打!往死打!……"随之而来的是棍棒、铁锹、铁叉、镢头的磕碰声,人群中不时传来惨叫声、谩骂声。

护麦队爬上收割机,敲碎玻璃,砸破车灯,用铁叉在车轱辘上狠戳。大部分收割机被逼停在原地,司机钻在座位底下抱着头不敢出来。一台机子被点着了,剩下的几台机子顾不得收麦,疯了似的掉头往浮桥方向开,雪白的灯柱胡乱在夜空里抹画着。两边的村民也疯了,红着眼睛,如同两群夺食的野兽,混杂成一片,撕咬,搏命。

老天爷在这个晚上闭上了眼睛,一任这野蛮和暴力的一幕在渭河滩上演。渭河呜咽,看到儿女们为了土地和粮食争斗得你死我活,她难以抑制内心的悲恸,苦涩的泪水在心里流淌、奔涌。

三　划界

三头白条猪饿得扒在猪圈墙上吱吱地叫唤,麦娃一个人蹲在门道里一声不吭,他手里拿着黑子的牛皮项圈,眼泪嗒嗒地滴在地上。黑子死了,要不是一心护着主人,它是不会丢掉性命的。村里人把黑子埋在北堤面南的坡道上。

赵渭水做了左眼球摘除手术,头上缠着厚厚的纱布躺在病床上。妻子方腊梅守在床边,眼里有泪,但生生被她噙了回去,目光中露出瘆人的愤怒。

要不是老支书的那个电话,要不是渭河南北堤上及时闪起警灯,真不知道赵姜村和黄洼村这场争斗会死伤多少人。两人死亡,十三人重伤,两个村的伤号分别被安排在两个医院接受治疗和讯问。

"赵渭水、赵三娃、赵铜栓……涉嫌聚众斗殴致人死伤,现予以拘留,监视治疗。"

"黄铁海、黄铁柱、黄二宏……涉嫌聚众斗殴致人死伤,现予以拘留,监视治疗。"

"……"

赵渭水醒来后看到老支书坐在旁边。

"叔,麦子……和地,争到手了?"

"争啥哩,命要紧还是地要紧?娃你都要受法了。"

"地是咱农民的命根子,咋能不争?守地护麦还犯法吗?"

"上面说了,要依法解决土地纠纷,不能蛮干胡来。"

"有啥纠纷?随河种地,这是老祖宗留下的规矩,那些年河滚到咱北堤咋不见依法解决?"

"黄洼人说了,这次渭河变道是人为的。说咱北岸上游前几年修了三道雁翅坝,把河水硬逼过去了。"

"坝是上面为防洪修的,又不是咱村人修的,谁能想到把水逼过去嘛!"

"唉,你好好养伤,不要操心滩地的事了。上面已经拿出解决方案了。"

"啥方案?"

"划界。"

"划界?"

"河滩里254号铁塔就是南北大堤的中界,以后不管河道咋滚,咱两村以塔为界各种一半。"

"老规矩要变了?"

"嗯,变了。"

渭河静静地向东流去。

赵姜村和黄洼村的男人几乎全被拘留了。收完麦子,两村的妇女和老人们按照新划的地界开始种秋,一群光屁股男孩正扑腾扑腾下河浮水。

"大妈——大妈——快,快去看,麦娃哥跟人打架哩……"赵渭水的小侄子从河边跑过来喊。

方腊梅并没有停下手里的活,说:"打,往失塌(坏)打!回去,给你哥护驾去!"

河滩浮桥旁白晃晃的沙滩上,赵麦娃和黄铁海的儿子扭打在一起,旁边两堆光屁股跳着喊着:"打! 打! 打! ……"

霖　雨

渭北方言中把久下不停的雨叫"霖雨"。

二十世纪八十年代初,渭北有过一场持续了四十多天的霖雨。"霖雨"本是雅言,但对李田仓一家人来说,却是一场灾难。

雨淅淅沥沥下了一个月,天还是没有放晴的意思。村里的土墙被雨水泡得稀软,一堵接一堵地倒。

十几家人的后院全通了,鸡从这家溜达到那家,一会儿被狗撵得飞到猪圈墙上、牛棚上,歪了头和院子里狂吠的狗儿对视。圈墙塌了,黑母猪从圈里兴奋地纵出来,哼哧哼哧地顺着生产路狂奔,在麦秸堆里一阵磨蹭,直到浑身舒服了,四蹄站定甩一甩耳朵,抖抖身上的雨水和麦秸渣,在萝卜地里开始左拱右拱。

李田仓顶着用尿素袋子折成的雨衣,把麦种子撒到泥地里,倒退着用铁叉开始翻地。玉凤披着同样的"雨衣"跟在后面,弯着腰把苞谷根提起来放到地畔子上。

雨又下起来。李田仓抖落了脸上的雨水,抬头看了看玉凤说:"雨大了,你回去吧。"

玉凤一只手扶着腰站定,擦了擦汗水和雨水,抬头看看天。眼能看到的地方全是灰沉沉的,雨点细密,四下里云蒸雾罩。她弯腰道:"你也回?"

"我不回。"

"那我也不回。"

"日头爷再不出来,人都变霉了。"李田仓手在裤子上擦了擦,又攥紧又把儿翻地。

"你非要种?"

"时令到了,不种咋办?"

"你说了算。"

玉凤从泥里拔出脚,脚印四周的泥慢慢围起来,身后便留下一串泥窝窝。

斜斜的雨丝把天和地织在一起,两个尿素袋子在茫茫天地间缓缓地移动着,地畔子上的苞谷根整整齐齐地向前延伸。

"天,天,你莫下,我给你支个棒槌娃。天,天,你莫下,我给你支个棒槌娃……"秋子趴在家里唯一的桌子上写作业,两个弟弟在门道里玩支棒槌。

院子里盖着的一堆苞谷棒子,挨着地面的已经长出了白芽子。屋子漏雨,四下里用脸盆、水桶、舀水瓢接着雨水,叮咚叮咚地响。

麻核支的棒槌又倒了,婆一边剥苞谷一边念叨:"棒槌滚得骨碌碌,老天爷下得呼噜噜……"

秋子收拾了作业,说:"婆呀,你这是迷信。麻核,别玩了,剥苞谷!"

麻核说:"姐,我俩求老天爷哩,不敢喊叫。"说完,双手合十,眼睛闭着,嘴里念念有词,然后又郑重地拿起棒槌,小心翼翼地支起来,双手轻轻离开棒槌,眼睛眯缝着瞅。

秋子一脚踢倒棒槌骂:"皮痒痒了是吧?"

"噢——噢——姐,姐,姐,轻些轻些……"麻核抓着秋子拧住他耳朵的手求饶。锁子娃赶紧跑到婆跟前低头剥苞谷,黑圆的大眼睛偷偷瞅一下姐姐。

婆捏了锁子娃的鼻涕,用苞谷皮擦了手,说:"锁子娃最乖了。老早的时候,有个放牛娃……"

秋子起身,抓了把麦秸给灶膛里引火。麦秸潮湿,她划了五根火柴才把火引着,噗嗒噗嗒地拉着风箱,屋子里顿时乌烟瘴气。

麻核跑到门口扇烟说:"熏死人了。"

锁子娃跑到门口扇烟说:"熏死人了。"

婆没起身,烧了一辈子锅,习惯了。

灶膛里的火一明一暗,映着秋子黑红的脸庞,她不时甩甩黑亮的辫子。火星噗地迸出来,落在身上头发上,变成白色的灰末儿。铁勺里倒点油,在灶膛里煎熟,吱啦吱啦泼在咸菜、萝卜缨子上,屋子里顿时弥漫起诱人的香味。

秋子招呼婆和弟弟们吃饭,然后夹了五个咸菜馍,用麻布裹好,拿了伞和毛巾,提上热水壶,光着脚出了门。

地头上放着大的黄胶鞋和妈的泥布鞋。

"大——吃饭喽——"

李田仓看一眼玉凤说:"吃饭。"

"吃饭。"

看见秋子红红的脚片子,玉凤心疼地说:"咋光脚片跑来了,不怕瓷片扎脚?"

李田仓一口气吃了三个大馍,咕咚咕咚喝了一碗热水,抹了抹嘴说:"秋,回去吧,麻核匪得很。"

"大,妈,缓缓干,早些回来。"看见大和妈湿淋淋的样子,秋子泪花花在眼里打转转。

雨停了,天还是阴沉沉的。秋子到家时,麻核和锁子娃不见了踪影。

仓房就在麦场南头,四面土墙,斑斑驳驳,青瓦房檐上长满了半尺高的瓦楞草。檐子底下墙面上依稀可以看见"深挖洞,广积粮"几个白灰红边大字。一截废电线上蹲着几只麻雀,眼睛迷离,身子缩成一团团麻疙瘩。

仓房东边一间已经塌了,西边两间滴答滴答地漏雨,西墙根堆着一堆麦糠。大门只剩下门框,两个窗子早被人挖走了,它像个没牙老汉,睁着两只黑洞洞的眼睛,守着麦场里一垛垛麦秸。

麻核领着一群小娃玩打仗,几根柱子、一段矮矮的隔墙成了掩体。

雨又淅淅沥沥地下起来。有娃跑来说:"麻核麻核,你姐寻你哩。"

麻核嘴里嗒嗒嗒地打着苞谷秆折的机枪说:"得是说我'皮松了,想挨打'?"

"嗯,就是。"

"她寻不到这儿。哎,哎,你加到我国来。"麻核擦了擦额头上的汗,像一个指挥战斗的大军官。

秋子光脚在村道里找弟弟。唤娣穿着粘满了黑皮疤红皮疤的破雨鞋,唠唠唠地叫。

"唤娣娘,寻猪哩?"秋子一脚深一脚浅地问。

"噢,秋啊。它可是怀了一肚子崽哩。"唤娣眼睛四下里盯。

"会不会跑到菜地去了?"

"对对对,我去寻一下。"

说话的工夫,雨点又噼噼啪啪落了下来。村道路上全都是明水,各家门前的猪圈、牛圈、粪壕全成了青黑色的水池子,雨点打在水面上,泛着牛眼大的白泡子。

秋子心里挂念着婆和一屋子没剥皮的苞谷,弟弟回来也干不了啥活,不寻了。

"哥,咱回吧!"锁子娃用乞求的眼光看着麻核。

麻核摆弄着手里的"枪"说:"回去挨打呀?"

锁子娃不甘心:"人家娃娃都回去了,我饿。"

"吃萝卜!"麻核踢了踢脚旁边从菜地里拔的萝卜。

"我嫌辣! 哇哇……"锁子娃哭了起来。

"避避避! 尿水子多得很,要回你一个人回。"麻核见不得锁子娃哼哼唧唧。再说了,大的鞋底抽得太狠,屁股上上次的印子还没消哩。

锁子娃抹着眼泪,屁股蛋一拧一拧地往村子里走去。麻核喊:"不准说我在这儿,就说我到舅家去了。"

两个尿素袋子回村时,天色昏暗。

李田仓把苞谷辫子搭在檐底下的柱子上,坐在门口吸烟。

玉凤提了几双泥鞋在房檐底下水洼里刷洗。锁子娃满脸泥水从雨中走了回来。

玉凤问:"你哥哩?"

"舅家去了。"

秋子说:"造谎哩! 我一会儿寻去。"

婆说:"寻着不敢打噢,麻核吃软不吃硬。"

唤娣家的老母猪在菜地里折腾了半天,刚才跑到仓房来视察,被麻核打出去了,哼哧哼哧在后墙外面乱拱。

麻核在麦糠堆里刨个窝窝,用麦糠盖了腿和身子,准备在这里过夜了。

"哎呀——天爷呀——你咋不长眼呀——"唤娣跪在泥水地里,披散着头发哭着喊着,声音越来越沙哑,"可怜我的老母猪呀,可怜还没上世的这一群猪娃呀——"

雨继续下着。

玉凤说:"怪老母猪,它要是不拱墙根,仓房不会塌。"李田仓说:"雨下成这样子,猪不拱照样得塌。"秋子说:"猪和天都有责任。"婆说:"好娃哩,不敢说老天爷。"

锁子娃说:"哥哥还在仓房呢!"

雨终于停了。有人说下了四十一天,有人说下了四十三天,谁也没有细细算过,总归是四十多天吧。

太阳重新照耀着大地,麦田里泛出淡淡的绿色。村道里、田地间,农人们又开始了一天的忙碌。

唤娣家已经修好猪圈,圈里一头新买的小母猪左拱右拱。秋子家地头是爷爷、老爷的坟地,几个老坟旁边多了一丘新土,上面没有纸杆,也没有花圈。李田仓和玉凤红肿着眼,拖着疲惫的身子,把地畔子上的苞谷根一笼一笼提到地顶头。

夏　芒

嘭——

啾啾……

嘭——

一只惶恐的麻雀急切地想飞出老夏家刚起的新房，一会儿撞在窗子上，一会儿撞在门楣玻璃上。老夏家的房子是农村最时兴的户型，三室两厅布局，装潢和摆设跟城里没有两样。

关在房子里的除了麻雀，还有夏芒。她前天晚上回来递给父亲一张五万元的卡，吃了一碗面，昏睡了一天两夜，除了迷迷糊糊起来上厕所，她已经记不起家人问了些什么。

老夏和老婆下地了，没有叫醒夏芒。炕沿上放了一碗挂面，两个荷包蛋安静地卧在碗里，没有了热气。屋里静悄悄的，要不是这只撞来撞去的麻雀，夏芒不知道自己会睡到什么时候。她拿起手机想看看时间，没电了，放下又睡。

嘭嘭……

麻雀阿黄还在努力寻找着出路。以前这家的老房子随便就能钻出去啊，现在却被困住了。它开始恨那堆黄灿灿的苞谷粒，秋收的季节哪里找不到一口食啊！都怪黑脖子，非要领着它进来吃好的。黑脖子就在房外面，老夏两口子关门下地前，它嗖地飞了出去。黑脖子一会儿落到树上,一会儿飞到窗子外面张望。这房子太严实了,寻不到一点儿空隙,眼看着心上雀在玻璃上撞来撞去,它一点儿忙也帮不上。

夏芒被麻雀扰得睡不住了,起身,头疼得差点儿跌倒。她拿着扫炕笤帚出来,狠狠地撇过去。麻雀吓得魂都散了,又是一阵子乱飞,黄白的稀粪拉在大理石茶几上,惊慌地瞅着披头散发的夏芒,那眼神几乎绝望了。

看着麻雀可怜的样子,夏芒心里隐隐泛潮,顺手开门,啾的一声,麻雀从她头顶飞了出去,外面的黑脖子也跟着飞远了。夏芒看着一对雀飞到太阳里,白花花的阳光刺得眼睛疼。

该去看看婆了。夏芒洗漱、化妆,把头发扎得高高的,从皮箱子里拿了给婆买的东西出门。

村道路上是三轮车、四轮车碾出的深深的车辙,家家户户门前都晒着苞谷皮。吉祥叔家门前路最窄,他家地亩多,苞谷倒了满院子,剥下来的苞谷皮一直堆到路上。大牛圈紧挨着路,一大一小两头奶牛拴在门外牛圈里。

"叔,拉粪哩!"

"呀,芒芒回来啦! 到屋里喝些水。"吉祥叔正往三轮车上装粪,头上汗津津的,衣服脊背全湿了。

"叔,你一个人忙活,豆娃呢?"

"那懒货还没起来呢!"吉祥叔脸上闪过一丝尴尬,他在车帮上磕了磕铁锨,"到叔屋里坐坐,今年枣甜得很。"

"不了,我去看我婆。"

"噢,对,赶紧去,赶紧去。"吉祥叔抓着搭在脖子上的毛巾擦了擦脸上的汗,"你婆天天念叨你哩。芒,你不在这儿停了,臭烘烘的。"

"噢,叔,那你忙。"

吉祥叔说:"一会儿记得过来,叫婶打些枣给你。"

二大家低矮的门楼两边靠着苞谷秆,羊就拴在旁边拽着吃苞谷叶子,它看见夏芒,甩了甩耳朵停下来,咩咩地叫唤两声,换了个角度又拽着嚼。大门掩着,吱呀,夏芒推门进去。

"谁呀?"婆在屋里问道。

夏芒不搭声,悄悄往进走。几只老母鸡正在苞谷皮里扒拉,见有人推门进来,扑啦啦跑开了。大红公鸡竖着冠子远远站着,侧身对着夏芒,眼睛斜睃她。咯——咯咯,见夏芒往屋里走,公鸡淡定下来,它一只脚稳稳地站着,另一只脚慢慢放下,咯——咯——咯,声音趋于平缓,步子不紧不慢地跟着夏芒,始终保持安全距离。眼见夏芒进了上房门,它又一只脚站定,歪着头往里睃,红红的冠子软了下来。

"哎呀,是芒芒娃回来了!"夏芒听出了婆声音里的高兴。

"婆!"夏芒撩开婆房子厚厚的门帘大声喊。里面黑洞洞的,满是熟悉的旱烟味。一铺大炕,一个枣红大板柜油漆斑驳,柜子底沿上已经露出原木色。

"哎,哎!"婆一边答应着一边从炕里面挨窗子的地方挪过来,手里攥着那根枣木杆玉石嘴的旱烟袋。

"婆,你不用下来。"夏芒踢了鞋就蹿到炕上了。

婆笑着说:"都是大姑娘了,还跟土匪一样。"

"婆,你眼睛还能看见不?"夏芒拉着婆干瘦细长的手,依偎在她身旁。

婆摸索着把烟袋放在窗台上说:"婆看啥都不行了,看人就是个黑影影,看窗一片光影影。"

夏芒心疼地看着婆,那干枯松弛的脸上满是纵横的皱纹,颧骨高高突出来,鼻子塌了下去,眼窝更深了。婆使劲儿眨了眨眼,想看看大孙女,实在是看不清。

"芒芒,婆眼睛看不见,耳朵灵得很,你一进大门婆就听出来了。"婆摩挲着夏芒的头发,手又轻轻地抚着她的脸颊,"你搽的雪花膏啊,香得很。""婆,不是雪花膏,是香水。给你搽些?"夏芒说着用手腕在婆脸上轻轻抹了一下。

婆连忙抓下夏芒的手说:"疯女子,婆都老了还抹啥香水哩!"

"哈哈哈……婆,你猜我给你带啥好的了?"夏芒笑着从袋子里取出东西来。

婆轻轻抚摸着夏芒的手臂说:"婆没牙了,啥都吃不了,只要我娃回来就好,不要再胡花钱了。"

夏芒抽出手,拆开一条烟,拿出一根放到婆鼻子跟前。

"是纸烟啊,真香! 贵得很吧?"婆闻出来了。

"你这老婆子,不光耳朵灵,鼻子也怪灵的,是'娇子'。点上吧?"夏芒把烟噙在嘴里点着,给婆递到嘴里。

婆吸了一口说:"芒呀,你学会抽烟了?"

夏芒眼里掠过一丝不安:"咋了,你都抽还不让别人抽啊?"

婆放下烟说:"婆这瞎毛病改不了啦! 你还小呢,不敢学这啊,自古就没有男人喜欢抽烟的女人。"

"那我爷咋喜欢上你的?"

"这贼女子!"

夏芒一手搂着婆的肩膀,一手攥着婆的手,婆孙俩头靠着头都不再说话。

蓝色的烟雾缭绕在小窗子旁,铺开在窗棂上,继续向上爬,忽地跟着窗子缝钻进来的风折下来。窗子外面椿树上架着苞谷串子,一条翠绿的苞谷虫在窗台外面爬着,时不时抬起头左右扭着张望,又向前爬,爬过三个砖缝后,它沿着窗子框开始向上爬。夏芒眼睛抬了抬,看见窗台上面还有虫子在结茧,它的头上下左右均匀地舞动着,一层薄薄的浅绿色丝线已经把它裹在里面了。虫子一生不停地吃,最后把所有的劲儿都用来给自己网了茧子。夏芒想起父亲,想起家里新起的房子,想起村里人一辈子的心思就是能盖起让人羡慕的新房。窗台上的虫子已经爬了很高,它在窗框子和砖缝间停下了,也许已经选好了自己的庄基。

啾——

啾——

两只麻雀落在后院柴房檐子上,一个是黑脖子,一个是阿黄。见没有人,它们又飞到压水井旁,在水窝子里喝一口水抬头四处瞧瞧,喝一口四处瞧瞧,啾啾,啾啾啾。

大虎的姐夫是最早下南方打工的,不到三年时间家里盖起了三间两层新房。春节出门走亲戚,拿出高档烟见人就散,给小孩的压岁钱也是大票子,每到一处都会成为所有人关注的焦点。村里人从他嘴里知道了广州到处是工厂,家家有汽车。正说话呢,腰里半截砖大小的黑手机响了。

"喂,谁?"他摁了键接电话,秦腔马上转成"陕普","噢,噢,老板你好,噢过年好,过年好。噢,噢,没问题,没问题。"

待那边电话挂了,他又开始讲:"不到北京不知道官小,不到广州不知道钱少。年轻人就要到南方闯荡呢,来钱快得很!"

过了初八,大虎、夏芒,还有附近村里的几个年轻人扛着装了行李的蛇皮袋子跟着大虎姐夫南下了,大虎叫姐夫,大家也跟着叫姐夫。

　　火车里几乎没有下脚的地方,过道、座位下面、洗漱间全是像大虎、夏芒一样的年轻人。如果不是列车员拿着钥匙,估计厕所也会被南下淘金的人们占领了。夏芒坐在洗脸池下面,紧紧抓着大虎的袖子,她从来没有面对过这么多的人,像小鹿一样警惕地望着一张张陌生的脸。上车前的兴奋渐渐退去,她开始想念家里的土炕,想起婆从灶火里刨出来的红薯。她口渴,但不敢喝水,早都想上厕所了,可是怕一起身这好不容易占到的位子就被挤没了。这是她长这么大感觉过得最漫长的一天一夜。

　　他们仅仅看见"广州站"一眼,就被塞进一辆中巴车,摇晃了好长时间才到达姐夫说的满地是票子的工厂。在办入厂手续时,夏芒看见姐夫赔着笑脸向胖子老板道谢。胖子拍拍姐夫的肩膀说:"你现在就是个人贩子,哈哈哈……"姐夫说:"不敢这样说,招工,是招工。"从里间出来的时候,胖子瞅了夏芒足足有半分钟。夏芒不敢看他,脸红着低下头。

　　每天十六七个小时的工作,夏芒把厂房里写的"时间就是金钱,质量就是生命"的前半句狠狠地装进心里。虽然是一季度结一回工资,但还是很高兴,心里暗暗计算着日子。近了,近了,发工资了先给大和妈买件新衣服,给婆买甜甜的糕点,给弟弟春子买身运动装,给自己买一个化妆盒,跟邻铺小青的一样。小青个子低,满脸小雀斑,总是涂着厚厚的粉,她羡慕地说:"芒芒你是个标准的美人坯子,要是再化点妆,那是绝对的厂花……"大虎还答应夏芒,等发了工资带她去看一场镭射电影。亲人们的笑容一一从她脑海里闪过,厂房里忙碌的身影,转动的传送带,变得渐渐模糊了。

跟大虎从电影院出来时月儿正圆,通往厂区的路上工友们三三两两,说说笑笑。大虎又要拉她的手,她没同意,两手紧紧攥在身子前面,羞答答地走着。"妹妹你大胆地往前走呀,往前走……九妹九妹,漂亮的妹妹……"大虎扯着嗓子唱了起来,引来了路人的目光。

"哎,大虎哥,你疯了!让人笑话……"夏芒小声说。

"咋,还不准唱了?九妹,九妹……"大虎不管,继续唱,狡黠地偷偷瞟着夏芒。

"别唱了。"

"那让我拉着你手我就不唱了。"大虎在夏芒耳朵旁悄悄说。

"刚在电影院都拉过了。"

"我还想拉。"

"你变坏了。"夏芒松开了紧攥的双手。

大虎一把拉住夏芒的手,又大声唱起来。夏芒挣不开大虎的"铁钳子",另一只手上去就捂住他的嘴,大虎却咬住了她的手指头,眼睛看着夏芒,手和嘴都没有松开的意思。

"你,你,大虎,你松开……松开好吗?"夏芒自己也不知道为什么,竟然没有一点儿恼怒。出来三个月了,她越来越想家,想念亲人。要不是身边有大虎每天关照她、安慰她、逗她开心,她不知道自己该怎样熬过这枯燥又疲劳的日子。大虎不敢说话,怕一张嘴这细长的手儿就溜走了,他就想这样噙着夏芒。

夏芒心跳得咚咚咚。大虎早上理过头,短发,精干。他脸上已经退去稚气,眼睛里有火。在大虎眼里,夏芒也不是村里那个黄毛丫头了,他喜欢夏芒身上淡淡的香,喜欢夏芒说话的声音、不说话的样子。

这对年轻人多么盼望时间走慢些,就这样多待一会儿啊!这一刻,人一辈子也许就这么一次。

上完晚班，夏芒回宿舍的时候，床上放了一个粉色包装的盒子，她问是谁的。小青睡在旁边铺上瞥了一眼："大虎给你的。"夏芒打开包装，里面是一个化妆盒、一个镶满仿钻的头花。看电影那天，她给家里所有人都买了礼物，在化妆品店里看到和小青那个一样的化妆盒，摸着那个漂亮的头花，硬是没舍得买。那时候大虎没跟她进店啊，他坐在店外的铁栏杆上吹口哨，怎么知道这是她想要的东西呢？大虎留了字条。

　　芒：

　　　　我不在厂里干了，跟姐夫去搞工装，工钱大，按时发，我要赶紧挣钱，盖新房，××。这是姐夫的电话，我会想你的，有时间就来看你。

　　　　　　　　　　　　　　　　　　　　大虎

　　夏芒仔细看了看打了×的两个字——"娶你"。她心里突然空荡荡的，和大虎一起度过的这段日子，让她感受到从未有过的温暖，但这温暖太短暂了，大虎走了，自己又置身于一片陌生之中。

　　拿起漂亮的头花，夏芒想起小时候买头花的情形。

　　货郎老汉吆喝："清凉油、雪花膏、搪瓷缸子、舀水瓢，老婆针、绣花针、顶针、剪子、锥子针，木梳、篦梳、皮子环、花卡子来喽——"车架上那只大木箱掀开来，里面是整整齐齐的小木格，木格子里放着各种零用品，箱盖子里面是一层红绒布，上面别着各样的发卡。小夏芒用手轻轻去摸那只蝴蝶发卡，蝴蝶呼扇扇地动了。

　　"娃呀，轻轻地，轻轻地。"老汉说着从箱盖子上摘下发卡在夏芒头上比画,"哎呀呀,真漂亮! 去,跟你妈要钱来买。"

"我家没钱。"

"用麦子来换呀!"老汉把卡子又别回绒布上。

家里,夏芒父亲正赔着笑跟人说话:"你那账缓些天吧,等棉花卖了一定还上。"

夏芒跑回家,喊:"大,大,给我买发卡,蝴蝶发卡!"

父亲抄起笤帚撇过来骂:"要啥哩! 一个个都想把我的皮揭了挂到南墙上是吧?"

笤帚砸在夏芒头上,她哇地哭了。妈赶忙跑出来搂住夏芒说:"我娃不哭。咱刚盖了房,欠了好多账哩,等还了账给我芒芒买花卡子。"

卖卡子的老汉再来时,夏芒离得远远的,想着那只蝴蝶发卡会不会卖了啊,她好像看见别的女孩戴过。天天盼着卖发卡的老汉来,又不希望他来,夏芒害怕箱子里再也没有了蝴蝶发卡。

"收头发——收长头发——长头发换脸盆、换电壶、换手电喽——"村里来了收头发的小贩。

夏芒摸了摸自己的头发,飞快地跑回家。

"叔,我这儿有长头发,多少钱?"夏芒几乎是贴着头皮铰了自己的头发,脑袋后面再没有了可以甩起来的马尾巴。

"哎呀,碎娃头发不值钱。算了,看着发质不错,两块钱。"收头发的摸了摸夏芒的头说,"成假娃子了。"

夏芒揣着两块钱回家了。晚上,她梦见头发又长长了,那只蝴蝶发卡戴在自己头上,翅膀一闪一闪的。妈看着夏芒熟睡的脸上露着笑,低声啜泣着,用剪刀一绺一绺修女儿的头发。她低声说:"买个发卡能花几个钱,看娃把头发铰成啥了!"父亲呵斥道:"小小个娃一天光谋着打扮。不准买,把钱给收了!"夏芒的蝴蝶梦又成了泡影。

从那时候开始,村里的男孩子都叫她"假娃子",为这她打过别人,也被别人打哭过。别人打她的时候,大虎哥一直给她护驾。婆心疼夏芒,悄悄攒下卖鸡蛋的钱,买了蝴蝶发卡给她。她不敢戴回家,每次放学就把发卡藏起来。

一天下午,二婶站在大门口破口一顿骂:"老东西偏偏心,有本事你搬出去跟老大过去……"二大惹不下媳妇,不吱声。父亲从夏芒书包里翻出蝴蝶发卡来,把发卡狠狠踩碎在二大门口,拿出几块钱甩在二婶脸上说:"闭上你的臭嘴!"二婶不骂了,捡起地上的零票子说:"谁还跟钱过不去呢?穷争气!"夏芒妈看着男人怒气冲冲地从外面回来,吓得赶紧把娃挡在身后。夏芒大朝着自己的脸啪啪啪地扇,一边扇一边说:"我这脸是尻子!"

夏芒无限地思念着她的大虎,每天晚上睡觉的时候,她把闪闪发亮的蝴蝶发卡别在上铺的床板下面,那蝴蝶就在眼前扇动着翅膀,飞进她的梦里。

"喂,姐夫,我是夏芒,大虎哥在你跟前没?"

"大虎,电话,找你的!"

"大虎哥!"

夏芒听见电话那头是嘈杂的电锯声、砸墙声、钻眼声……

"芒芒啊——我也想你,你等着,我明天就去接你……回家过年……哎呀!电,关电,快……姐夫……"

大虎出事了!

夏芒到工地给大虎收拾铺盖的时候,灰咚咚的水泥大楼里,墙上靠着整块的、半截的木板、石膏板,地上摆着杂乱的电线、裸露的电闸、木渣、纸箱子、空啤酒瓶子,电刨子上是已经变黑了的斑斑血迹。

她不记得自己是怎样从医院回厂借钱再到医院求医生抢救姐夫抢救大虎的,只知道医生用白单子蒙上姐夫的头说电击穿了心脏,没救了,赶紧寻钱抢救小伙子;只知道工地上的人在医院门口围着她喊:"包工头是你姐夫吧?给我们工钱,给工钱!我们要回家过年!不给钱别想走!"无数只手撕扯她,捏她,抓她。她只记得正在收拾行李的工友们避开她乞求的目光说钱全部寄回家了、买车票了。她只记得为了第二天早晨才能拿到的五万元有生以来第一次打欠条。她只记得,那个夜晚,空荡荡的宿舍里,老板狰狞的面目,肥胖的身体,那只闪闪发亮的蝴蝶,剧烈地扇动着翅膀……

"手没了,姐夫没了,我没脸回去。"大虎情绪低落到极点。

"大虎哥,你回吧,回去养好伤再出来。"

"我现在就是个残废!芒,你回吧,出来快一年了。等姐夫的钱赔下来我还账。"

"我不能回,我得上班……好了,我得回厂里了,明天让小青来看你。"夏芒是胖子派司机送来的。

夏芒知道,司机主要的任务不是送她,是怕她跑了。那张借条,那长了腿的五万元借贷几乎让她失去了人身自由。

正月三十,大虎出院了。夏芒坐着那辆"专车"到医院时,小青正搀着大虎出来。

"芒芒……"小青有点儿不好意思,"我不在厂里干了,就在这附近给人当保姆,照顾大虎哥方便。"

怪不得从那天之后再没见过小青。大虎眼睛没看她,茫然地望着远处。三个人站在医院门口都不说话。小司机戴着墨镜抽着烟按了几下喇叭。

"大虎哥,你……"夏芒先开口。

"夏芒你不要说了,那胖子来过了,我啥都知道了,你的钱我会还的。"大虎不等她说话就侧身走了。

小青低着头,搀着大虎那只没了手的胳膊跟着走了。夏芒没有勇气叫住大虎,她觉得现在自己没法和最好的朋友小青比,她已经失去了纯洁,不再是那个坐在火车洗漱池下面拉着大虎胳膊的青涩少女。那只曾让她心跳、给她温暖和力量的手,已经没了,连同她刚刚开始的爱情,都没了。

得知夏芒怀孕的那天,胖子兴奋得像个傻子。

"芒啊,我给你专门买了一套房子,我要娶你。"胖子当着她的面撕了那张五万元欠条,塞到嘴里吃了。这是第二个男人对夏芒说"娶你",但这次夏芒听了以后恶心得想吐。她呼吸艰难,觉得自己只剩下一副空空的躯壳,像一条离开水面很久任人摆布的鱼。

胖子一直在骗夏芒。买房,结婚,全是假的!当夏芒向生活低头决定和胖子结婚生子的时候,当她被一群彪悍的中年妇女围殴,撕她头发、踹她肚子、拉着她在大街上示众、骂她二奶破坏别人美好家庭没有一个人出来阻拦的时候,当她双腿间流着鲜血几乎爬着回到胖子给她买的单元房,却看见"此房出租"牌子的时候,她知道了那胖子从来没有过善良,没有过怜悯,没有过爱,仅仅是玩弄她而已。全是假的!这世界他妈全是假的!

要不是妈得了乳腺癌要做手术,要不是供春子复读,要不是为了盖房子让大能在村里有脸面,要不是身后那一张张嘴都是要钱要钱,夏芒也许会重新找一份工作,像以前一样打扮得漂漂亮亮,找一个自己喜欢的男人,手拉着手去电影院,去商场买好看的衣服。

她第一次喝酒就喝得烂醉。不就是陪个酒吗?不就是陪人睡觉吗?又不是要命。夏芒拼命地挣钱,她不想家人、亲戚、朋友再因为钱而受罪,该受的罪让她一个人受完吧。这个城市里全是假的,什么爱情,什么朋友,全是假的,除了钱。以后的日子,在家人、亲戚和那些所谓朋友的眼里,夏芒特别能挣钱,她就是一个会呼吸的取款机。

从二大家出来,夏芒从家里带了东西又到了吉祥叔家。

"婶婶!"

"芒芒娃回来了。"吉祥婶从厨房窗子瞅见她,手在围裙上擦了擦,"来看一下婶婶就高兴,还拿啥东西哩!赶紧,坐到上房,婶给你拾的枣儿。"几年没见,吉祥婶头发花白,在脑后胡乱绾了个髻。

夏芒说:"盖新房了?真高啊!"

婶婶拉着夏芒往上房走:"村里人有钱没钱都盖房哩,盖得越迟的,地基垫得越高,你看那俩枣树原来就在老地面上,这一回垫庄子把树撅到坑里了,今年没结几个枣。"

夏芒坐下吃枣,枣甜,但没有以前水分大。

"芒芒姐。"

"豆豆?"

豆豆揉着眼睛从房子里出来,长头发乱蓬蓬的,穿了一条黑细腿裤子,光着上身,膀子上文了条吐着芯子的蛇,腰弓着,露着一根根肋骨,像个大虾米。

夏芒问:"再上学没?"

婶婶说:"早都不念了。二十多岁的人了,一天光知道胡浪荡。"

豆豆翻了一眼："念书能咋？大学生都找不到工作,有的人还没我挣得多。"

婶婶剜了豆豆一眼："你一天尽叫人提心吊胆的,不务正事。"

"干啥不是混一口饭吃,我的事你少管!"豆豆拉开后门上茅房去了。

婶婶被戗得没啥说,转头又问夏芒："春子呢?听你妈说订下媳妇了?"

夏芒笑了笑："春子厂里忙,老板没给放假。有对象了,还没订呢,我也只是见过照片,河南边城郊的娃。娘家人说要等盖房了再提婚事。"

"芒,你也快三十了,老大不小了,该找个婆家了,家里的事你能操心到啥时候呀?"婶婶说。

"我……"夏芒还没接上话,房子里传来一个年轻女子的声音:"豆豆——我饿了——"

婶婶慌慌张张起来拉住房门,低声说："芒,你在婶婶家吃饭吧?"

夏芒起身："不了。婶婶,你忙。"

豆豆提着裤子从后面进来说："芒芒姐,吃了饭再走呀。"又朝房子里喊,"吱哇啥哩? 出来送一下芒芒姐。"

一个十八九岁的年轻女子光腿长发穿着豆豆的白T恤趴在房门上笑着说："芒芒姐你走噢?"

豆豆搂着那女子对夏芒说："姐,跟你像不像?"

夏芒笑着往出走。婶婶瞪了豆豆一眼,一边陪着夏芒出门一边说:"年上就给这货结婚。"说这话的时候吉祥婶心里没有一点儿底气,这已经是豆豆领回来的第三个女子了。

"干啥不是混一口饭吃……"豆豆的话一直在耳边响。夏芒想起自己这几年,真不知道自己为啥活着。

要不是那个电话,要不是那五万元,也许她现在已经嫁给大虎,也盖了新房子,有自己的小孩,一定是个小女孩,穿着公主裙,别着一头的花卡子……

夏芒从吉祥叔家回来吃完饭又躺在炕上,她要在家里补完这些年在外面欠的觉。

"姐,咱妈说你带了五万元回去?"是春子的电话。

"嗯,大说要给人还账哩。"夏芒说。

"姐,我对象说现在人们都在城里买房哩。那钱能不能先不还账?我想付首付。"

"咱是农民,打工的,跑到城里干啥呀?你丈母娘不是让在村里盖房吗?"

"她也同意在城里买房,还说买房她家也拿钱。"

"你丈母娘嘴上安轴承着呢是不是?没钱!"夏芒挂了电话。

妈在外面听见了,进来说:"农村娃娶个媳妇真不容易啊!再不敢找城跟前的,门不当户不对啊!"

夏芒腾地坐起来:"城跟前能咋?还不是种地的农民!能结了结,结不了算了!蹬鼻子上脸,是嫁女呢还是卖女呢?去年叫盖房,今年又叫买房,以后还不知道挖金呀还是要银呀。"

"唉……不说了,心里泼烦。芒,你也不要光睡觉了,到地里转一转透透气。"夏芒妈叹气出去了。

苞谷掰完,地腾出来,村里人把家里的畜粪人粪搜腾完撒到地里,又把竹席底下、柜子角角、箱子底底压的钱搜腾出来,变成磷肥、氰胺、尿素、麦种子撒到地里。崇完苞谷,卖了棉花,收拾干净白豆、绿豆、菜豇豆,到集镇上置办些家当,再奢侈点儿吃一碗羊肉泡馍,就算到了农闲时节。

夏芒这次回来也不打算走了,她留了几万元想干个营生,找个差不多的人把自己嫁了。两个多月来,见了好几次面,听着媒人把男方说得天花乱坠,但没有一个能看得上眼的。

妈坐在床边一边纳鞋底一边说:"芒啊,你不小了,哪有可心可意的人等你哩? 你挑人,人家也打听你呢。"

"嗯,我没挑,我等着别人挑呢。"夏芒应着。

"我看春子对象村里那小伙不错,照片上看着精神着呢! 人家说过几天回来见一下。"妈停下针,看了看夏芒。

夏芒没睁眼:"嗯,行。"

乡村的夜宁静、安详。敬完灶火爷就进入小年了。婆咳嗽得厉害,已经下不了炕了。夏芒拆洗晾晒过婆的被褥,躺在她旁边,炕上热乎乎的。

"婆。"

"嗯。"

"你说人活一世为啥哩?"夏芒盯着昏黄的灯泡旁边扑闪扑闪的蛾子。

"活个心情。"

"村里人说人活一张脸,树活一张皮。"夏芒说话的时候,一只蛾子一直在灯泡旁边碰着、飞着。

"娃呀,活着就好,想那么多干啥? 咳咳……村里人谁不说你爷能行……咳咳咳……能咋? 早早走了,也没见享上……咳咳咳咳……儿子孙子的福。"婆说话气力远不如前些日子了,不停地咳嗽。

"婆,明天叫医生给你看一看。"夏芒坐起来摩挲着婆的腔子。

"不用……来了也是吊些稀水水……咳咳咳咳……"被窝很暖和,婆的手却冰凉冰凉的。

二婶进来坐在炕边:"妈,你咋样了,叫先生给看一下?"

婆没理会。

"芒芒,婶跟你商量个事。"二婶竟然没有了往常对夏芒的冰冷。

"二婶你说。"夏芒的手一直摩挲着婆的身子。

"你能不能给婶倒腾些钱?你看你这两个兄弟都成大小伙子了,家里房子还是你爷手里留下的,你婆看病也得花钱。你家里房也盖了,春子媳妇也订了,又不紧着花钱。"二婶恓惶地说着。

"婶,我真没钱了,给我大的那钱还账了,剩下的钱前天晚上吉祥叔借去了。"夏芒平日没少给二大寄钱,现在自己确实没几个钱了。

"啥,给吉祥了?豆豆干啥营生你知道不?黑道上给人要账的,冬月里把人打得开颅了,公安局抓去说,这瘦猴全身上下撕不了一碟子肉下手还狠得很。吉祥把奶牛都卖了,你不知道?他家就是个无底洞!"二婶越说越来气,"芒芒啊,你自小吃在二大家,耍在二大家,胳膊肘咋往外拐哩?"

"婶……"

"你不敢叫我婶,我担不起。她婆呀,你知道河南边那小伙为啥不来提亲了?人家都打听了,咱屋里有人在外面干羞先人的事呢!春子为啥不回来过年?嫌丢人啊!丢老夏家人啊,挣不要脸的钱。"二婶呼天抢地地哭着喊着,好像真的被人揭了脸皮。

"咳咳咳咳……咳咳咳……都滚出去……咳咳咳……"婆指着二婶骂。

夏芒蒙了,她眼前只有二婶唾沫横飞的嘴,婆两腮边浑浊的老泪。

“今年冬天特别冷啊！”

“新闻上说南方都下雪了。”

“南方下的是冻雨。”

……

婆被埋到地里了，就在爷的坟跟前。填埋的人抄着双手，胳膊夹着锹一路往回走一路诌闲话。大黄狗从巷道里跑出来，嘴里叼着一只死麻雀。主人拾起瓦片就打："狗东西，吃了药的雀儿你都吃，不怕把你毒死！"旁边夹锹的笑："说不定是冻死的呢！"

黄狗挨了打放下麻雀跑了。披麻戴孝的夏芒看见那麻雀脖子一圈黑黑的，她下意识地望了望天、树枝和房檐，那只阿黄呢？

办完婆的丧事，老夏一晚上没睡觉。天亮的时候，他走到夏芒的房子里说："芒芒，你走吧，再不要回来了，村里人的舌头会杀人的，权当咱家没养你这女子……"夏芒突然间发现，父亲也老了，沧桑的脸，灰白的头发，额头上的皱纹像黄土地上深深的犁沟。

妈趴在夏芒的行李箱上抽泣着："芒芒，记得……给家里……打电话。妈舍不得我娃呀……"

大年三十，南下的火车里空荡荡的，夏芒茫然地望着车窗外。

蚁

清晨,他坐在十八楼阳台上,点了根烟。

公路上的汽车像不同颜色的甲壳虫,来来往往。远处,快要进站的绿皮火车像一条大青虫,慢慢钻进桥洞。路边的行人和公园里晨练的人,成了一只只蚂蚁。

一只小黑蚁出现在阳台上。它在乳白色的地板上爬动,不时停下来,摇动触角,嘴里喊:"我寻我男人哩,我寻我男人哩。"

那声音太细小,太凄惨,震得他耳朵里嗡嗡作响。

"不要喊了!"他心里大喊。

"你是谁?凭啥不让我喊?我寻我男人哩,关你屁事!"蚂蚁停下来,剧烈地晃动着触角。

"快点儿从我眼前消失!"他越来越烦躁。

蚂蚁没有停下脚步。它翻过地板缝爬到另一块地板上,边走边喊:"我看见你了,我知道你在这儿。"

"别喊了!"他的头快炸了,用烟头狠狠地捻住蚂蚁。

"哎哟——烫死我了! 我寻我男人哩,男人……"蚂蚁蜷成黑点不动了。

楼下的甲壳虫来来往往,公园里的蚂蚁正交头接耳:

"咦,今天咋不见那疯女人?捡垃圾吃的那个。"

"死了。"

"咋死的?"

"烧死的,烧死在垃圾仓了。"

"真可怜啊!"

"她男人不是东西,撂下一屁股债,跟富婆跑了。"

"小声点儿,小声点儿,听说他就住在这一片的高层上。"

"我寻我男人哩,我寻我男人哩……哈哈……"

"咦啧啧,你学得蛮像哩……哈哈哈哈……"

床上那堆肥肉动弹了一下,骂道:"把烟捻了!"话音未落,一只硕大的金镯子砸在他的肩膀上。

他打开窗子,纵身一跃,像只蚂蚁似的随风飘落下去。在这一刻,他确信上帝也会抽烟,因为风中有浓烈的香烟味。

骡子的婚事

旦娃爱务骡子,村里人都叫他"骡子"。

区上要在杨家井村附近建工厂,村里大面积的地被征收了。旦娃家被征了七亩地,家里剩了不到两亩地,旦娃大把骡子卖了。

征地款下来,旦娃大想着该给娃问个媳妇了。旦娃三十好几的人了,还是光棍一个。以前家里穷,没钱盖房,根本没敢想给娃娶媳妇这事。现在征地赔了二十多万,盖三间大房还能余几万元,也没有啥条件,只要是个女人,二婚三婚有娃没娃都行。

旦娃大猛一提娶媳妇的事,旦娃睽了大一眼,甩着手里的鞭子说:"嗯——要女人谝呀,不要!"

"这娃,跟你说正事哩,看你那样子!"旦娃大拽过鞭子说。

旦娃大声喊:"鞭子拿来!谁再给爷说媳妇小心着!"

旦娃大知道儿子还生他卖骡子的气呢,撂下鞭子说:"骡子是你媳妇?地都没了,要这骡子是看戏呀?"

旦娃没接话,站在门外拴骡子的半截电杆旁抡圆膀子打鞭子,啪、啪、啪,鞭子甩得山响。

村里人有钱了,打牌从一块两块升级成五块十块,年轻人打得更大。旦娃不会打牌,他见了超过十的数字就头晕。没骡子了,他不想在家里待,大一天天尽说娶媳妇娶媳妇,说得人心里泼烦,心烦了就去喝酒。

"六六六呀,四季来财……"别人划拳,旦娃不会,谁输了旦娃都陪着喝一杯。

酒喝高了,一帮子光棍开始说道:

"酒是好东西啊,女人不是东西,女人嫌贫爱富哩!"

"没媳妇咋? 满村都是我媳妇,闭上眼睛想跟谁好就跟谁好。"

"把你吹得跟杨志安一样,外边彩旗飘飘,屋里头红旗不倒。"

……

旦娃不说话,流眼泪,他想他的枣红骡子。爷的枣红骡子啊,趁爷不在把爷的骡子卖到哪儿去了啊?

"旦娃,你咋不言传? 你一天光侍弄骡子,骡子是你媳妇?"

"骡子不下驹,都是二尾子。旦娃,你该不是二尾子吧?"

"你才是二尾子!"旦娃一瓶子砸了下去。

后来,村里人开始悄悄传:旦娃有毛病哩,旦娃是个二尾子。

话传到旦娃大耳朵里,旦娃大恼了:"谁说我娃是二尾子? 看我闹不到他后门去!"但说的人多了他心里也不踏实:旦娃不想女人光想着骡子,难道身体真的有问题了?

杨志安回来了。区上在杨家井村地里建厂,建厂就有活干,杨志安回来包活了。

"杨总,你回来迟了,厂里的土方活都包给城里大建筑公司了。铲车明儿早上就进工地。"村主任说。

"主任,咱村里的活还能让外边人干了? 弄不成!"杨志安很生气,他生气了就要喝酒,每一回在村里喝酒都要叫上旦娃,旦娃是跟他一起耍尿泥长大的。

"旦娃哟,伙计心里挖挠啊!"杨志安跟旦娃碰杯。

"多大的事,要伙计帮忙尽管说话!"旦娃昂起脖子干了酒。

"喝酒,喝酒,今儿个不说事。"杨志安给旦娃倒酒。

一瓶酒干了,再拧开一瓶。

"伙计哟,我心里还是挖挠得很啊!"杨志安几乎带着哭腔。

"多大个事,伙计上手。"旦娃已经喝得红了眼睛,脖子上青筋暴起。

第二天早上,旦娃上衣一个纽子没扣,敞着怀,左手提了一瓶六年老窖,右手握着鞭子到了要建厂的地里。推土机突突突冒着黑烟正平整场地。

旦娃咕嘟咕嘟喝了半瓶子酒,又开两腿挡在车前面,鞭子啪地甩了一声,指着司机说:"停住! 谁叫你在爷地里铲哩?"

司机年轻,没敢吭声。旁边工头过来给旦娃发烟说:"兄弟,这活是我包的,有事咱到边上说,不要耽误干活。"

"干不成!"旦娃又灌了一口酒。

"开车,往死里整,碾死我赔钱!"工头也不是平地上卧的主儿。司机把油门踩到底,铲车轰鸣,但是没敢挂挡。

"爷不是吓大的。来来来,有本事从爷身上碾过去。"旦娃面无惧色,又灌了一口酒,"你还敢叫唤,叫你叫唤! 叫你叫唤!"鞭子啪啪地抽在推土机的两个反光镜上,他想起了枣红骡子那双黑耳朵。

强龙不压地头蛇。工头见他软硬不吃,就去找村主任。村主任说:"旦娃是个生生货,谁挡打谁,他大都说不下。不过有个人的话他听哩。"

"谁呀?"包工头问。

"杨志安,那俩一块儿耍大的。"村主任从包里摸了一根中华烟点上,杨志安昨晚上刚给他塞了两条"软中华"。

只一顿酒,旦娃帮杨志安拿下了一半土方活。杨志安又抱了一箱酒送到旦娃家。

旦娃大说："安安娃,你经常在外面跑,给旦娃瞅个合适的女人嘛!"

杨志安说："叔,旦娃一天光知道骡子跟酒,就不理会女人么。"

旦娃大悄悄说："叔熬煎着哩!村里人都说旦娃跟女人不行,我担心娃身体出问题了。"

杨志安笑着说："叔,旦娃身体肯定没问题。"

旦娃大噙着卷烟,脸吊得像霜打了的老茄子："征地赔了些钱,房也盖了,本想着让人给娃说个向(对象)。村里人都说娃是二尾子,我怕娶个媳妇过不到一搭儿,白花钱。"

杨志安说："叔,这简单,我抽空把旦娃领到城里看一下。"

旦娃大说："对对对,旦娃听你说哩。我取些钱,你领他到医院查一下。"

杨志安笑："叔,这事还用去医院?你不管了,我来办。"

天擦黑儿,杨志安开着奥迪车进了城。旦娃坐在副驾驶上,时不时挪一挪屁股,摸摸这儿动动那儿。

"你来回疙拧啥哩?"杨志安一边开车一边问。

旦娃说："汽车坐着憋闷得很,没有骡车坐着朗然。"

"你瓜娃不懂洋机器,骡车有汽车坐着舒服?"杨志安笑。

旦娃说："把窗玻璃打开,晕得很,想吐。"

杨志安赶紧降下玻璃,他担心旦娃吐到车上。要不是以后干村里的活还要用旦娃,他才不愿意拉这土包子进城呢。

奥迪车停在了一家洗浴中心门前。

旦娃问："你不是说带我看骡子吗?这啥地方呀?"

杨志安说："看你身上臭成啥了,洗完澡再看骡子。进去少说话,你只管跟着我。"

"杨总好！先生好！欢迎光临富豪洗浴中心！"一群穿白衬衫的小伙子齐声招呼。

这楼真高，霓虹灯不断变换着颜色，大厅里光线昏暗，地板光溜溜的。旦娃觉得头晕目眩，掉头就要走。杨志安一把拉住说："挡铲车的劲儿跑哪儿去了？洗个澡又不是杀你哩！"又转过头对服务生说，"开两个单间。"

旦娃不好意思再推辞，他在台阶上刮了刮黄胶鞋底上的土，缩了缩露出来的脚大拇指，勉勉强强进了旋转的玻璃门。

"杨总，杨总，你快出来！"服务生敲杨志安的单间门。杨志安提上裤子出门，只见旦娃光着上身，大裤衩子支着"帐篷"，站在过道里骂："杨志安，你出来，你把爷引到啥地方来了？洗澡房咋冒出个女人？杨志安，你出来！"

"杨总，你带个二愣子来闹事哩是不？差点儿把技师从门里摔出来。"经理埋怨道。一个衣着暴露的女人在旁边嚷嚷："三百块，一分都少不了。老娘不伺候这土包子！"

"骡子，唉，骡子！你真是个二尾子！"杨志安气得指着旦娃骂。

澡没洗成，杨志安把人直接领回家。旦娃一路上问："咋不看骡子去了？"杨志安说："还用看？你就是个骡子！"

进了门，杨志安对旦娃大说："叔，旦娃生理上没问题，就是脑子有点儿……"

旦娃大说："只要身体没问题就好。旦娃脑子不差，就是浑劲儿上来了不太灵醒。"

没看成骡子，旦娃不愿意在家里待，又提着酒出门了。

旦娃大自从证实了儿子生理正常以后，到处让人给打听合适的人家。还是杨志安人缘广,给介绍了北庄子一个女人,前几年丈夫跑骡车出事殁了,年龄比旦娃大两岁,带着俩娃。虽然是寡妇,但人老实本分。

旦娃大说:"安安娃,你们这一辈儿就数你混得好,旦娃听你的,你给好好说道说道。"

杨志安说:"叔,你莫要着急,我给旦娃操心着哩!"

旦娃大说:"我不着急要能行哩!老二打工打得没音信了,你婶是个哑巴,叔也老了,还指望着旦娃给同家续香火哩!"

一听说是北庄子跑骡车人的媳妇,旦娃心动了,北庄子跑骡车出事的事旦娃知道。

前年冬天北庄子一家人结婚,女方提出要办得热热闹闹,必须有几挂骡车。农村早都机械化了,养牲口的越来越少,务骡子的更是凤毛麟角。北庄子的骡车头联络了好几个村子,才凑了两挂骡车。

旦娃听说要跑骡车,把枣红骡子从头到蹄子细细收拾了一遍,天不明就套上车奔北庄子去了。

骡车头招呼人把牛皮大鼓放在骡车上。驾辕的辕骡沉稳雄健,前面三个梢骡头插红缨噗儿噗儿地喷着鼻儿,蹄子在地上嗵嗵地刨。一帮老汉坐上骡车,领锣的嘴里叼着烟敲响小铜锣,"当当当——当当当——当当当——当当";鼓手头绑红飘带抡圆鼓槌敲响大鼓,"咚咚咚——咚咚咚——咚咚——咚——咚咚";六七把铙钹"镲镲镲——镲镲镲——镲镲——镲——镲镲"拍起来,反射着金色的阳光。吆车的鞭子啪的一声,旦娃牵着的枣红梢骡撒开蹄子奔了出去。

一时间,锣声、鼓声、铙钹声、响鞭声、骡子的嘶鸣声混合在一起,敲锣的、打鼓的、抡铙钹的、吆车甩鞭子的、牵骡子领跑的,血脉偾张,激情迸溅。黄土地上,尘土飞扬,红缨飘舞,金光四射。

骡车一进女方村子,旦娃唰地跳上梢骡,在骡车疾进的过程中,依次骑跨三个梢骡,身形敏捷,如履平地。到了女方门前,吆车的拽紧内侧刹车,鞭子啪啪地打在外侧骡子耳朵上。旦娃拽着骡子口嚼子,肩紧紧扛着内侧枣红梢骡的肩胛,骡车开始原地转圈。村里看热闹的人惊呼:"鹁鸽旋窝! 鹁鸽旋窝!"

"鹁鸽旋窝"是跑骡车时难度最大的表演,对吆车的牵骡子的要求最高,稍有不慎就会崴骡子的蹄,或者被骡子踩脚。但是只要有旦娃和他的枣红骡子,完成"鹁鸽旋窝"根本不在话下。

北庄子寡妇的男人也是牵骡子的,他牵着一头棕黄色马骡,在领着另一辆骡车耍"鹁鸽旋窝"的时候,刹车绳断了,骡子惊了,拖着人狂奔,车轱辘从人脖子上碾了过去。

埋人的时候旦娃去了。女人头顶孝布,一身白衫,身形憔悴,哭得梨花带雨。村里有人悄悄说:"'要想俏,一身孝。'这女子真好看啊!"旁边的老人说:"红颜女子多薄命啊! 孤儿寡母恓惶的,以后日子咋过哩?"

旦娃跟在媒人后面进了门,红着脸一直不敢抬头。

女人说:"你个大男人羞脸还多得不行。"

媒人说:"害羞的男人疼女人。"

女人说:"大男人把头抬起来说话嘛,我还能把你吃了?"

旦娃抬头看了一眼。女人鹅蛋般的脸盘上,一双火辣辣的眼睛正盯着他看呢。他赶紧又低下头去,脸更红了。媒人和女人再说啥话他几乎没听进去一句。后院里有"咴咴"的叫声,他知道这是一头棕黄色的马骡,前胛厚实后胯宽,骨架子大,蹄子也大。

媒人对女人说:"骡子还没卖?"

女人说:"我舍不得。"

媒人说:"你个女人家,哪能务了这高脚子牲口!"

169

女人说:"也没碰上合适的买主。"

媒人说:"不说骡子了,咱说正事。"

女人说:"人看着倒是老实,不知道有没有本事养活家。"

旦娃这时候的心思早都跑到后院去了。他知道这头骡子比起他那头枣红骡子毫不逊色,要是能牵回去那真是件高兴事。

"旦娃,旦娃,人家问你能养活了她不? 旦娃,问你话哩!"媒人拍了拍旦娃的胳膊。

"能,能养活。"旦娃说。

女人问:"红口白牙的,你凭啥养活哩?"

旦娃以为说养活骡子,脸上马上神采飞扬,拍了拍胸脯说:"我十五岁就务骡子哩,我最了解骡子了。只要你愿意卖,价钱合适,我马上掏钱。"

"你个傻骡子呀,咋不跟骡子过去!"媒人笑着戳旦娃的额头。

旦娃一进家门就给大喊:"大,大,弄回来了,弄回来了!"

幸福咋来得这么快啊! 旦娃大心里想着:儿子的婚事说不成急忙不成,说成也就一半天的工夫,这浑小子还把媳妇引回来了?

"在哪儿? 在哪儿呢? 叫大看一下。"旦娃大激动地说。

"在门外边哩!"旦娃也高兴地说。

旦娃大鞋都没钩上,急得跑到门外看。只见半截子电杆上拴了一头棕黄色的大骡子。老汉气得脱下鞋撒了过去骂:"叫你相亲哩,你相了个骡子回来。"

有了骡子,旦娃又有事干了。活忙的时候,给别人犁地施肥挣钱,闲下来了,四乡八里撵着跑骡车。有一天,旦娃正在邻村跑骡车,他大火急火燎地赶来说:"北庄子那女人带了俩娃来咱家了。"

旦娃说:"咋,反悔了? 我掏钱,她同意,我才牵的骡子。"

旦娃大说:"不是,不是。她说给你当媳妇来了。"

旦娃摆摆手说:"不要,不要。赶紧叫走,赶紧叫走。"

晚上旦娃回来,把骡子拴在门外半截电杆上,刚一走进院子,那女人端了一脸盆热水往凳子上一放,拿了条干毛巾转着圈扑打他身上的土。旦娃看了一眼女人,红着脸低着头,任凭她"指教"。

女人把旦娃的头压在脸盆里,一边搓着他的头发和脖子,一边悄声问:"还想你那枣红骡子不?"

旦娃咕哝了一声:"想!"

女人说:"那以后给咱赎回来。"

旦娃眼睛涩涩的,一直乖乖垂着的双手轻轻抬起来,抓住了女人正给他洗头的手。

屋子里忽然传出旦娃大和杨志安的划拳声,还有孩子的欢笑声。

好好说

　　杨童铰回杨家井村了,入赘到贺家村以后他很少回来。他穿着一身带暗格子的牛皮色西服,扎着惹眼的斜纹红领带,脚上皮鞋锃亮,头发打着厚厚的发胶,手里拿着一盒云烟,笑着叫着"爷耶""叔耶",逢人就发烟。童铰自小长得乖巧精灵,现在出脱得更是一表人才。

　　"旦娃!"

　　"耶,这谁啊?"

　　"你连我都不认识了?"

　　"哎,好好说! 把你杨童铰烧成灰我都认得!"

　　"跟你说个正事。"

　　"有话说,有屁放!"

　　"想发财不?"

　　"我连手机都不会用,光能下笨苦,哪能发财啊!"

　　"先喝酒?"

　　"喝!"

　　老规矩,一人一瓶酒,童铰和旦娃喝得天昏地暗,又像回到了以前脱裤子比尿尿、下涝池摸泥鳅的时候。旦娃觉得童铰还是以前那个童铰,精明、义气。

　　"好好说,咋发财?"

　　"到内蒙古投资矿山,咱合伙买辆拉矿石的车。"

　　"买车? 这事你别寻我。"

"钱你现成有啊!"

"鼻子灵得很,你盯上我家征地款了?"

"咱村征地赔款的户数多了,我咋光给你说哩?人家公司规定,一股三千三,你入二十股,我入三十股,十六万五,咱先买个二手卡车,钱数明年保证翻一番。"

"这钱准备盖房子哩,赔本咋弄?"

"稳赚不赔!人家公司势大得很,我已经去考察过了,咱俩的住处都寻下了,你放一百个心。"

"喝酒!"

"喝!"

火车哐当哐当地开了,车厢里传来乘务员甜美的声音:"各位旅客你们好!欢迎乘坐由西安开往南平的 1818 次列车……"

旦娃一把抓住童铰膀子问:"你不是说在内蒙古拉矿石吗,咋是去'烂平'?好好说!"

童铰哎哟哟地叫:"放手,放手!矿山在内蒙古,人家总公司在南平,咱要到总公司签股权合同,你以为叫你下井挖矿哩?"

"噢!"旦娃松开手,"你知道我认不得字,可不敢哄骗我!"

"放心!放心!"

车到南平,童铰领着旦娃到了一个很大的住宅区。旦娃从来没见过这么多高楼,他抬头瞅着说:"童铰,住这儿啊?你要得真大!"

童铰脸上掠过一丝尴尬:"条件艰苦了一些,咱现在是创业阶段,等以后赚了钱住得会更好。"

旦娃心里暗暗道:这还叫艰苦?

童铰带着旦娃七拐八拐地进了一幢单元楼,顺着台阶往地下室走。一打开门，一群老鼠吱吱吱叫着四散逃开，有一只大的老鼠侧着身子用黑亮的眼睛瞅着俩人。童铰脱下西服挂在门后的钉子上，指了指旁边地上的几张破纸箱板说，这是你的铺。旦娃这才理解刚才童铰说的艰苦了。放下行李，背着黄色军用挎包，旦娃跟着童铰坐车来到一幢高层写字楼，坐着电梯上楼。

"到了，大西部矿业有限责任公司，怎么样？"童铰指着玻璃门里墙上的字对旦娃说。

"杨总，你可回来了！"前台一个狐媚的女子看着童铰，撒着小娇，有点儿埋怨。

"想我了？"童铰凑到台前用眼睛挑了一眼那女子小声说，然后抻了抻衣服下摆，用下巴指了指旦娃说，"这是新来的同总！"

"同总好！"姓娄的女人火辣辣的眼睛瞅了一眼旦娃，看着旦娃的一身打扮尤其是黄挎包，半边嘴角轻挑了一下。

旦娃刚一进大楼就有点儿"蒙圈"，这会儿紧张得手心直冒汗，他避过那女人缭乱人的眼神，胡乱应付了一句，慌慌张张跟着童铰进了一间会议室。会议室里挤满了人，正操着各种口音叽里呱啦地说话，几乎要把天花板掀翻了。

"大家静一静，现在召开股东大会，欢迎大西部矿业的新老股东。"主持人说话了，"第一项：分红。王阿福一百零八万，李魁星八十八万，蔡永顺十八万……"

童铰看着桌子上堆着的小山一样整沓整沓的钱对旦娃说："我没骗你吧？这是去年的股东分红。"

旦娃一辈子也没见过这么多钱，他喉结咕噜了一下，狠狠地咽了一口唾沫说："狗日的，钱多很。"

这时候，梳着大背头的王阿福站起身，扶了扶啤酒肚，迈着八字步走上台子,清了清嗓子说:"西部是当今经济大开发的黄金热土,作为公司的大股东,我不光要把去年的分红全部投入矿业公司,还要再追加二百万。人嘛,眼光要长一些,等公司上市了,咱们持的可都是原始股啊!"

旦娃问:"原始股是啥?"

童铰说:"原始股就是现在三千三的股份,将来就值三万三,甚至更多。上面这位就是公司老总王阿福,你看见他手上那只戒指没?猫眼绿,值钱得很!"

"第二项:吸纳新股东。每股三千三,十股起步,上不封顶。请看我们的矿区和矿车,大家认购。"电视开始放视频,偌大的矿山上,几十辆矿石车正忙碌地拉运着矿石。

下面人急了,有的手里举着卡,有的直接提着钱袋子往前拥。童铰挤了一身汗,给他和旦娃交了钱,把股金证递给旦娃。

旦娃说:"童铰,六万六就换一张纸纸?"

童铰说:"你傻呀,这证到明年就是十几万呢! 对了,不能叫童铰,叫杨总,我叫你同总。"

旦娃看到所有人都交钱换了一张股金证,心想:原来人家是这么挣钱的啊!

晚上俩人回到地下室,旦娃说:"童……杨总,我咋云里雾里的,像是在做梦哩?"

童铰说:"同总啊,这叫资本运作。唉,你听不懂,咱这是靠钱生钱。"

旦娃肚子咕噜咕噜地叫唤,这才想起还没吃饭呢。他问童铰:"杨总,这跟前有卖油泼面的吗?"

童铰笑了:"这是南方,哪有油泼面! 有方便面,凑合着吃吧。"说完,从缺一条腿的小柜子里摸出方便面递给旦娃。

旦娃说:"杨总,啃方便面啊?"

童铰说:"同总啊,现在是创业阶段,艰苦一些算什么,李嘉诚还给人扛过包呢!"

旦娃说:"杨总,你懂得真多。"

童铰说去会个老朋友,让旦娃一个人待着不要乱跑。到了后半夜,童铰悄悄溜回地下室,旦娃闻见一股香味,跟白天公司前台姓娄的女人身上的味道一样。

第二天,旦娃跟着童铰去公司上班。先是听一个穿着白衬衫戴领带干瘦得像猴子一样的人讲课,说的是"资本""绩优股""众筹"等一些旦娃听不懂的话,然后又有个同样打扮的人领着大家喊口号:"我能行""我最棒""相信自己"……直喊得旦娃早上吃的那碗米粉都变成了响屁。

"童……杨总,你好好说,这公司咋整天听课喊口号啊?"

"这叫培训,要把像你一样的土包子培训成白领和真正懂经济的股东、企业家。"

"啥时候发工资啊?"

"公司实行年终分红制,自己给自己干,要啥工资?"

"噢。"

连续三天,旦娃都寻个墙角,别人跟打了鸡血一样唱呀跳呀,他呼噜呼噜睡觉,这儿比地下室舒服多了。

"同总,给你说件事。咱没有生活费了,打电话跟家里要些钱。"

"我不! 家里四五口人指望我挣钱哩,咋能要钱?"

"那把嘴吊起来?"

"咱回,等明年分红再来。"

"公司每天都考勤哩,不是你套骡子犁地,想啥时候歇晌就歇晌。"

最后俩人商定,童铰负责创业,每天上班签到。旦娃负责生活,在南平找了个工地干苦力挣钱。童铰隔几天就会回来得很晚,有时候整夜不见人影,每次回来身上都有女人的味道。童铰不回来的时候,旦娃就想起那个小娄。小娄是典型的南方女子,水灵白净,个子不高,身材玲珑丰腴,长了一对桃花眼。旦娃想得浑身燥热,翻来覆去睡不着觉。

"童铰,你好好说,是不是跟小娄好上了?"

"傻瓜,现在哪个男人不风流,都像你啊?榆木疙瘩。再说了,小娄主动找我哩。"

"我咋听说小娄是王阿福王总的媳妇?"

"狗屁,小三都算不上!小娄跟他是冲着钱哩,她说她喜欢我。"

"你再胡整,我卷铺盖回呀!"

"哎哎,同总你不敢回,你回去了谁分那十几万红利呢?"

旦娃软了,他还等着那十几万元盖房子哩。

一个大雨的清晨,童铰扑到旦娃工地上:"旦……旦娃,公司……公司不见了!"

"啥?你好好说!"旦娃脑袋里嗡嗡地响,像挨了一闷棍。

旦娃跟着童铰来到大楼里。门大开着,公司的牌子已经不知去向,连桌子椅子都不见了,玻璃门上写着"招租"。保洁员正打扫卫生,簸箕里揽了一大堆空白的股金证往垃圾桶里倒。一大群人围在门前骂,有的坐在地上哭,有的拿头撞墙。

"旦娃,上当了,上当了。钱……钱……"童铰脸色煞白,手颤得哗哗哗。

"报案!报案!"人群中喊。

保洁员边扫地边说:"南平这类案子多得跟牛毛一样,报也白报。唉,你们这些人啊,要想不上当,就离'当'远一些。"

童铰跟着一群股东报案去了。旦娃没有去,眼下这种情形跟跑骡车乱套了一样,只要把头骡收拾住,再乱的绳套他也能持置得停停当当。

童铰每天跟着股东们到处跑,像皮球一样在公安局、工商局、街道办转圈圈。每天拖着疲惫的身子回到地下室,迎接他的都是一群老鼠。好几天了,也没见旦娃回来,童铰心想:这货该不是回老家了吧?旦娃不会用手机,没法联系。他拿起手机想问旦娃大,怎么问呢?这货要是回去了还好说,如果没回去怎么办?毕竟旦娃是跟他一起出来的。算了,明天还要打着条幅去"信访"哩。

一大早,童铰穿上皱巴巴的西服坐到饭馆吃米粉,电视里播放着南平新闻。

"某高档小区发生一起劫持人质事件,一名北方男子劫持富商王某……据查,该男子曾连续在雅苑小区蹲守八天……"

听到"雅苑小区",童铰心里猛地一惊,这是小娄住的地方,他连忙抬头看。电视画面里出现一把菜刀、一个黄色军用包,包里装了半包开袋的方便面。

"这起劫持事件还引出了一桩非法传销案,被劫持人是正被通缉的非法融资犯罪嫌疑人王某某……"

"旦娃!"童铰差点儿从凳子上跌下去。电视画面中,穿着睡衣的小娄吓得披头散发蜷缩在墙角,武警正押着两个戴黑色头套的男子走下楼梯。童铰认出前面走着的是旦娃,后面的是王阿福。

童铰的手机响了,是旦娃大打来的:"铰娃,你跟旦娃在外面到底弄啥哩?派出所咋寻到我屋里了?你给叔好好说!"

爸爸说

爸爸,你走的时候抱着我说:"婉儿是最乖的孩子,爸爸过几天就回来了。"说完这句话,我再也没见过你。

我哭着要爸爸,妈妈踢了我一脚,我跌倒在台阶下,牙齿垫破了嘴唇。其实妈妈踢得一点儿也不疼,我真想让妈妈再踢我一脚呢。可是听爷爷说妈妈要跟另外一个叔叔结婚,再也不回来了。

爷爷最疼我了。他每天骑自行车接送我去村子北边很远的学校上学。我虽然羡慕那些坐校车的小朋友,但他们不能把手伸进爷爷的棉袄里,爷爷的棉袄里可暖和呢!哼,我可是在城里上的幼儿园。我上幼儿园的时候,爸爸每天开着白色的越野车接送我,放学了我们一家三口去吃牛排、吃火锅。我最爱吃肯德基的老北京鸡肉卷,还有蛋挞。我们城里的房子可大了,妈妈打扫卫生都得用整整一个上午呢。我有自己的房间,贴着蓝天白云的壁纸,一套橡木家具,床头柜上放着小白兔台灯,小白兔的眼睛还会动呢! 我的玩具可多了。我最喜欢芭比娃娃,我的芭比娃娃有十几套衣服呢。每到下雨天,我都会给芭比娃娃换衣服穿,把她金黄的头发梳成各种头型……

我好想芭比娃娃啊,农村真没有什么好玩的。爸爸,奶奶说你一定会给我打电话的。每天放学我都守着电话,好久好久都没有响铃。爸爸,我记着你的电话号码呢,我偷偷打过好多次,电话里的阿姨每次都说:您所拨打的电话已停机。

有一次电话半夜响铃了,我赶紧爬起来去接。

"爸爸!"

"谁是你爸爸!叫林跃良接电话!"电话里的声音凶极了,我吓得不敢说话。

爷爷披着衣服把电话夺过去说:"林跃良不在家!"

那人说:"老东西,你把儿子藏哪儿了?啥时候还钱?"

爷爷说:"要钱你找林跃良去!"说完挂了电话,拔掉了插线。

奶奶把我搂在被窝里,眼里溢出的泪水,冰凉地跌落在我的额头上,我吓得睁大眼睛不敢大口出气。过了好久好久,奶奶以为我睡着了,就对爷爷说:"这些恶鬼债主不会打婉儿的主意吧?"

爷爷低声说:"他敢!我拼了这把老骨头也要把娃管好。"

奶奶说:"良良在外头欠的账咱不管,村里人三万五万攒到一起也几十万哩,咋还啊?"

爷爷说:"慢慢还。唉!我干了一辈子信贷稳稳当当,良良非要高息吸储高利放贷,弄了才几天,全烂包了。"

奶奶说:"也不知道良良在外面过的啥日子,能不能吃上饱饭。"

爷爷说:"狗东西,不听我说,款越放越大。你图多哩,人家图吞哩。放贷看着利息大,有的人借了钱就没想还啊!"

奶奶说:"唉,把人能熬煎死。算了不说了,睡吧。"

爷爷说:"你睡。"

奶奶说:"你也睡。"

爷爷说:"睡你的!"

那天放学,奶奶把我接到了姑姑家。我问奶奶怎么不回咱家呢,奶奶说姑姑想我了,可是姑姑一吃完饭就出去了。奶奶坐在院子的小凳子上,一会儿到门外看一下,一会儿到门外看一下,姑父和姑姑一夜都没回家。

第二天上学,村里的黑皮对我说:"你家昨天来了一群黑社会,把东西砸完了,说再不还钱就要绑架你呢,把你爷气得昏倒了。多亏村主任领着咱村人赶走了那伙人,把你爷送到医院去了。"

黑皮还说,我还欠他爸五万块钱呢。他把我文具盒里的五毛钱拿走了,说以后我的钱都要交给他,他替他爸收利息。我哭了,老师把黑皮训了一顿,让他把钱还给我。刚一下课,他和几个男生就把我堵在教室后面又要钱,别的男生说还不了钱就让我给黑皮当媳妇。后来又让黑皮亲我,说亲一下算五毛钱,黑皮的鼻涕都抹到我脸上了。他们还说不准告诉老师,要不然就让黑社会把你埋到河滩里。我没敢对老师说,我怕黑社会。

我和奶奶住在姑姑家不敢回家,姑姑和姑父要轮流到医院去照顾爷爷。我偷偷给妈妈打电话,妈妈一个劲儿哭,说她周六就来姑姑家看我。我盼着赶紧到周六呢。

妈妈终于来了,给我买了粉红色的羽绒服,还带了我最爱吃的肯德基。奶奶说:"婧儿,你好好过你的日子,不要再闪面了,那些人找不到良良,到处打听你呢!"

妈妈哭着说:"车子房子全还账了,我让他们看离婚证,能咋?他们非说我假离婚,三天两头骚扰,闹得我也过不安宁。"

奶奶说:"婧儿,我们林家欠你的,良良这辈子都还不清。你不要再来看婉儿了,省得那些人又找你。"

我抱着妈妈的腿,小声哭着说:"妈妈不要走。"

妈妈哭着点头说:"婉儿听话,妈妈去医院看爷爷。"

我只好撒开手说:"妈妈,我想我的芭比娃娃。妈妈,你下次再来看婉儿记着带上芭比娃娃……"

爸爸啊,村里人都说你欠的钱这辈子都还不清了,还说你这辈子都不会回来了。你到底欠了多少钱啊?婉儿长大了替你还,你快回来吧。爷爷快不行了,医院让姑姑把爷爷拉回来了。

村主任派人把我和奶奶接回家了,姑姑害怕黑社会再来闹事,村主任说:"屋里老人挺命哩,他们来捅娄子呀? 放心,不会来的,来了也不怕!"

姑姑说:"叔,良良也欠你不少钱呢,你还这样帮我家……"

村主任说:"一码归一码,只要是咱村里的事,我都要管哩!"

爸爸啊,爷爷一回家,家里出出进进的人可多了,都来看爷爷,有的人还拿着你打的欠条。村主任说:"把条子都收了! 啥事等良良回来了再说。"

他临走时扒在爷爷耳朵边说:"叫良良回来吧,老哥你肯定能联系上娃,你眼看着快咽气了,总得叫娃回来送终嘛。欠村里人的钱不要利息了,娃回来挣钱慢慢还本金,这话我给村里人说。"

爷爷闭着眼睛不说话。村主任"唉"了一声走了。

奶奶悄悄对爷爷说:"叫良良回来吧。"

爷爷慢慢睁开眼睛,吃力地说:"欠外头的……多着哩……咋能回来……"

黑皮他爸把黑皮揍了一顿,让他不准欺负我,说大人的事情跟小娃没关系。黑皮那天给了我一根棒棒糖,然后说:"你爸快回来了。"

我问他怎么知道。他说:"你爷死了,你爸就得回来顶盆盆。"

听到爷爷要死了的话,我哭得上不成课。老师又把黑皮叫出去收拾了一顿。黑皮委屈地说:"我没欺负林婉儿,我还给她棒棒糖吃呢!"

爸爸,我真希望你快点儿回来,但又不想让爷爷死。我难过极了,像是有几万把小刀在心里戳。

爷爷真的死了。村主任对村里人说:"老林干了一辈子信贷员,扶持咱村几十年,丧事一定要办得体体面面。办事这几天谁都不准提欠账的事,不然老子给他下黑霜!"

奶奶给我和姑姑都穿上白衣服,又给我们头上戴上白纱,让我跪在爷爷灵堂前。架在房顶的大喇叭开始放秦腔戏,姑姑请的吹鼓手呜呜嗒嗒地吹打着,家里来来回回都是人。晚上,吹鼓手和帮忙的人都走了,村主任和村里的几个人围着火炉打麻雀牌。我朝门外瞅啊瞅,一直不见你的影子,眼睛又干又涩,眼皮越来越重。

"爸爸!爸爸!"我看见你急匆匆从白色越野车上下来了,你跪在爷爷照片前哭,却使劲儿闭着嘴憋着不发出一点儿声音。爸爸,你怎么不理我呢?

有人把我搂在怀里轻轻拍,轻轻拍,边拍边说:"婉儿不哭,婉儿睡,爸爸明天就回来了。"

这声音好熟悉啊!我睁开眼睛,是妈妈,真的是妈妈!妈妈头上顶着白纱,穿着白衣服。我真高兴妈妈能回来啊!妈妈的怀里好暖和啊!

"妈妈,芭比娃娃呢?"我问她。

妈妈擦了擦眼泪说:"在呢,在呢,妈给你带来了。"说完从旁边兜里拿出了穿着白裙子的芭比娃娃。我赶紧把娃娃抢在怀里,搂着她,亲她。可是芭比娃娃好像不开心,眼神呆呆的,身上冰凉冰凉的。我知道,爷爷死了她肯定也很难过,就把一绺白纱戴在她的头上。

灵桌上两根蜡烛快烧完了,白色的蜡泪流了很长很长,烛火被屋外钻进来的风吹得东倒西歪。我从窗子望出去,外面黑洞洞的,爸爸,明天你一定回来,对吗?

胡计生

胡生禄从柜子里翻出那身灰蓝色西服,从柜子底下拉出很久没穿过的皮鞋,找出鞋油准备擦鞋。鞋油干巴了,挤不动。他叹了口气,把干鞋油扔到墙角的铁簸箕里,拿起秃毛刷子在干翘得像小船一样的皮鞋上擦了擦。西服穿停当,他蹬上皮鞋跺了跺脚,对着立柜镜子拽了拽领子发黄的白衬衫。

"去了少喝酒,少说话,你那些年没少得罪人。"老伴瘫在炕上两年了,说着话从褥子底下摸出二百元递给他。

"哎呀,我装钱着哩!"胡生禄答应着。

"装上,不要丢咱娘家人的脸,这是二女子专门叮咛过的。"老伴硬把钱塞进他的裤兜里。

侄女叶叶生了二胎,胡生禄这是要去赴外孙的满月宴。叶叶前几年嫁给了邻村的油根子,结婚时他都没去,要不是老伴瘫了,油根子家他是永远不会去的。

胡生禄从墙上取下布甩子,扑打了自行车上的尘土,又从门后拿了磨得发白的黑公文包挂在自行车头上,推着往出走。

弟弟生福两口子在门前朝大路上张望。看见哥哥从家里出来,生福说:"哥,油根子一会儿开车接咱哩,你不要骑车了。"

"牙长一截路,耍啥洋火哩,要坐你坐。"胡生禄跨上自行车走了。

侄女家高大的门楼前,摆满了小轿车、摩托和三轮车,一帮民间乐队唱歌跳舞耍得正欢,四周围满了看热闹的人。胡生禄寻了个空儿撑好车子,提着公文包走到门口。写礼的忙递烟招呼:"娃他大外公来了,这身叶子(衣服)美得很嘛!"

胡生禄点上烟,用余光扫了一眼礼簿上前面人行的礼金数,一百、二百、三百都有。他实在不好意思从西服兜掏那张皱巴巴的五十元绿票子。

写礼的说:"大外公提这么大个包包,给娃准备了多大的红包?"

胡生禄窸窸窣窣从裤兜里摸出老伴塞给他的二百元钱,拍在桌子上说:"写上,胡生禄!"

"好!"写礼的人收了钱,上了礼簿,喊道,"招呼胡计生屋里坐!"

"哎!哎!你别喊叫,我还有事,饭就不吃了……"胡生禄听了"胡计生"三个字,好像麦芒扎了脊背,扭身就要推车子走。

侄女婿的汽车停在了门前,胡生福从车上下来拉住哥哥说:"哥,你咋是个怪人,来都来了,吃了再走。"推着胡生禄进了院子。

亲家母翠兰站在院子里跟生福两口子打招呼,好像没看见胡生禄似的。胡生禄脊背上又多了几根麦芒。

生福媳妇跟着亲家母进屋里看娃去了,他们老弟兄俩被总管让到首席上。胡生禄看见桌子上摆着好猫烟和西凤酒,腿也就挪不动了。宴席开始,酒过三巡,同桌上的人说话了:"胡计生,油根子和叶叶一个是镇上干部,一个是教师,这回生二胎,搁到前些年恐怕要丢饭碗哩吧?"

胡生禄憋红了脸说:"喝酒,喝酒。世事变哩,政策也变哩!"

旁边一个妇女夹了一口牛肉塞到嘴里哇啦道:"胡干部,前些年,你拉着我们做绝育的时候说,计划生育是国策,五十年都不会变。你说这话没有三十年吧,政策就放开了啊!"

胡生禄端起杯子,仰脖子灌了一口说:"喝个酒,尽扯了咸淡了。"

桌上没人说话了,只剩下筷子碰碟子声。

油根子开始敬酒了,他提着酒瓶子刚走到胡生禄跟前,母亲翠兰一把抢过瓶子和酒杯,一边斟酒一边说:"大亲家啥时候来的?我咋没看见哩。今儿这酒你要多喝几杯哩!"

胡生禄脸一阵红一阵绿,好像坐在针毡上。但他毕竟是当过干部的人,很快就镇定下来:"倒一杯就行了。"

翠兰把酒杯斟得很满,故意提高声音说:"要多喝哩!要不是你这临时工被计生站开除了,我早都被你拉去做人流了,哪来的我儿油根子啊!"

生禄涨红了脸,鼻孔像牛一样出着粗气,坐在凳子上不接酒杯,也不说话。

生福抢过酒杯说:"亲家母,我哥喝多了,这酒我替他喝了,你赶紧到屋里看孙娃子去。"

翠兰夺过酒杯又斟满说:"我真要感激大亲家哩,要不然我也跟有些人一样成了双女户,将来老了都没人捐纸幡子。你看现在多好,咱叶叶又给我添了个大胖孙子,家里多了一根顶门杠啊!"

胡生禄腾地站起来说:"倒!倒多少喝多少!"

翠兰手一抖,杯里的酒全洒到了那件皱巴巴的灰蓝色西服上。

"咦啧啧,这可是你侄女婿专门买的好酒,倒了可惜。"翠兰嘴上仍然不依不饶。

胡生禄被弟弟按下坐在凳子上。翠兰说着说着,眼里却噙着泪,捂着嘴开始抽泣,被生福媳妇拉进屋里。满桌人开始打圆场,轮番给生禄敬酒。

"可惜油根子他爸了,多好的教书先生,硬是被下放回来了,心里害了病啊,不然也不会走那么早。胡大哥,别怪翠兰嫂子。"

"老胡,你别生气。那些年乡干部满干些'催粮要款,刮宫流产'

的事,整得村里鸡飞狗上墙,不怨你,不怨你!"

"胡计生,要不是那一回引产弄出人命,你早都转成正式干部了。"

"就是,唉,过去的事不提了。现在政策好了,咱农民也能抽'好猫'喝'西凤'了。"

……

胡生禄一句话不说,一杯接一杯地喝酒,眼前全是吧嗒吧嗒说话的嘴,脑子里闪出二十多年前乡政府围墙上写的计生标语,想起他带人翻超生户家的墙,拔门闩,把大肚子女人拉到计生站,计生站那两间平房里杀猪一样的哭号声,平房外面家属的叫骂声……

胡生禄喝多了,刚吃的饭菜全吐在衣服、裤子上,吐在干翘得像小船儿一样的皮鞋上。

生福扶着胡生禄,拿起发白的黑公文包喊油根子:"赶紧发车,把你伯送回。"

上了车,胡生禄又开始吐,一直吐到嘴角流黄水,鼻子冒泡泡。车上没有东西擦,生福翻了翻那只公文包,从里面摸出一张发黄的报纸,擦拭完胡生禄身上的脏污,把报纸扔出了车窗。那报纸在尘土中翻飞,上面印着胡生禄年轻时候穿着西服披红戴花的照片,黑体字写着:东田乡优秀计生干部胡生禄。

贩 瓜

天擦黑,一辆农用三轮车出了杨家井村。

黑娃躺在车厢里,身子底下是几个空麻袋,麻袋下面是两扇门板——拆厦子房时卸下的两扇黑门板。门板是用来加高车帮子的,黑娃大说,电焊铺焊个铁帮子贵得很,得三百多块钱哩,咱这是自造的车帮子。

黑娃妈不放心黑娃大一个人开车跑远路,这一回硬让黑娃跟着大去荔城拉西瓜。

跟大拉了一天粪,黑娃眼皮子沉,但睡不着。车厢里有牛粪味,车颠得他睡不着,兴奋得他也睡不着。

黑娃睡不着就支棱着耳朵听。突突突,突突突,三轮车一直突突突。有狗叫声,几只狗在追着三轮车咬,"汪汪汪,吱——吱——",主人拾了土块打狗:"回来! 咬啥哩,想叫车把你放炮哩?"三轮车正经过一个村子。

突突突,突突突,只剩下三轮车声。

天上黑得很,几颗星星远得很,远得很黑娃也能看见。上公路了,三轮车的突突声变得均匀起来;上公路了,三轮车变得兴奋起来,撒了欢在公路上跑。

黑娃眼皮子沉,沉得眼闭合了。车不颠了,黑娃乏了,眼皮子完全闭合了。眼皮子一闭合星星不见了,突突声没有了。

三轮车撒了欢在公路上跑,车灯把黑夜撕了个口口,一直往东,一直往东。

有灯光从对面过来。突突,突突,有三轮车从对面过来。

"哎,咋空车回来了?"黑娃大问。

"赶紧掉头!撵哩,撵哩!"对面来的三轮车没减速直接冲了过去。

黑娃大一个急拐弯,掉头就往西开。黑娃被甩到车厢右边,又被甩到车厢左边。他想坐起来看咋回事,手没处抓,坐不起来,头碰在车厢侧帮上,喂了一嘴牛粪,只好趴下抓住黑门板。

车刚掉过头,两根刺眼的光柱从屁股后面照过来,是汽车,是专门撵三轮车的汽车。黑娃听大说过,这肯定是专门撵三轮车的吉普车。

突突突突突……三轮车疯了,把黑娃和门板一起颠得哐哐跳,突突突突突……哐哐哐哐……黑娃眼皮子不沉了,紧紧抓住黑门板趴在车厢里。

后面的两根光柱远了,吉普车好像停了。

"大,大,吉普车停住了,吉普车不撵了!"黑娃在车厢里小声喊。

两根光柱掉了方向,吉普车掉头回去了。

"大,大,吉普车不撵了,吉普车掉头走了!"黑娃在车厢里大声喊。

三轮车停下来。黑娃大抻着脖子往后看了看说:"弄钱弄疯了,白天挡,晚上还挡。"

黑娃从车厢里爬起来说:"大,谁挡哩?"

"监理站。"大从口袋里摸了根烟点上。

黑娃说:"监理站挡哩,那咱还能去贩瓜不?"

"去!都进了荔城地界了,肯定得去。"黑娃大狠狠地抽了几口烟,扔了烟把儿说,"走防洪梁。"

三轮车驶上了通往防洪梁的生产路,黑娃扶着前车帮站在车厢里,眼睛只能看到车灯照着的土路。土路两边是半人高的苞谷,苞谷叶子刷着车帮子。

防洪梁上静悄悄的。黑娃大没有急着开上去,他熄了火灭了灯跳下车,走到梁上朝东瞅了瞅,黑咕隆咚啥也瞅不见。又侧耳听了听,没有动静。

三轮车上了防洪梁。黑娃紧紧抓住前车帮,瞪大眼睛朝前面瞅。只能看见车灯照着的白晃晃的路,路两边黑漆漆的杨树。突、突突,突、突突,车开得不快,黑娃问:"大,大,南边是不是渭河?"

"是的。"

"大,大,渭河是不是朝东流哩?"

"是的。"

"大,大,咱也是朝东走哩?"

"你不乏得是? 不乏了你下来开车。"

黑娃不问了。但他一点儿也不乏,睁大眼睛一直朝南边看,他希望看见渭河的水,他知道河水跟自己一样正朝东走着。

"赶紧睡,离天明还早着哩!"大回头说。

"噢。"

黑娃躺下了,躺下后身子就没有刚才那么紧张了,眼皮子又沉了,沉了也不闭合,不闭合又看见天上远远的那几颗星星。

星星不见了,黑娃睡了。

"黑娃,起来,天亮了。"

黑娃一骨碌从车厢里爬起来,揉了揉眼睛。三轮车停在防洪梁下边的小路上,大正在给水箱加水。

"大,咱开了一整夜?"

"早都到这儿了。"黑娃大眼睛里有血丝。

"大,你睡觉没?"

"眯瞪了一会儿。下来尿一泡,咱到滩里寻瓜去。"

黑娃跳下车,在沙地里冲了一个尿窝窝。

三轮车翻过防洪梁,进了一个村子。

有人喊:"哎,贩瓜的! 看一下我屋里的瓜。"

黑娃大走进去看,不中意。

又有人喊:"哎,贩瓜的! 看一下我屋里的瓜。"

黑娃大走进门看,还是不中意。

一辆小摩托车开过来,骑车人问黑娃大:"要瓜?"

"嗯。"

"我滩里有没卸的,看一下去?"

"你还没拔园?"

"没有,我种的是迟西瓜。"

"那去看一下。"

三轮车跟在摩托车后面,顺着滩地边的沙土路往瓜地里走。

太阳半竿子高了,黑娃站在车厢里扯着脖子朝南边瞅,白天了,该看见渭河了吧? 还是看不见,能看到的地方全是沙地,沙地里一大片一大片全是瓜地。阴历已经七月初了,应季的西瓜早都卸完了,瓜蔓干啦啦地贴在地上,蔓上吊着核桃大小的小瓜崽。

拐了个大弯弯,摩托车停下了。一片碧绿的瓜地展现在眼前,绿莹莹的瓜蔓尖尖上挑着露水,大大小小的西瓜安静地卧在地垄里。

黑娃大眼睛一亮,停了车跳下来,往瓜地里走了几十米,又折回来,对骑车的人说:"伙计,你糊弄人哩么!"

"咋糊弄人了?"

"这瓜园是前两天别人刚卸过的,叫我来拾掇尾巴哩。"

"胡说哩,园里瓜还多着呢。"

"走,走,我还是到村里寻好瓜去。"黑娃大说着就拿了摇把准备发动车。

"哎哎哎,急啥哩,急啥哩!"骑车人给黑娃大递烟。

"园里确实剩最后一波瓜了。我也承包人家的地,人家要地哩,要不然我也不急着卖。"

黑娃大接过烟说:"说个价。"

"一百五一车。"

"太贵了,我这小三轮能装多少瓜。"

"大哥,你说个价。"

"是这,咱不按车说了。就你地里这瓜,我断园了,一百八。"

"大哥,我这园里少说也有四五千斤瓜哩,装两车都不成问题。你再加些钱。"

最终,黑娃大给了骑车人二百块钱,断了一园西瓜。

摩托车扬起一路沙土走了。

黑娃大高兴地跑到地里,挑了一个大西瓜,用指甲在瓜顶顶划了一道子,一拳砸下去。嘭,西瓜崩开了,粉色的瓜瓤露出来,汁液流了一手。他舔了舔手上的西瓜汁,掰了一块西瓜递给黑娃:"丹红瓤,鲜得很,吃!"

滩地里昼夜温差大,西瓜凉凉的,沁脾的甜。黑娃从来没有吃过这么好的西瓜。

父子俩开始卸瓜,一直卸到正午。黑娃渴了就砸个西瓜,饿了也不吃馍,只吃西瓜。没馍吃,妈烙的锅盔馍昨晚颠丢了。黑娃又在瓜地里冲了好几个尿窝窝。

车厢满了,几个麻袋装满瓜栽在车后边,黑门板侧立在车帮子旁再往上装,一直装到再放不下一个西瓜。看阵势园里剩下的瓜还能装一车。黑娃问:"大,地里剩下的咋弄呀?"

"再跑一趟。"黑娃大的白汗衫已经湿透了,正搂绳子绑紧门板。

突、突、突,三轮车冒着黑烟上了防洪梁,黑娃抓住绳子爬上车顶。大在装车的时候给他留了个坐的窝窝。这窝窝真好,黑娃抓着绳子看了看身边的西瓜。这哪是西瓜呀,这是麦子,是钱哩!

黑娃开始算账了。西瓜拉到村里换麦子,三斤西瓜换一斤麦子,一车瓜两千多斤,能换六七百斤麦子,一斤麦子八毛钱,六七百斤麦子就是五百多块钱。黑娃探着身子看了看大,大一定也在心里算账哩。

防洪梁两边的杨树叶子稀稀拉拉的,挡不住太阳,太阳晒在身上跟针刺一样。都快立秋了,太阳咋还这么毒——毒你能咋?我屁股底下可是坐了五百多块人民币哩。黑娃头朝后仰着,用长衫子搭了个凉棚,真舒服啊!

"哎哟,失塌(坏)了!"在防洪梁往北转弯处,黑娃大踩了一脚急刹车。

黑娃差点儿从车顶溜下去。他转过头看时,一辆吉普车停在防洪梁的路中间,路边停着三四辆满载着西瓜的三轮车。

"还把卡设到防洪梁上来了。"黑娃大想掉头已经来不及了。

几个穿制服戴大盖帽的手里拿着黑棒子撵过来,指着黑娃大喊:"靠边! 靠边停!"

车一停下来,摇把就被穿制服的没收了。

一个小伙子捂着额头坐在防洪梁边斜着眼睛看着,嘴里低声骂了一句:"一群恶鬼!"估计是硬闯的时候被黑棒子打伤了。

黑娃大点了根烟坐在杨树底下不说话,黑娃趴在车上没动弹。太阳毒得很,晒透了长衫子搭的凉棚。杨树上知了没命地叫着。

又有几辆三轮车被拦了下来。六七辆三轮车被赶进了荔华公路边一个检查站的院子。穿制服的人卸了大盖帽回办公室喝茶去了。

黑娃大悄悄问旁边的人:"哪个是领导?"

额头破了的小伙子说:"最高最胖的那个,听说是队长。"

黑娃大相跟着几个贩瓜的掀开竹门帘问:"领导,领导,咋弄呀?"

"咋弄啥? 咋弄啥? 你们不是能跑能躲吗? 跑呀! 躲呀! 车扣了,人回去!"胖子一只开裂的皮鞋蹬脱在桌子下面,他光着脚板,解开制服领口大口地喝着茶,瞥了一眼贩瓜的人。

黑娃心里害怕极了。这三轮车是大今年东挖西借凑了五千元买的,扣了是不是就要不回来了? 五千块钱哩,说没就没了?

几个贩瓜的见领导态度强硬,只好放下竹门帘退下水泥台阶。

过了好长时间,一个宽下巴穿制服年龄大的人过来说:"唉! 大热天的,谁愿意上路挡你们啊,上面压的罚款任务太重了。"

黑娃大问:"这一回罚多少钱?"

"三百七。"

"以前不是罚一百六吗? 三百七,这是割肉哩!"黑娃大不是第一次进检查站了。

"这哪是割肉哩,这是要命哩! 一车瓜才能赚多少钱!"受伤的小伙子骂。

宽下巴说:"小伙子,你娃今天麻烦大,队长的皮鞋让你的三轮碾扯了,差点儿伤了脚。"

"没碾死那货!"小伙子又骂。

三轮车陆陆续续交了罚款走了,黑娃大走得迟,迟了人少,人少能磨价。他把身上的钱全部搜腾出来说就剩二百多了。黑娃大开着三轮车出检查站的时候,受伤的小伙子还没被放行。

天已经黑了,阴沉沉的,闷热闷热。

"大,肚子饿很。"黑娃低声说,但他知道大已经把身上的钱掏光了。

妈烙的锅盔馍昨晚颠丢了,今儿个一天他已经吃了四五回西瓜了,一走路肚子里咕咚咕咚响,嘴里又黏又苦。

"饿了吃饭!"黑娃大在一家扯面馆前停下车,从裤腰带里一个小兜兜里抠出来一张十块钱。

"一来回油钱八十块,瓜钱二百,罚款二百六,两碗扯面十块……"黑娃大在等饭的时候嘴里念叨着,突然啪地一拍桌子说:"没折本,这一趟权当摔了个平跤。吃面!"

黑娃见大的脸上露出了笑容,心里也高兴起来,狠狠挖了一勺油泼辣子塞到面碗里搅开了。父子俩吃了个红光满面。

"大,咱回去还走防洪梁?"
"走公路。有罚款条子哩,怕啥!"

雨越下越大,越下越大。黑娃大满头满脸的雨水,他不敢停下来避雨,必须赶早过了那段烂公路。他嘴里不停地念叨着:"可惜了,园里还有一车瓜哩,可惜了。"

黑娃趴在瓜车顶上,长衫子淋得湿透了,雨水顺着脊背顺着屁股顺着腿往下流。他想,这天爷呀,雨下成这样子,西瓜拉回去卖给谁呀?

八月花开

王建军唯一一次看见仙人掌开花是在他领取高中录取通知书的那个早晨。

连校长都说,王建军能考上高中是雀儿屙鸡屎——出奇屎(事)了。说这话的时候,学校收发室门卫兼花匠的刘老汉头窝着身子侍弄檐台上的一溜仙人掌。

王建军念初中的时候经常被老师罚站。

他的班主任兼语文老师板书喜欢写繁体字,比如,把"鱼"字下面的横写成四点,"语"字左偏旁写成"言"字,"爱"字中间加个"心"。

王建军总是在老师讲得正陶醉的时候站起来说:"老师,你的字写错了。"

老师停下来,久久地瞪着他说:"咋错了? 没有水鱼能活吗? 不言传能叫语吗? 没有心能有爱吗?"

王建军不依不饶,拿出《新华字典》翻开来,举着说:"老师,你真的写错了。"

"字典错了! 出去! 趴到外面窗台上,把课文抄两遍!"老师生气了,瞪着鱼泡似的双眼喝道。

看着老师态度坚决的样子,王建军怀疑自己手里拿了本假字典。

其实,王建军挺喜欢站在教室外面的。老师办公室门前的一排大桐树上,麻雀叽叽喳喳地叫唤,有时候为了争一点儿馒头渣打闹着从树上一直掉到地上,让他看得着迷。

他趴在语文老师办公室窗台上抄课文的时候,花匠刘老头正拿着大剪子修剪道路两旁的冬青。

咔嚓、咔嚓。随着清脆的剪刀声,冬青被修剪得整整齐齐。

"刘爷刘爷,让我给你帮忙剪树。"王建军抄累了。

"呵呵,你又在课堂上捣蛋了吧?今天是让背诵啊还是让抄课本啊?"刘老头笑着问。

"我没捣蛋,是老师错了。"王建军抢过剪子,学着刘老头的样子修剪起了冬青。

"王建军,你干啥呢?"老师上完课回来看见他正在剪冬青,"刘师傅,我在教育娃娃呢,你跟着捣乱。"

刘老头要回剪刀,悄悄地对王建军说:"去,给老师承认错误,下一节课快上了。"

王建军低着头走到老师跟前说:"老师,我错了,不该在课堂上跟您顶嘴。"其实这些话是刘老头教给他的。

听完这话,语文老师心里平顺多了,他说:"王建军,严师才能出高徒,老师是恨铁不成钢啊!"

王建军扑哧笑了一声,老师鼻子上抹了两片白色的粉笔印子,像秦腔戏里的丑角,估计是下课擤鼻涕的时候弄的。

"噢!"王建军屁股上挨了一脚。

"下节课下来继续站这儿!"老师对王建军接受批评教育不严肃的态度又给出了下一波惩罚。

站得久了,王建军和刘老头越来越熟。下课的时候,他喜欢到刘老头房子门口转悠,看他侍弄花草,帮着浇浇水、挪挪盆。

"建军,这儿有封信,是你的不?"刘老头问。

王建军接过信,上面写着:东田初中初三王建军收。下面写着:地址内详。笔体娟秀,他从没见过。

"哦,就是我的,我姐给我写的。"王建军说这话的时候,心里没有一点儿底气。

"哦,那你拿走吧。"刘老头拿着几份报纸去校长办公室了。得找个没人的地方读信,王建军钻进厕所,蹲在最里面的坑上。

建军:

一个月没见了,不知道你过得怎么样……都是我不好,害得你被开除……听说你转到东田初中了……咱们都要好好学,一起考上祥泉中学……

王建军蹲在厕所里看得脸红心跳。他急匆匆地看完,信最后落款写着:杨倩,秦北县团结路中学初三五班。

这根本不是写给他的信。读信的时候,他脑子里冒出一个人,三班这学期刚从城里转来一个男生,也叫王建军。那小子经常穿着黑色皮夹克、白板鞋,奶白的脸,偏分头,说话总是撇洋腔。

咋弄呢?王建军做了短暂的思考:管他去,信上又没写明班级。他把信装进口袋里,吹着口哨出了厕所,溜达到三班教室后面,凑在窗子上往里看,那个跟他叫一个名字的城里孩子正专心地看一本厚厚的书。

丁零零。上课铃响了,语文老师夹着书过来。

"王建军,上课了还不进教室?"语文老师嚷道。

"老师,老师,我跟你说个事,"王建军跑到老师跟前小声说,"三班有娃看黄色小说呢。"说完飞似的跑进了教室。

语文老师也给三班带课,王建军知道,以老师敏锐的洞察力,一定会在最短的时间内抓住那个看小说的人,把书啪地从窗子扔出去,呵斥城里来的王建军站到门外去。哈哈,他感到莫名的兴奋,快要控制不住内心的狂喜了。

一上课,他就侧耳听着隔壁班的动静。出乎意料的是,他想象中的事情并没有发生。不可能啊……

"老师,老师,我肚子疼。"王建军终于按捺不住了,他举手向正在上课的数学老师示意要上厕所。

他悄悄从三班窗子瞧进去,那个王建军正专心听讲,语文老师正抑扬顿挫地讲课。哈哈,老师讲台上搁着那本厚厚的书呢,等着瞧吧,下课后老师一定会好好收拾你的!让暴风雨来得更猛烈些吧!他猫着身子从三班门口蹿了过去,感觉到一道凌厉的目光扫了他一下。

放学的时候,王建军故意在刘老头门口趑趄。因为他看见语文老师把城里的王建军叫到房子里去了。

"建军,放学了咋不回去吃饭呢?"刘老头端着碗蹲在房子门口吃饭。

"爷,我不饿。你这花是啥名字呀?"王建军胡乱搭讪。

刘老头用筷子指着花盆说:"圆的叫仙人球,扁的是仙人掌,会开花的,好些年没开过了。"

"噢,噢。"王建军根本没心思听刘老头讲花,他斜着眼睛瞅着老师的房门。

一会儿工夫,城里娃掀开门帘出来了,手里拿着那本厚书。语文老师送出来说:"记着啊,爱看书是好事情,但明年就要中考了,一定要把主要精力集中在学习上。"

"知道了,我会努力的。谢谢老师!"城里孩子恭恭敬敬地鞠了一躬,转身走了。

王建军期待的暴风骤雨变成了一场温情脉脉的润心甘霖,这让他感到无比失落。

"王建军,过来!"语文老师瞅见他了。

"老师,我可没犯啥错误啊!放……放学了,我回家吃饭呀!"王建军嗫嚅道,迈开步子想逃。

"过来,刚上课的时候你扒在三班窗子上看啥呢?"老师瞬间从刚才还慈眉善目的如来佛祖变成了怒目金刚。

"我……我没看啥,我上厕所了。"王建军说。

"懒驴懒马屎尿多,下课刚见你从厕所出来,上课又去。叫你撒谎!"老师说话的时候,脚就招呼到他屁股上了。

"噢,噢!老师,老师,我拉肚子呢!"王建军没有想到暴风雨还是来了,而且又落到了他的头上。

"拉肚子?那得好好治一治,站到我门口。"老师踢完他,转身进了既是办公室又是宿舍和厨房的房子里开始做饭。

噗,煤油炉点着了。一会儿工夫,菜油的香味飘出窗子,刺啦一声,葱花味弥散开来。

"老师,老师,炉子上的水开了。"王建军看见门外蜂窝煤炉上铝锅里的水滚了。

"少说话,站直喽!"老师抓了一把挂面下进锅里。一会儿工夫,老师端了一碗葱花面出来蹲在檐台上,面碗里油泼辣子调得油汪汪的。

王建军肚子咕噜咕噜直叫唤。老师一边搅面一边说:"好好反省你的错误。"

老师抄了一筷子面开始吃。

王建军饿得胃里像猫抓一样难受。这也太折磨人了,老师每吃一口面都要在碗里搅腾一遍,把葱花辣子翻匀了,抄起面不急着吃,抬头对他说:"你那点儿鬼心思能骗过我?"然后低头呼噜呼噜吃一大口,又开始搅腾。

王建军在心理和生理双重煎熬下看老师吃面,心里说:赶紧吃完吧,我饿得心慌死了。

老师慢条斯理地吃完了面,转身又从锅里舀了碗热面汤,呼呼地吹,面汤上漂着的油辣子花像调皮的小眼睛滴溜溜地转着,好像故意盯着王建军笑。

老师喝汤也很慢,嘴唇顺着碗边溜,溜了一圈又一圈。

"老师,我错了,我不该乱告状。"王建军带着哭腔说。他实在熬不住了,他知道老师想让他说啥,而且每次总能用不同的方法让他自己说出来。"知道错了?黄色小说?人家娃看的是路遥!《平凡的世界》,你知道不?"老师说。

"我不知道。"王建军彻底蔫了下来。

"去吧,没有下次了啊!"老师沉浸在葱花面的余味里,继续品咂着无比香美的面汤,头也没抬。

"谢谢老师!"王建军饿得头昏眼花、两腿稀软,拖着沉重的步子回家了。

花匠刘老头除了务花、剪树、收发报纸,每天下午都会看书。

"刘爷,刘爷,你知道路遥不?平凡的……平凡的……那啥?"王建军问刘老头。

刘老头从花镜后面抬起眼睛说:"是《平凡的世界》吧?路遥写的长篇小说,我听过广播,没见过书。咋,你想看书呀?"

王建军说:"看书?"他心里噔地震了一下,他从来没想过要看书,只是好奇为什么城里娃没有受到老师的惩罚。

"爷这儿有些书,给你挑一本?"刘老头说。

"那好吧。"王建军说。

说话的时候,老人从老书箱里找出薄薄的一本书递给他说:"你先看这本吧。我这儿都是老书,有不认识的字你来问。"

书上有点儿呛鼻的灰尘味,但是抱着书,王建军顿时觉得自己高大了许多。

晚上回家只翻了几页书,王建军就头昏脑涨,昏昏欲睡。哪能怪他呢,书上的繁体字像一个个奇形怪状的小蝌蚪,这些小家伙好像有意跟他捉迷藏,藏头露尾,让人捉摸不透。

一张小照片从书中滑落下来,王建军捡起发黄的黑白照片。照片上,一个年轻帅气的青年穿着他从没有见过的军装,侧身站立,目光炯炯有神,脸庞清秀但透着刚毅,腰里配着一把短剑。照片旁边有一行白色的小字:黄埔军校第十六期。他捏着照片仔细端详——这不是刘爷吗?

"刘爷,刘爷,让我看看你的剑。"第二天,王建军早早来到学校。

"剑?"刘老头正在桌子上写毛笔字,他抬起头,眼神和平时完全不一样,有惊愕,有疑惑。

"这是你年轻时候的照片吧?"王建军把照片递给刘爷。

老人捏着照片,脸上掠过一丝惊喜,然后久久地端详,陷入了沉思,神情有些落寞。

"这是'中正剑',每个黄埔军校毕业生都有一把。没了,上交了。你怎么有这张照片?哦,是夹在书里头的?"老人说,"建军啊,要好好读书啊!爷这一辈子……爷这一辈子……"

老人有些哽咽。

"刘爷,你年轻时候好厉害啊!"王建军羡慕地说。

"过去了,不说了。"老人收拾好照片,继续写字。

"刘爷,你的大字写得真好,能给我写一句话吗?"王建军见刘老头神色不对,于是岔开了话题。

"写什么?"

"写'我一定考上祥泉中学'。"

"好,有志气!"老人铺开纸,蘸饱墨汁,工工整整地写下了这几个字。

"刘爷,在下面落上我的名字。"王建军指着写好的字说。

"好。"老人又在纸上添上"王建军"三个俊逸的小字。

王建军轻轻吹干墨迹,小心翼翼地把字条叠起来。出了门,他把字条装进早都准备好的信封里,信皮上写着:秦北县团结路中学初三五班杨倩收。

寄完信,王建军每天都往收发室跑,帮着刘爷从邮差的包里把报纸搬到窗台上。信件很少,大多是校长和老师的。他一次一次满怀希望地跑去帮忙,又一次一次地失望而归,有时候也会坐在刘爷的桌子旁,煞有介事地用毛笔写字。

刘爷笑着说:"建军,老师说你脑子灵,但在学习上是'跛子腿',数理化好,文科太差了,得在文科上加把劲儿啊!"

信啊,我的信啊!在漫长的等待中,王建军继续翻看刘爷给他的书,那些小蝌蚪开始和他熟悉起来。有不认识的字,他问刘爷,也会问语文老师,老师确实是认繁体字的高手。

"建军,你从哪儿弄的这些老古董字?"语文老师好奇地问。

"哦,我家里有些老书,没事了喜欢翻着看一看。"王建军有点儿受宠若惊,老师以前叫他从来都是连名带姓一起喊的。

也怪,自从开始读书问字,语文老师再也没有踢过他屁股。他深切地感受到了书本的魔力,这魔力竟然能让老师看他的眼神变得温和起来。

来信了!"地址内详"的信终于来了。

刘老头捏着信并没有交给王建军。他问道:"建军,听说三班也有个叫王建军的同学。信皮上只写了'初三王建军收',没写班级,到底是哪个王建军的呢?"

王建军急赤白脸地说:"刘爷,这是我的,我姐给我写的信。"

说话的工夫,信件真正的主人来了,城里来的王建军被刘老头叫到了收发室。

刘老头说:"这样吧,你俩说说写信人的名字和地址。"

"团结路中学初三五班杨倩。"王建军抢道。

城里的王建军目瞪口呆,他指着王建军说:"你,你拆过我的信!"

王建军窘红着脸:"我没有!"

刘爷看出了端倪,他把信递给城里来的王建军。

城里孩子不罢休,道:"你个贼!"

"你个小白脸,谈恋爱被开除了的货,把信还给我!"王建军一把抓住信封,刺啦一声,信封从中间撕断了,王建军抓着半拉子信飞奔回了教室。

信封里只有半张照片,这肯定是那个叫杨倩的城里女孩。照片撕得只剩下了女孩的下半边,红黑格子的裙子,白色长筒袜,黑色系带的皮鞋。可惜了,没争到上半边,不知道她长什么样儿,一定是个漂亮女孩。

城里的王建军没有找他,也许人家不屑于和他计较,或者是不想把事情搞大了让老师知道。

撕信事件之后，王建军彻底变了，他不再到校园里到处招摇，不愿意再碰上那个城里的王建军，即使下课的时间也在教室埋头做题看书。

他没黑没明地复习，累了的时候，偷偷拿出那半张照片看。他绞尽脑汁想象着这个叫杨倩的女孩长什么模样，几乎把班里每个女生的头安到这张照片上，好像都对不上号。他又试着把歌星影星的头像安上去，感觉舒服多了，但真正杨倩的面容，在他的头脑中一直是模糊的。对杨倩的思念，像他嘴巴上细茸茸的胡子一样日益生长，痒痒的。

在学校里，他还是喜欢去刘爷房子，听刘爷讲中条山战役、二虎守长安、美苏"冷战"。刘爷不在房里时，他拿着毛笔在纸上画满了"祥泉中学""杨倩""王建军"。刘爷渐渐知道了他的心事，说："你们这一代生正逢时啊，要好好念书，争取个好前程。我要是没猜错的话，根本没有什么姐姐给你写信。娃呀，该想的想，不该想的先放下。"

中考结束时，王建军瘦了十几斤，他像一个打完一场大仗后筋疲力尽、浑身硝烟味的士兵，一头结束了长途跋涉驼峰歪倒、皮包骨头的大架子骆驼。

领通知书和毕业证那天，王建军从三班把城里那个王建军叫了出来，从兜里掏出前面他拆开了的信和半张照片递过去，说："同名，这个还给你。"

城里的王建军看了看，笑着说："这事早过去了，我和杨倩只是好朋友。"

王建军没搭话，转身就走。

"嗨，祝贺你考上祥中啊！忘告诉你了，杨倩考上师范了，她知道你，毛笔字写得不错。"

王建军有点儿意外,转身问道:"你呢?"

"我? 我要去参军。我和杨倩都会给你写信的。"

"哦。"

"记得回信哦!"

王建军突然有一种想哭的冲动,他极力压制着内心的激动,额头、脖子、脊背上都出汗了。

他怀揣着祥泉中学的录取通知书走出校门时,蹲在收发室门口的刘爷向他招手喊:"建军,快来,快来! 仙人掌开花了!"

在这个八月的早晨,刘爷檐台上阴凉处那几盆仙人掌竟然同时开花了。

王建军蹲下身子,看得入了迷。他没有想到,仙人掌的花儿开得这么动人,好像有一股强大的力量正源源不断地从厚厚的肉掌里汩汩涌出。没有风,那一朵朵白色的花儿微微抖动着,发出轻轻的颤动声,像蝴蝶扇动着翅膀,一点儿一点儿撑开,撑开。

语文老师不知道什么时候来到他身旁,伸出胳膊搭在他身上,一只大手温情地拍了拍他的肩膀。

王建军的心像这些努力开放的白花一样颤抖着,泪水从眼眶里溢了出来。

寻找快乐的松鼠

李家豪终于收到了师范大学的录取通知书。"李家豪"三个字是师大老先生手写的,他没想到自己的名字用毛笔写出来竟然这么漂亮。

多么美丽的早晨啊!橘红色的太阳爬上山头,坡头的柿子树伸展着枝叶。风是柔和的,草是柔和的,心也是柔和的。李家豪躺在坡口的草地上,把通知书紧紧贴在胸前,闭着眼睛深深地呼吸着,空气里掺着青草、甘露和炊烟的味道。

哥哥穿着破棉袄,手舞足蹈地从坡底跑上来喊:"豪豪,大学,大学!"

李家豪想站起身,但腿软绵无力,喉咙像堵着一块东西,说不出话。

哥哥边喊边跳,伸出脏兮兮的手过来拽通知书。

李家豪紧紧捏着通知书,哥哥没拉动,便使劲儿拉。刺啦一声,通知书撕成了两半。

李家豪打了个趔趄,心像被锥子扎了一下,头上、身上都出汗了。哥哥手里拿着半边通知书又手舞足蹈地奔向坡底,那夸张的身影融进渐渐变得刺眼的阳光里。

李家豪趴在堆满了复习资料的课桌上,从刚才的梦里醒来,身上出汗了,衬衣冰凉地贴在脊背上。睁开蒙眬的睡眼,他抬起头,教室里没有一个同学了,前面的四个灯已经熄了,仅剩下后排他头顶的棒管忽闪着。黑板上方挂的时钟,已经指向十二点半。

距离高考剩下不到一百天时间了,李家豪恼恨自己,怎么会在复习最关键的时候提不起精神,不但睡着了,竟然还做梦!收拾完桌子上的资料,他望了望窗外,天空黑乎乎的,没有月亮,也看不见星星,高楼上的霓虹字牌像镶在夜空,闪着荧荧的白光。他睁大双眼朝南望,希望看到大山的深处。浓浓的夜色里,大山沉沉地睡了,大山深处的家里,哥哥也许正鼾声如雷,可怜的妈妈不知道睡着了没有?

那是一个破败不堪的家。父亲在他三岁的时候去世了,留下了姐姐、哥哥和他。沉重的家庭负担长期压在母亲肩上,低瘦羸弱的母亲被压弯了腰,像窗台上那根晾干准备做锅刷子的老丝瓜。哥哥李家兴傻兮兮的,在窑厂背砖,挣不了几个钱。这么多年,多亏出嫁的姐姐照顾家里,他的学业才没中断。现在姐姐的两个孩子慢慢长大,家里负担也重,她已经跟姐夫南下打工去了。

过年回家时,妈的哮喘病又犯了。她跪在炕上,身子伏着大口地吸气呼气。李家豪的心被妈妈那痛苦的样子揪着,他轻轻地捶着妈的后背,噙着泪说:"妈,我不想念书了。"

"好娃呀,咳咳……咳……马上高考哩,你可不敢……放松啊!"

"考上大学还得花钱,我想打工。"李家豪看着家里的光景,实在不忍心再花家里一分钱。

妈妈伸着榆树皮一样干枯的手,扶住李家豪的胳膊说:"不准胡说!呵呼……也不在这半年了,你能考上……大学,妈吃糠咽菜也供。呵呼……"

哥哥在旁边傻兮兮地说:"考学,考学!"说着,粗黑的手从棉袄里面口袋拿出几张皱巴巴的钱塞到李家豪手里。家豪知道,这是哥哥在砖厂背砖坯子挣的辛苦钱。

妈妈揉着胸口,跪直身子说:"豪豪,咳咳……呵呼……呵呼……你都念了……十几年书了,咋不如你兴娃哥啊!"

哥哥把书包递给他,张着好像永远合不拢的嘴说:"考学,考学!"

李家豪一手拉着妈妈的手,一手拉着哥哥粗硬的手,流着泪说:"妈,我念书! 哥,我考学!"

哥哥高兴得又蹦又跳:"豪豪,考学,念书,考学!"

哥哥小时候很聪明,在上一年级的时候,当民办教师的父亲得了肺癌。哥哥发烧得了脑膜炎,没有得到及时治疗,成了现在这个样子。父亲去世后,哥哥年年留级,仅一年级就念了三年,妈妈看他实在念不动了,就从学校把他领了回来,让跟着她种地。哥哥总是偷偷地翻出家豪的书包,一页一页看书,看着看着拍着腿哈哈地笑。母亲一边干活一边看一眼傻儿子,脸上露出苦笑。哥哥见妈妈看他,先是惊慌,继而背过身缩着脖子悄悄翻书,偷偷向后瞄一眼妈妈。

李家豪有时候挺羡慕哥哥,他总是那么容易高兴。他想起孙老师讲过的那个故事:一只松鼠整天闷闷不乐,就去找上帝,上帝给松鼠吃了一颗坚果,这只松鼠从此以后享受着无比的快乐。哥哥整天傻兮兮乐呵呵的,即使被别的孩子欺负,短暂的痛苦消失后又恢复了往常的快乐,就像那只吃了快乐坚果的松鼠。

李家豪根本快乐不起来,他的成绩连二本线都上不了。每次模拟考试成绩出来的时候,他都会把头深深地埋在书堆里。当老师念到他成绩的时候,他总觉得周围同学的目光像一根根针刺得他心慌。这还不算什么,最痛苦的是这时候他头脑中总会闪现出妈妈佝偻的身躯和哥哥傻傻的笑,更痛苦的是他不敢告诉家人自己真实的学习成绩。

"李家豪,你高一时候成绩很好啊,为什么一直下滑?"下课后孙老师找他谈心。

李家豪深深地低着头不说话,两只手不断地绞着。

"你家里情况老师知道。既来之则安之,你不能总是心事重重,要放下负担,轻装上阵,大事大节最忌犹豫。"老师扶了扶眼镜。

这时候的李家豪根本轻松不起来,他真希望孙老师手里拿着那只能够带来快乐的坚果,能让他轻松愉快地备考。他抬眼瞅了一下老师的手,没有坚果,满是粉笔灰。他低声说:"老师,我真想变成那只松鼠。"

"嗯?噢,那只寻找快乐的松鼠?家豪,你知道它最后的命运吗?"老师端起茶杯喝了一口水,"它沉浸在快乐中,不再跳跃奔跑,不再准备过冬的食物,当严寒来临时,人们在树下发现了它僵硬的尸体。"

"那它起码是快乐地死去的。"李家豪说。

老师笑了笑说:"和快乐相比,苦难才是人生最好的礼物。苦难锻炼人的意志,让人们懂得珍惜和争取。我们在克服困难追求理想时所获得的快乐才是真正的幸福,没有人会让你永远快乐,除了你自己。"

李家豪第一次听到这样的道理。在听这番话时,他想到了哥哥,想到哥哥那傻兮兮的样子和憨憨的笑容。是啊,当上帝给了一个人快乐的果子时,也剥夺了他创造幸福的权利。

李家豪没有等高考成绩出来就收拾行李准备去打工。他已经估分了,勉强够三本线,但家里根本负担不起三本院校昂贵的学费。临走前,他对妈妈说:"妈,对不起,我让你失望了。"

这一次妈妈没有拦他,她对着丈夫的遗像啜泣,不时用两只手的大拇指根擦着眼泪说:"娃他爸,我没本事,不怪豪豪。"

李家豪忍着泪,打好背包对妈妈说:"妈,我姐联系好工厂了,有她照顾我,你放心。你和哥保重身体。"说完,狠心提了行李出门,眼泪夺眶而出。

李家豪和妈说话的时候,哥哥一直躲在门外,手扒着门框悄悄往屋里看一下,又缩回头去。

见家豪要走,妈妈撵出门,对大儿子说:"兴娃,去送豪豪。"

哥哥却一把从李家豪手里抢过行李,边往门里退边喊:"考学,考学。不打工,不打工。"

李家豪流着泪使劲儿往门外拽行李说:"哥,放手! 哥,放手!"

妈妈抓着弟兄俩的胳膊,不知道该往回拉还是往门外拉,一个劲儿流眼泪。

见弟弟哭了,妈哭了,傻子家兴也哭得眼泪四溅,使出蛮力往屋里拽那只帆布大包。包被撕烂了,衣服掉了一地,一捆书重重地砸在他脚上。

李家豪撒开手。哥哥也撒开手,赶紧抱起书往包里塞,边塞边说:"念书,豪豪,考学!"

李家豪抓住哥哥的手说:"哥,我就是念书去呢。"又抬起泪眼对妈妈说,"妈,我跟孙老师说好了,打半年工再回来复课,明年争取考个好大学。"

李家豪重新整理着行李。妈妈一针一线缝好帆布包,对小儿说:"在外面自个儿把身体当回事。"又转头对大儿说:"兴娃,送豪豪去念书。"

哥哥高兴得又蹦又跳,背起背包,一手提了行李,一手拉了家豪说:"念书,考学,大学!"

这是一个美丽的早晨。橘红色的太阳爬上山头,坡口的柿子树伸展着枝丫,墨绿的叶子在晨风中飒飒作响,青绿的小柿蛋闪烁在枝叶间。梯田里刚收毕麦子,整齐的麦茬儿泛出金色的光芒。弯弯的山路伸向远方,两个年轻的背影渐渐融化在柔和的晨光中。

金色的油菜花

    铁娃骑着那辆除了铃不响全身都响的自行车飞奔在小路上。夹道外是一眼望不到边的金灿灿的油菜地,眼尽头是蓝蓝的天,天边飘着几丝细细的白云,像婆手里越纺越长的棉线线。蜜蜂嗡嗡嗡地在花丛中忙碌,白色的、彩色的蝴蝶被他惊得飞起来,飘入金黄色的花海。

    花香越来越浓,钻进铁娃的脑袋缝里。他撅起屁股,攒足了劲儿往前蹬。不时有伸到路上的油菜梢子被车头碰撞得黄花四溅。

    "慢些,慢些哟,你快把我颠下来了……"春燕坐在后座上,一手扶着车座,一手拽着铁娃的衫子喊。

    "啪!"他俩和自行车一起栽倒在油菜地里,车轱辘呜呜呜地转着。

    油菜秆渗出绿汪汪的汁液染在铁娃的白衬衫上,黄色的花瓣飘落了春燕一头。

    "你咋骑这么快呢!"春燕嗔怒。

    铁娃没吭声,车把子戳了大腿窝窝,疼得吭不了声。春燕盯着他哩,实在不好意思揉那儿。他憋红了脸坐在油菜秆上,腿夹紧硬撑了过去。

    春燕再没说话,也坐在油菜秆上,揉着脚腕子,她小腿擦破了皮,渗出小血珠珠,白色的袜子上红一道绿一道。

    一只胖乎乎的蜜蜂慢悠悠地落在油菜花上,慢慢钻进金色的花瓣深处,黄黑横纹的屁股一耸一耸,两条毛茸茸的后腿上结了两个粉疙瘩。

铁娃顺手摘了一片叶子,拇指食指轻轻夹着靠近蜜蜂,一下子掐住蜜蜂的脊背,稍稍用力,可怜这只正沉浸在甜蜜中的小东西,一不留神就丢了小命。

铁娃打开叶子,蜜蜂保持着刚才采蜜时的姿势,蹬了蹬后腿,不动了。屁股后面流下一溜透明的黏液,一段黑细的小刺。

铁娃掐了蜜蜂的屁股递给春燕:"你抿一下,甜得很。"

春燕扑闪着一双黑亮的大眼睛笑着说:"我不敢。"

"胆小鬼!"铁娃伸出舌头舔了舔蜂屁股说,"菜花蜜,真甜啊!"说着话,涎水顺着嘴角流下来。

"fēi(睡)啥哩? 夜黑里偷你 qiū(舅)家牛去了?"突然一阵雷声贯耳,铁娃只觉得耳朵像火烧一样。

他被雷老师拎着耳朵从座位上提了起来,哈喇子随着他慢慢起身越拉越长,滴在语文书上。

雷老师拿书背在他头上嘣嘣地敲着说:"灵醒了没有?灵醒了没有?"

铁娃睁着又黏又红的眼呜囔道:"灵醒了。"

"站着,不准 fēi(睡)!"雷老师拧过身向讲台走去,继续操着华阴腔骂,"都上初三了,上课还 fēi(睡)觉哩,你能念了 fū(书)? 念黄 shū(鼠)哩!"

铁娃揉了揉眼睛,前排的春燕扭过头看了一眼,那眼神里有一种铁娃说不上来的东西,是生气,又好像有同情。

在春燕扭回头的那一瞬,他看见那乌黑的头发上夹带着一小片嫩黄的油菜花瓣。做梦前看没看见呢? 难道刚才那个梦是真的?

铁娃斜了斜头,目光穿过春燕的胳肢窝,穿过桌子和凳子的空隙,瞄了瞄她的脚腕子。白色的袜子上并没有红色、绿色的印子,这令他很失望。他摸了摸大腿窝窝,麻麻的。

瞅着雷老师转身在黑板上写字的工夫,他悄悄猫下身凑到春燕耳边问:"哎,哎,你脚疼不疼?"

春燕没招理他,继续写字。一截粉笔头嘣地砸在他头上,雷声又起:"铁娃,你偎人家娃那么紧是吃奶呀?"

铁娃赶紧站端正,嘴闭紧,一句都不敢翻。同学们一阵哄笑,春燕脸唰地红了,一直红到脖子根。

春燕父亲在煤矿上班,妹妹燕军刚上二年级,家里就她们母女仨,妈忙完地里活还要照看她和妹妹。

"清明早,立夏迟,谷雨种棉正当时。"下午放学回家吃完饭,春燕帮着妈拾掇准备种棉花的土地。邻家地里,油菜花落得没剩几枝了,蔓上结满了翠生生的油菜荚。

妹妹在地里追蝴蝶,没抓着蝴蝶,在地边边寻了一把油菜花,给妈头上插一朵,给春燕头上插一朵,剩下的全插到自己的头上。

看着自己的杰作,燕军笑得前仰后合。

春燕对妹妹说:"再笑,再笑门牙就长不上来了。"

妹妹赶紧捂住嘴不敢笑了。

妈阴着脸说:"再不要哄娃。"

妹妹放开手,张开没有门牙的嘴说:"姐你哄人哩。哄人猫,卖韭菜,前后背个烂口袋。哄人猫,卖韭菜……"

"燕子,你最近学得咋样啦?能考上高中不?"妈口气怪怪的。

"差不多吧。"春燕答道。

"你们班谁学得最好?"

"咱邻家旗娃,还有杨……"春燕没说出杨铁娃的名字。

"杨啥?"妈还在问。

春燕有点儿不耐烦:"给你说你也不知道。"

"是不是去年领一帮子同学给咱家拔棉花秆的杨铁娃？听说数理化都是全年级第一。"妈停住手里的活,看着春燕。

"我不知道。你听谁说的?"

"听你雷老师说的。他还给我说,杨铁娃脑子好得很,就是思想爱胡跑。"妈低下头继续干活,"你以后离人家娃远点儿!"

"妈,我咋了?你尽说些没头没脑的话。"春燕眼盯着妈。

"他家大人告到老师那儿了,说你干扰他娃学习哩。"妈说。

春燕生气道:"咋个叫干扰他,不就是问他几道题?他数理化好能咋,语文英语还不如我哩!"

妈也生气了:"咱是女娃娃,不要把自己弄下贱了。"

春燕气愤地撂下铲子,头也不回地奔学校去了。

妈在后面喊:"哎!哎!头上那花花拔了——"

下晚自习了,春燕背着书包往回走。学校北墙角"咳咳"几声,她装着没听见。

铁娃推着破自行车追上来说:"你今天咋不理我哩?"

春燕不说话,闷头走得越来越快。

"哎!哎!我送你回去。"铁娃喊。

春燕还是自顾自地快走。

"地里有狼哩。"铁娃故意压低声音吓春燕,"呜儿——呜儿——"

"你滚,滚远!"春燕从书包里掏出一沓东西摔给他,哭着朝村里跑去。

自从加了晚自习,铁娃每天都趸摸到北墙根路边等着送春燕。一路上给她背时政背化学方程式,呱呱地背不停。

春燕笑着问:"你显摆成这样子,语文咋老不及格?"

铁娃仰了仰头:"我不喜欢老雷,经常拿书背敲我的头,我专门考不及格,拉他的分。不信? 我给你背咱学过的古文。"

十几篇古文铁娃好像篓子里倒核桃一样全背完了。

"我问你,《沁园春·雪》词牌名和题目中间加点不?"春燕问。

铁娃正得意呢,一下子被问住了:"咦? 我咋没注意——你说加了点没有?"

春燕笑着跑了:"我到家了,你回去自己看 fū(书)去。"

"我没拿语文书,哎——哎——到底加了没有?"

咯咯咯的笑声越来越远。

前面都好好的,今儿个春燕是怎么了,脾气这么大? 铁娃想不透,他拾起那一沓东西,是自己写给春燕的诗。

不理就不理,你徐春燕还给我耍脾气哩,看谁脾气大! 他把那沓诗稿撕了个粉碎,边走边抛,纸片像雪花一样飘落了一路。从此他再也没有和春燕说过一句话。

春燕没参加中考,听旗娃说她爸矿上招工,人到北山矿上上班了。铁娃考上了电力中专,进修完大学后分到岭北电厂,每次回家得倒几趟车。

春节放假,铁娃倒上回乡里的班车,抓住扶手刚站定,就碰上了那双他最熟悉的眼睛。他的心跳突然加速,但很快又恢复了平静。

春燕头上戴着棉帽子,穿得很臃肿,怀里抱着一个黄色碎花小褥子。看见铁娃上车,她先是一愣,脸红了一下,问了句:"你……你……放假了?"

"嗯。你也回家?"

"娃刚出月,回来看看我妈。"

“一个人？”

“娃他爸要下井，年上不放假。”

……

俩人再不说话，汽车摇摇晃晃地走着，车上的人越来越多。铁娃眼睛一直看着窗外，冬灌过的麦田里结了冰，笼罩在雾气中，白茫茫的，只露出一道道黑色的地畔子。

雾散了，太阳升得老高老高，冰面慢慢化开了，麦苗尖尖的头伸出水面，挑着阳光微微地颤动着。麦田中的水时不时把阳光反射到车子里，刺得铁娃眼睛发疼，窗外成了白花花的一片。他低下头，闭上眼睛休息了一会儿。

再睁开眼时，春燕刚刚掀开怀中金黄色的小褥子，里面露出一张粉嫩的小脸，一双乌黑水亮的大眼睛，冲着他笑了。

他想起了以前给春燕写的那一首诗：

油菜花儿开了呀

嗡嗡嗡地叫

黑亮亮的眼睛啊

咯咯咯地笑

软乎乎的心儿啊

扑通扑通跳

杨老水

"非要到医院去?"

"嗯。"

"花钱买罪受?"

"活着就得受罪。"

"家里没钱了。"

"有哩……"

"没了!"

看见小儿媳恼了,杨老水没敢再吭声,喉结滚动了一下,咽了口唾沫,干瘦的脖子上皮肉扯紧又松弛下来,脸上的皱纹像黄昏时分天边聚集的愁云。他满眼乞求地望了望小儿媳,转过头,呆呆地看着门外。

"不用瞅,不逢礼拜,我姐不会来的。"儿媳妇收拾了杨老水刚吃完的沫糊碗,起身到锅灶上忙碌去了。

杨老水执拗地望着门外,女儿说好的接他去医院,怎么还不来呢?老母鸡在院子里转悠,停在门口,歪着头和他对视了片刻,拉下一摊黄白相间的稀屎,悠悠地走开了。

杨老水七十三岁,老伴前几年撒手而去。大儿子已经成了半个老汉,是个半病子。女儿大学毕业后一直在秦北县城工作,他跟小儿子过。

小儿子上人市去了,两个孙子长年在南方打工,偌大的屋子里就剩下他和小儿媳妇。

儿媳妇收拾完锅灶,解下围裙上下扑打完身上,抻平了搭在灶房门口的铁丝上,指头在舌头上蘸了口唾沫,把两鬓的头发往后拢了拢,说:"爸,就在家里吧,想吃啥我给你做啥,咱不去医院受洋罪。"

"翠儿,给你姐拨个……"

"爸,我姐就那点儿死工资,咱不麻烦她了。"儿媳妇拦住话头,从门后拿了剪刀出门。

"翠儿,你干啥去呀?"

"给人家装葡萄去,挣钱给你看病!"儿媳妇没回头,径自去了。

家里只剩下杨老水一个人。阳光透过窗子上的玻璃落在饭桌上,光影里飘浮着数不清的纤尘,起起伏伏,晃得眼睛发沉。

杨老水不敢闭眼睛,一闭上眼,心里就空荡荡的,有许多双眼睛出现在屋顶黑暗处,那是去世的父亲、母亲、爷爷、老爷的眼睛。他脑海中升起无数纤尘,身体仿佛也一点点化作尘埃,在那些目光的注视中不断升腾。他感到身体越来越轻,慢慢消散开来。他忽地睁大眼睛,那些尘埃如铅坠似的沉落下来,用手掐一掐腿根,疼。他不敢再闭上眼睛,不愿自己变得越来越轻,闭上眼睛的时候他无法掌控自己。他曾经睁着眼睛熬过一个又一个黑夜。

他不知道自己得的是什么病,只知道脖子上出了个硬疙瘩,不敢动它,一动就扯得半边脑袋疼。上次住院时,医生说是个小瘤子,保守治疗不用手术,用了药就会慢慢变软。出院后,他觉得疙瘩变小了变软了。但是医生的药让疼痛变得更加狡猾,它像一条躲藏在深洞中无声无息的蛇,总在他不注意的时候突然出来狠狠咬他一口,咬得他疼到骨头缝里。而且这条毒蛇出来的时间越来越频繁,毒性越来越大。

医生说出院以后每月还得到医院做什么疗。村里人说,这病没治了,住院是白花钱。儿媳妇翠花完全赞同村人的意见,小儿子听媳妇的。

天麻麻黑,儿媳妇回来了。

"爸,现在觉得咋样?"

"这会儿觉不来疼了。"

"不疼了? 那是好事啊!"

"我害怕。"

"不疼了还怕啥?"

"怕死。"

小儿子回来得很晚,揭开锅盖端出媳妇留的饭,呼噜呼噜地吃完,蹲在门口抽烟。

"小犊,你姐打电话没?"杨老水说。

"翠儿说了,住院是白花钱,咱家也没钱了。"儿子没瞅他。

"征地的钱还没用呢。"杨老水说。

"让你俩孙子打光棍呀?"儿媳妇接过话。

一说到孙子,杨老水没话了。

天黑了。

东边房里传来儿子儿媳的鼾声,杨老水睁大眼睛,仔细地听。鼾声一会儿像天边的滚雷,一会儿像尖细的柳哨。

疼痛这条毒蛇又来了,吐着芯子,狠狠噬咬着他。他跪在炕上,疼得嘴巴咬着被子角,两手紧紧抓着单子,脖子上青筋暴突,脸扭曲变形。他好几次想摸箱子架上塞着的那包老鼠药,死了算了! 但又不甘心,心里说:死多容易啊,一包老鼠药,一根裤腰带,说死就是一袋烟的工夫。人得活着,活着我杨老水不仅仅是个名字,还是个硬气的人。

东房里的鼾声还在继续,他闭着气不作声。疼痛继续肆虐,他开始想以前的事情,他想起小儿子刚出生时细胳膊细腿胡刨乱蹬,闭着眼睛张大嘴巴震天地哭。想起儿媳妇进门那天,锣鼓喧天,鞭炮炸鸣。想到孙子也该娶媳妇了,娶了媳妇就能给他添重孙子。

慢慢地,那条毒蛇慢慢地退回洞里。他浑身湿透了,这场较量又几乎用尽了他所有的力量。他趴在炕边,气如游丝。

多少次了,杨老水像攥紧床单一样把要活着的念头紧紧攥在手里,那念头像泥鳅一样剧烈地挣扎着,有时候仅剩下光滑的尾巴在他手心里扭动,差点儿逃脱。

"爸。"女儿来了。

"噢,你可算来了。"杨老水说。

"到化疗时间了,我接你去医院。"女儿说。

"姐,我提前声明,没钱噢!"儿媳妇在旁边搭话了。

"就是借钱也得给爸看病。"女儿说。

"哎哟哟,姐,三个儿女就你孝顺? 爸害的啥病你不知道? 你以为花钱就是尽孝呢? 这个时候给谁显高风格呢? 爸身体好的时候吃喝拉撒谁管着呢?"儿媳妇机关枪似的馋了一通。

"你……你看你没文化的样子!"女儿说。

"没文化咋了? 送到医院就能治好? 爸这病能治好的话还轮不到吃公家饭的管呢!"儿媳妇不依不饶。

"爸想去医院,我就要接走!小犊,你说!"女儿气得脸色发青。

"姐……"小儿子蹲靠在门边,熏黄的手指夹着烟,"我……我知道你是好心,可是……翠儿说的也对着哩。"

"你说这话不如放个屁!"女儿气得没办法,父亲住院花钱她不怕,但是她太忙了,老大靠不住,小犊这两口子再不去,没人陪护啊!

"姐,翠儿说,爸这病看不好……"

"翠儿说,翠儿说,我看你就是个软软头!"

杨老水前脚被女儿接走,后脚小儿子就到医院了。

"姐,这卡里面有两万元,你拿着,翠儿给的。她让我陪床,她说她一个女人家,不方便。"儿子递给女儿一张银行卡。

女儿说:"你两口子不是不愿意给爸看病吗?"

儿子说:"翠儿说,不能让外人笑话。"

杨老水以前不喜欢医院,尤其闻不惯医院里消毒水的味道。自从得病以后,他开始喜欢这种味道,这味道给了他前所未有的安全感。

杨老水对化疗的反应很大,恶心,不想吃饭。医生说这是正常的,反应大说明效果好,说完把杨老水女儿叫了出去。

杨老水躺在病床上,心里念叨:"虽然老话说'七十三、八十四,阎王找你商量事',但我活了七十多岁,眼不花耳不聋,就这么个小疙瘩能要了我的命?我不信这个邪。"病痛让他的听觉更加灵敏,他听见医生对女儿说的话,什么"五五开""体质有差异""做好两手准备"……

女儿低着头从病房外面进来,眼睛红红的。杨老水捏着女儿的手说:"爸没事,爸自己能感觉来。"

其实说这句话的时候,他隐隐感觉到体内那条蛇只是暂时被药水封在洞里了,它越来越粗壮,越来越恶毒,随时等着出来一口要了他的命。

化疗结束,女儿说:"爸,过几天你过生日,我给你订个大蛋糕。"

回到家,炕烧得热乎乎,被罩床单都洗得干干净净,散发出淡淡的肥皂味。杨老水挪到炕上,伸手摸遍了箱架子缝缝,竟然没找到他搁的那包老鼠药。

腊月天难得的好太阳,村里几个老伙计来看他。大家坐在南墙根抽着烟,喝着酽得拉丝的砖茶,从农业社谝到包产到户,谝村子的地全都让征用了,现在年轻人都外出打工,村里"老"了人连抬埋的都凑不齐。谝到这儿大家都不说话了,一个个把纸烟吸得咝咝响,烟丝由黄变红再变白,在椅子腿上捻灭烟头,噗噗吹干净腿上的烟灰,起身,都背着手走了。

太阳落进苦楝树林,血红血红的,被树枝割得零零碎碎,看起来轻飘飘的,好像一口气就能吹散了。一只黑老鸹嘎嘎地叫了两声,飞过院子,缩着脖子落在老墙头上。

杨老水窝着身子坐在椅子里,手扶着另一只椅子背,头压在手上。毒蛇还是出来了,这次仅仅一口就把他咬倒了。

正洗衣服的儿媳妇看见杨老水窝着身子栽倒在南墙根,惊得丢掉脸盆大声喊叫。村里人七手八脚把他弄到炕上,掐人中,灌温水……这些,杨老水都知道,他说不出话,睁不开眼,浑身使不上劲儿。

"姐,爸怕是不行了。"

"快送医院啊!"

"送啥医院呢,你赶紧回来。"

……

杨老水再睁开眼时，女儿、小儿子、儿媳妇，连半身不遂的大儿子也吊着哈喇子围在炕边"爸，爸"地叫。他心里比任何时候都清醒，但没有一点儿力气，轻轻摇了摇头，又闭上眼睛。

　　"爸，蛋糕，明天你过生日呢。"

　　"爸——"

　　"爸——"

　　……

　　几个老伙计给杨老水穿上寿衣，把他抬到上房里。

　　杨老水安安静静地躺在干草床上，两只手腕上拴着红辣椒和白馍馍，崭新的鞋子亮着雪白的鞋底。他特别讨厌这身装扮，想抖落掉手上的辣椒串和馍馍，但做不到。他没有抬起眼皮的力气，手臂更是不听使唤，他想到用嘴巴去叼、去咬，但连脸上盖着的麻纸都吹不走。

　　杨老水走了。走的时候村里凑不够抬埋的人，翠儿从娘家村子找了一辆拉灵的车。村里人说，老水硬是没跷过七十三的门槛，走了也好，啥都不用想了，享福去了。

五婶的小年

腊月二十三,小年。

在京城教书的小儿子昨晚打电话了,明儿早上六点的动车,五六个小时就回来了。这小子,还记得腊月二十三灶王爷点名哩。

天不明,五婶就从炕上爬起来了。反正睡不着,起来就起来了。昨晚接完电话就睡不着,老话说了,"离家饺子回家面",起来给娃收拾擀面。

"哎,哎,鸡还没叫唤哩!"五叔咕哝了一句翻了个身。

五婶说:"你也起来,天明了到街上割些肉。小牡儿最爱吃臊子面了。"

五叔说:"卖肉的摊子还没支哩!我也爱吃臊子面,咋没见你给我擀呢?"

五婶说:"今儿个你沾小牡儿的光,给你爷儿俩擀长面。"

五婶洗了脸,嘴里噙着卡子对着镜子梳头,又挤了点儿护肤霜抹在手上脸上。护肤霜是大儿媳妇寄回来的,盒盒上全是洋文,听说是进口货。大儿子在海城,儿媳跟儿子是大学同学,一起分到海城工作了。

镜子旁边的相框里,大孙子正对着她笑,这眼睛,跟大儿子小时候一模一样。五婶摸了摸孙子的照片,小乖孙,笑得咋这么甜呢!现在社会真好,相片照得跟真人一样。

看完孙子,五婶又抬头看了看墙上相框里大儿子的周岁照。哎呀,这相照了怕有三十多年了吧,那时候还没有彩色照相机呢。五叔站在旁边,五婶抱着大儿子,开裆棉裤里露着小牛牛。儿子胖乎乎的脸,黑溜溜的眼正盯着她看呢。可惜是黑白照片,没有孙子这张彩照好啊。

现在社会真好。昨晚上孙子还和她用微信视频了,是邻家小喜给连接的,小喜说他家里有"外甩(Wi—Fi)"哩。五婶回来高兴地跟五叔说:"我跟咱孙子视频了,咱那乖孙个儿长高了,脸白得很哩!"

五叔嘴里哑着旱烟袋,正看"百家碎戏",眼睛都没看她说:"看见了能咋? 过年又不回来。"

五婶叹了口气:"唉,大城市课程咋抓得恁紧的,娃娃放假了还要补这课补那课。老大和小牡儿也没见补过课,咋都考上大学了? 把娃娃领回来过个年能耽误个啥?"

五叔说:"老大两口子那么忙,过年就那六七天假,几千里路,叫娃来回折腾啥哩!"

五婶说:"也是的,挣些钱满给火车膏油了。"

两口子不言传了,看电视,看得眼皮沉了,张着口关了灯,睡觉。

刚睡下,五叔的手机唱起了秦腔戏。

"喂,谁呀?"五叔问。

"爸,我是小牡儿。"是小儿子的电话。

五婶一把抓住手机问:"小牡儿,大学放假了吗?我娃过年回来不?"

"回来,明天早上动车,五六个小时就回来了。"小儿子说。

五婶激动地说:"你三口子都回来吧?"

"妈……我媳妇嫌娃小,说她和娃就待到娘家过年了。"小儿子有点儿沮丧,那边传来了孩子的哭声,"妈,妈,电话先挂了,我要给娃热奶……"

"小牡儿,小牡儿,你把娃抱回来,妈给你管几天……"

"嘟……嘟……嘟……"

"供了俩大学生,能咋?自从俩儿子参加了工作,没过过几个囫囵年。"五叔钻到被窝睡了。

小儿子总算要回来了,小儿子真争气哩,在京城念大学,又分到京城工作,还娶了个城里的女子。小儿子真孝顺哩,小儿子明儿就回来了。可惜了,要是小孙子能回来该多好啊!从小孙子出生到现在,五婶只在娃满月时候看过一次。人家都说娃长得像妈妈,但她看娃的额头跟小牡儿小时候一模一样,哭的声音都一样。

小儿子爱吃面,每回从京城回来都要吃五婶擀的长面。半寸宽的黏面,大肉萝卜丁臊子浇上去,油泼辣子调得红红的。小儿子吃得嘴里嘘儿嘘儿地吹,一碗不够,还要一碗。

五婶平时也起得早,顺着庄东的路一直走一直走,走到三斗渠上,坐在桥帮上跟村里的几个老汉老婆谝闲传。回来的时候从自家门口菜地里掐几根菠菜,摘一把绿辣子,随便凑合做点儿饭,和五叔俩人就能吃一天。

今天五婶没去渠上,早早在院子墙角刨,刨她埋在土里的萝卜和大葱。

"五婶,走,锻炼去。"有人路过门前。

"不了,不了,我家小牡儿今儿个回来哩。"五婶坐在门口剥葱,路上的人投来羡慕的眼光。

"五婶,走,锻炼去。"又有人路过门前。

"不了,不了,我家小牡儿今儿个回来哩。"葱剥好了,五婶继续坐在门口剥蒜。

五叔推着电动自行车往出走:"冷成这样子了,你坐到门口英武啥哩?"

五婶说:"我不嫌冷,我高兴。咋? 咋?"

五叔说:"高兴得把热冷都忘了!"说完,跷上车一溜烟儿走了。

"哎——帽子! 帽子!"五婶蹭着鼻子说,"帽子都没戴,不知道谁把热冷忘了。"

五婶收拾完葱姜蒜,削好萝卜,烧了一锅热水开始抹洗案板。其实昨天都把屋子里里外外打扫过了。厨房里干干净净,橱柜上面放着过年待客的碗碟,中间放着辣子盒、盐碟子、调料面和筷子篓,下面柜子放着不常用的锅锅盆盆,案板和面盆都洗过了。

这榆木面案还是村里老木匠割的。案大了真好啊,干活真朗然。五婶记得第一次用新案板擀面的时候,两个儿子已经长成半截子小伙了。

那时候她浑身有使不完的劲儿,撸起袖子和了大半盆面,盖上湿抹布让面慢慢醒着,再从面瓮里舀一碗干面粉,均匀地撒在案上,把醒好的面提出来放在案上,像提了一只白胖胖的大猪娃。擀杖梢子在案上啪啪地响,"白猪娃"变成圆饼饼。擀杖卷着面饼在案上嗵嗵地响,圆饼饼变得越来越大、越来越薄。擀杖卷着薄薄的面推到案里头,慢慢展开,像圆圆的大月亮从东山头露出来。

五婶站在"大月亮"旁边,用手腕轻轻擦一擦额头的汗,露出灿烂的笑。她放下擀杖,把"大月亮"一层一层叠起来,像叠棉布一样,在案上摆成了一拃多宽、一米多长的面龙,拿起切面刀咚咚咚地切。

五叔一边烧锅一边喊:"太窄了,太窄了,切宽些,宽了能吃住调料,馋口!"

五婶笑,刀不停。一会儿工夫,指头挑了面条,下进翻滚的开水锅里。

一家人一顿就吃完了那张"大月亮"。五叔说:"美! 美得很!"两个小的打着饱嗝儿说:"妈,还……还想再咥(吃)一碗!"

五婶抹洗着大面案,脸上露出了笑。老伙计啊,好几年都没好好擀过一顿面了,今年过年你终于能红火一回了。

大儿子一家要是能回来,那该多热闹啊。不回来就不回来吧,娃们大了,有自己的事业、有自己的家,好着哩,好着哩。还是小儿子懂事,知道过年家里就剩俩老人了,有心啊,我小牡儿真是有心啊。

五叔回来了,撑好电动车,把一吊子肉撂在案上说:"背集上肉真贵。"

五婶说:"贵了你不会少割些?"

五叔说:"小牡儿自小爱吃肉,一会儿再给炒个回锅肉。"

五婶说:"哎呀,看把你贱的!八点多了,赶紧给娃打个电话,问一下到哪里了。"

五叔掏出电话,摸出电话本,眯着眼一个数一个数地压。"对不起,您所拨打的电话暂时无法接通……"

五婶说:"小牡儿肯定在动车上呢,动车上没有信号。你给咱拾掇肉,我给娃收拾房子去。"

五婶提了电暖气到小牡儿房间,床上铺着新花被子。每年过年的时候,她都要把大儿小儿房子里的被子褥子拿出来晒。五叔说:"儿子孙子又不太回来,你费那闲劲干啥?"她不管,儿子猛然回来也说不来啊。这不,小牡儿马上就回来了。

时间过得真慢,钟表嘀嗒嘀嗒响,时间咋不见走呢? 五婶真想拿指头把钟针拨快些。

快十二点了,五婶又催着五叔打电话问。

"对不起,您所拨打的电话暂时无法接通……"

小牡儿肯定在动车上呢,娃下了车打出租就回来了,动车站外边出租车一溜一溜多得跟蚂蚱一样,小牡儿每次回来都打出租车。

五婶挽起袖子开始和面。哎呀,老腰快窝不下去了。面盆还是那个面盆,腰咋就窝不下去了? 和好面,拿湿抹布盖上,五婶出了一头汗,又把五花肉切成片放在碗里,切了葱丝、辣角放上去,咚咚咚地剁臊子。

面醒好了,干面粉撒在案上,五婶挽起袖子揉面。哎呀,胳膊咋没劲儿了? 肯定是昨晚没睡好。小牡儿就要到家了,这小子是饿死鬼托生的,回来肯定闹着要吃哩。五婶拿起擀杖,嗵嗵嗵地擀起来,面饼越来越薄越来越薄。

五叔的手机唱起了秦腔戏。

"喂! 小牡儿,我娃下车了吧……"是小牡儿的电话。

五婶手底下擀杖越滚越欢,小牡儿就要到家了。五婶越擀越有劲儿,面饼马上就要变成"大月亮"了,等小牡儿回来黏面就捞到碗里了。她喊五叔:"掌柜的,赶紧添水烧锅,面马上就擀好了!"

"喂,喂,你说啥? 还在京城? 没上车? 那明天……"五叔还在外面接电话。

五婶提着擀杖跑出来问:"咋没上车呀? 赶紧让我跟娃说话。"

"挂了。"五叔像泄了气的大车轱辘,"孙子病了,小牡儿在医院里。"

"孙子咋病了? 小牡儿的电话一早都是无法接通呀。"五婶抹了一把汗,面抹在脸上,像秦腔戏里的丑角。

"娃发高烧,住院了。小牡儿手机没电了,用媳妇的电话打过来的,说他过年回不来了。"五叔说。

五婶像演砸了戏的小丑站在厨房门口,攥着擀杖不知道该说啥,案上圆圆的"大月亮"明晃晃地泛着白光。

灵魂附体

太阳白花花地照射着大地,一大家子人都去地里掰苞谷,家里留下黑娃和妹妹小燕看着三大家的儿子臭狗。婆掰了一会儿苞谷,感觉头晕,浑身不舒服,回来躺到炕上睡了。估计是前两天邻家胡老太去世,她去帮了几天忙累的。

黑娃手里拿着刀子削陀螺,小燕一边抓拐一边逗臭狗玩。臭狗坐在木推车里,看着哥哥姐姐玩,不一会儿就闹腾起来。黑娃吓唬臭狗:"不准哭,再哭狼就来了!"

臭狗不到一岁,根本不知道狼是啥东西。其实黑娃自己都没见过狼,但他特别怕这个叫狼的东西,尤其是晚上一个人从伙伴家看完电视往回走的时候,总觉得后面有东西跟着他,大概就是婆常拿来吓唬他的狼吧。于是屁股夹紧,脚步加快,走着走着就变成小跑了,到家门口的时候几乎成了飞奔。等大口喘着气推开家门,屋里的灯光把他的影子拉得很长,一直接着了黑夜,回头再看时却什么也没有,影子静静的,夜也静静的,柴堆里是蛐蛐的叫声。虽然已经进门了,但他心里总觉得空荡荡,只有哐的一声关上门,才感觉到自己已全部进了屋里。

臭狗虽然不知道狼是啥东西,但他看见黑娃一脸的神秘和伪装出来的恐惧,便立即停了哭闹。院子里静悄悄,小燕吓得赶紧收拾了拐豆,挪到黑娃身边坐下问:"哥,你说狼从哪里来哩?"

"南山。北山也有哩。苞谷高了,狼就顺着苞谷地跑来了。"黑娃一边削一边答着。

其实这些话是他割草时听大孩子说的。听到这话的那几天,他吓得不敢到苞谷地深处去割草了,只能在地边、渠沿、排碱沟胡趸摸。割回去的草不如以前多,牛还不爱吃。

黑娃大见儿子草割少了,就骂黑娃光知道耍,割草都偷懒。黑娃说村里大孩子说的,地里有狼哩。黑娃大又气又笑:"那是人家哄你瓜娃哩,怕你把他们寻的好草割了。"于是带着黑娃钻到地里边,地畔子上果然是一两尺高的草,又嫩又密,个把钟头工夫,父子俩就割了半架子车草。黑娃虽然知道地里根本没有狼,但以后再割草的时候总会叫上一两个伴儿。

黑娃忙着削陀螺,没时间哄臭狗玩,所以就拿这话吓唬。结果臭狗听不懂,倒把小燕吓得紧紧贴着他,没心思逗臭狗玩了。臭狗见小燕也不逗他玩了,又哭起来,涎水鼻涕挂在嘴边,拉得老长老长。

"嗯,你是我碎爷!"黑娃只好收拾了陀螺,把臭狗抱起来,上下左右地晃,"噢,噢,娃睡睡,哥给我娃唱曲曲。咪咪猫,上高窑,金蹄蹄,银爪爪,不逮老鼠逮雀雀。咪咪猫,上高窑……"

黑娃学着婆原来哄他睡觉的样子,哄臭狗睡觉,小燕也跟着他唱起来。黑娃顺手把娃给了小燕,不一会儿臭狗就躺在小燕怀里睡着了。黑娃见臭狗安宁了,自己又削起了陀螺。

"根娃,根娃哟——根娃……"

黑娃正削得起劲儿,突然听见婆在炕上喊叫。他赶紧跑进去,看见婆坐在炕上两眼睁着,目光呆滞,口里念叨说:"根娃哟,妈走不了路了,你咋不把妈拿架子车拉到街里上会去?油糕甜得很,妈想吃油糕咧!"

黑娃蒙了,他发现婆跟平时说话不一样了,她说话的口气、内容完全就是前几天死了的邻家胡婆婆的样子。邻家婆瘫痪了好几年,根娃是她的小儿子。他吓得不敢到跟前去:"婆,婆,你咋了?"

"根娃哟,妈两腿冰凉,走不动路了……"黑娃婆不理黑娃,眼睛却茫然地看着前方说话。黑娃脊背上的汗毛都乍起来了,他哪里见过这阵势,拔腿就飞出去了。东边隔一家是跟黑娃婆、胡婆婆经常聊天的拴娃妈,黑娃一头扎到拴娃妈家里:"拴娃婆,赶紧,快,看我婆咋了!"

拴娃妈跟着黑娃进了门,小燕已经吓得哭花了脸,臭狗也被惊得吱吱哇哇。

拴娃妈一听黑娃婆说话的口气,大声骂:"你个死老婆,都到那头了还不安安宁宁,你活着的时候几个娃都孝顺成啥了,丧事过得体体面面,你还有啥丢心不下的? 赶紧走,看把几个娃吓成啥了!"

拴娃妈说着从炕上摸了笤帚在黑娃婆身上扫了几下,扶着她的身子就往门外走,黑娃婆双腿竟然迈不动。

拴娃妈让黑娃扶着另一边,几乎是连拉带架把黑娃婆弄出了门。说来也怪,刚一见到太阳,黑娃婆身子一下子就软了,几乎瘫在地上。拴娃妈从麦秸堆抓了一把麦秸,点火烧了,口里念叨着:"根娃妈赶紧走,赶紧走,你屋里啥都好着哩,再不用你操心啥了。"

火灭了,拴娃妈又帮着黑娃把婆扶回炕上,对黑娃说没事了。婆在炕上躺了三天,即使被叫起来吃一点儿东西、喝一点儿水都是迷迷糊糊的。等婆彻底灵醒过来,黑娃问:"婆,你那几天咋了? 你还能想起来说的啥话不?"

婆说:"我前两天不知道咋了,就是害乏,记不起说啥了。"

爷在旁边说:"你婆那天是叫鬼捏住了。"

黑娃吓得再不敢吱声了。

陀螺削好了,爷给黑娃的陀螺尖上钉了个小钢珠,又给黑娃做了鞭子。枣木鞭杆,鞭梢是从退下来的大车轮胎中抽的细丝编的。做好以后,爷把鞭子甩得啪啪响。鞭子交给黑娃后,爷坐下来抽烟。黑娃抡着鞭子把陀螺抽得滴溜溜转起来。

"爷,爷,你看陀螺是黄的,一转起来颜色咋变浅了?快成了空气色了。"黑娃边抽边问。他还发现陀螺转得越快,越看不出原来的样子。停下鞭子,陀螺转得慢下来,一阵乱转后停了下来,又成了他刚削好时的样子,上面歪歪扭扭的"杨军伟"三个字又能看见了。

爷说:"啥东西转快了都一样,你把车子轱辘转起来,辐条也看不见了。"

"嘎——"

耳旁传来一声鸟叫,黑娃抬头看时,只觉得一个黑影倏地从头顶过去了,黑娃再低头边打陀螺边说:"爷,爷,鸟飞得快了也看不清了。"

"火箭才快,快得眼都看不见。"爷孙俩一阵子胡聊,从地上聊到天上。

"爷,那你说胡婆婆的魂是不是比火箭都快,快得连摸都摸不着?"黑娃想起那天胡婆婆鬼魂来他家的事情。

"那肯定了。鬼魂白天看不见,黑天能看见。爷有一晚上从地里抄近路回来,路过公坟,有个鬼跟了我一路,我快它也快,我慢它也慢,把爷吓失塌(坏)了。"爷说着说着脸色都变了。

黑娃吓得不打陀螺了,蹲下来扶着爷的膝盖问:"爷,那最后咋样?"

爷接着说:"后来,走到地头了,爷从麦秸堆拔了一把麦秸笼了堆火,那鬼魂才不见了。估计是爷从坟里过,把你老爷惊动了。"

"爷,鬼魂有名字没?"黑娃又问。

爷说:"有哩,活的时候官名(大名)叫啥,死了鬼魂就叫啥。"

爷这样一说,黑娃把陀螺上写的名字用刀子刮掉了,他怕陀螺转得太快了,自己的名字变成鬼魂飞走了。

杨兴武

太阳已经从窗子照进来了,大红的窗帘把阳光过滤得格外柔和,纤小的尘粒在阳光里轻盈地飘舞。

杨兴武不想起床。他眍着眼,一格一格数着房子顶棚上的小方格。顶棚是用洁白的芦苇秆扎成的,上面整整齐齐衬着二大从村委会拿回来的报纸。

房子的墙虽是土墙,却刷得洁白,能闻见新鲜的白灰味。西墙边,床对面放着新油漆过的桐木大立柜,镜子上贴着大红的"囍",立柜顶上红包袱里是两床崭新的花被子。床边右手是同样散发着油漆味的梳妆柜,柜子上放着一对圆镜子、一把红塑料梳子。房门口深红的脸盆架子上放着搪瓷脸盆,搭着两条绣有鸳鸯戏水图案的毛巾,一块粉红色的香皂。

这个婚房是他和发小花了十几天才布置好的,虽然简陋了些,但他很满足。结婚那天,玉芳羞涩地坐在床边,婚房里挤满了闹洞房的小伙子。兴武被推来搡去,完成着他们提出的各种令他难堪的动作,那欢笑声一直持续到深夜。

杨兴武和李玉芳是高中同学,坐前后桌。在高考被称为"过独木桥"的年代,他们双双落榜,成为面朝黄土背朝天的农民。这对同样命运、同样身份的年轻人因为婚姻又走到了一起,与同龄人不同的是,他俩没有父母之命,也省了媒妁之言,成为村里第一对自由恋爱的夫妻。

虽然回村劳动,兴武却极不情愿做一个像父辈祖辈那样的农民。

但又能怎么样呢？他读了十几年的书,在这厚厚的黄土地上却没有一点儿用处。整天面对着单调重复而又繁重无比的农活,他像一只困兽。下地干活的时候,他偶尔会仰天长吼一声,宣泄心中的愤懑,换来的却是村人异样的目光。开始时父母会劝他,后来也干脆不管了,一边干活,一边摇头叹气。

兴武在家排行老小,上面有两个哥哥。为了他的婚事,父母伐了门前的大桐树做了家具,把家里能变钱的全卖了,把能借的不能借的钱都借了,该看的不该看的脸都看了。这一切让他充满了愧疚和感激。他更感谢玉芳和她的家人,她家没有要一分钱的彩礼,没有要一件贵重家具,在村里人的讥笑声中把女子嫁了过来。兴武啊,你怎么回报这些最亲的人?

房门开了,玉芳轻轻走到床边,小声道:"醒来了？妈把饭都做好了,快起来吧。"

兴武笑了笑,指着顶棚说:"玉芳你看,那是啥?"

"啥?"玉芳抬头,"《陕西农民报》?"

"你看那张照片。"兴武指着顶棚里衬着的一张报纸。

"黑乎乎的,看不清啊。"玉芳只看到照片中一个农民站在密密麻麻的竹竿架子中间,手里捧着一蓬黑乎乎的东西。

"蘑菇!"兴武从床上跳下来,搬了凳子,从顶棚里小心翼翼地抽出那张报纸。

这则关于蘑菇栽培的报道令他兴奋不已。在以后的日子里,他和玉芳全身心地投入自己的蘑菇事业中。

秦北县城就在渭河南岸。兴武借了二大的自行车,正沿着河堤往县城里赶。防洪梁底下是宽阔的河滩地,麦子已经寸把高了,整个河滩被装扮成了墨绿色。一队大雁落在麦地里,为深秋的河岸增添了几分活力。

兴武骑得很快,他要赶往城郊取"蘑菇经"。这时候的他满脑子都是蘑菇。他想象着自己也在蘑菇房里端着硕大的蘑菇,听玉芳银铃般的笑;想象着饭桌上除了白菜萝卜,还有一盘热气腾腾的蘑菇;想象着一蓬蓬蘑菇变成了一沓沓票子;想象着自己家三间两层的楼房拔地而起……

城郊务蘑菇的是从县农技站退休的叶志群,老人从心底里喜欢这个充满灵气的年轻人。他手把手地教兴武配料、装袋、灭菌、绑架子、盘火道。他给兴武讲:"蘑菇很矫情,有自己的脾性,室温、湿度,每一个环节都得顺着它的性子来。侍弄不好,它或者不出菇,或者出病菇。"

那些日子里,兴武来回穿梭于县城和村子之间,在志群老汉的菇房里一泡就是多半天,细心地观察记录蘑菇生长的每一个细节。老人笑着说:"娃呀,你再不出来,身上就长出蘑菇了!"

家里没有闲地方种菇。兴武缠着二大说:"村委会里面几间老房子又没人住,不如让我种菇。蘑菇出来了,让你们村干部先尝尝鲜。"

"行啊! 不过那房子年代久了,要花钱好好拾掇哩。听说种菇也要不少投资,你家的情况你自己知道,你大供你念书,给你娶媳妇,欠了一尻子账。你可不敢尖尖尻子,弄那三天两晌的事,最后折腾成烂娃了。"二大一边往烟袋里压烟末儿一边说。二大没有儿子,一直把大哥的这个小子当亲生儿子看待。

兴武划了根火柴给二大把烟点着,说:"二大,我不会胡折腾的。再说了,有你老人家在后面给我驾辕,跑不偏!"

"明天跟我到信用社给你娃取启动资金。那是我和你二妈的棺材本,你娃可不敢折腾没了。"这父子俩每次的谈话都非常愉快。

一个人能干自己想干的事,是多么幸运啊! 有了二大的支持,兴武没黑没明地扎到村委会。玉芳一直陪在身边,他砌墙时玉芳递砖,他绑架子玉芳剪绳子。父母腾出手了也过来帮他拌料、装袋。一个月后，兴武终于有了属于自己的菇房，他疲惫的脸上露出了开心的笑容。更让他高兴的是，玉芳贴在耳边悄悄告诉他："你要做父亲了。"

兴武摩挲着满架子的菇台，好像抚摸着自己的孩子。他从没有如此近距离关注过生命的成长。在他的精心照料下，一颗颗菌种在温暖的菇台里不断生长，蔓延。筒膜里面白色的菌丝一天比一天密了，他仿佛看到自己的孩子长出了手，长出了脚。

兴武没有想到，自己的事业起步能这样顺利，老天似乎太眷顾他这个年轻人了！

北方的冬天，干燥阴冷，泼水成冰。村委会院子里，几棵杨树光秃秃地立着。三间破旧的菇房上长满了瓦松。几只麻雀缩着脖子，眯缝着眼，蹲在屋檐下的电线上，像一团团麻球。一股白色的烟从菇房的烟囱里慢慢升腾，消散。

"出菇了！"看见小菇朵从菇台里冒出来，兴武掩饰不住内心的狂喜。他拉着玉芳在菇房里一个一个地数，有十几个菇台已经冒出了白色的蘑菇。一个个菇朵，那么纤小、光洁。它们你挤着我，我挤着你，也好奇地看着两个像孩子一样的大人。以后的几天里，兴武日夜守在菇房里，加湿、加温，一点儿也不敢马虎。

终于在一天凌晨，兴武小心翼翼地从菇台上割下了第一茬蘑菇，玉芳像抱孩子一样把每一蓬蘑菇放进竹笼里。蘑菇割了满满两笼，兴武用秤称了再称，一笼三十一斤，一笼三十二斤，一共六十三斤，刨去七斤笼，净重五十六斤。不到五点，兴武骑着二大的老延安加重自行车，车头上绑着手电筒，带着两笼新菇奔县城蔬菜批发市场去了。

市场就在三马路东头，兴武跟志群老汉一起去批发过蘑菇，所以也算是轻车熟路。市场上几乎没有批发蘑菇的，加之兴武的蘑菇没有浸过水，很快就被菜贩子一抢而光。每斤发价一块钱，连刨零头带折秤，共卖了五十一块钱。这是兴武人生中赚到的第一笔钱啊，五十块钱可以办好多事呢！兴武给笼里留了一蓬蘑菇，这是要让叶师傅给他鉴定的样品菇。

叶志群已经不用到市场批发蘑菇了，几个菜贩子每天会定点到他的菇棚里批发菇。兴武到的时候，老人已经把所有的菜贩子打发走了。火炉上，铁壶里的水正咕嘟咕嘟冒着白气。

兴武一进屋，放下蘑菇先把水灌到电壶里，又给茶壶续满水。

"兴武来了！出菇了?"叶志群看见了桌子上的蘑菇，一边问话一边从门后取下布甩子给兴武拍打身上的尘土。

"师父，我来我来。"兴武抢过甩子，在门外把身上的土拍打干净。

"这是你棚里的菇?"叶志群拿着那蓬蘑菇仔细端详。

"嗯，师父你看咋样?"兴武两手紧紧抱着茶杯凑到师傅面前。

"好！长得瓷实，没有受过症。"老人脸上是掩饰不住的笑容，"不过你的菇房湿度太大了，长的蘑菇不耐炒。"

"师父，你没去过，咋知道湿度大?"兴武不解地问道。

"嘿嘿，师父可不是你白叫的。你看，我给你的是灰菇菌种。你这蘑菇叶子发白，秆细，这就是湿度大的原因。"叶志群端着蘑菇耐心地给兴武讲解着如何控制室温、出菇期间要注意些什么。

"噢，师父，你厉害啊!"兴武更加佩服师父了。

从叶志群家出来，兴武没有直接回家，而是去了二马路。二马路算是二十世纪八九十年代秦北县城的商业中心。一街两行全是商铺，有批发烟酒副食的，有专营日用品的，有经营服装鞋帽的，还有摆摊卖铁锨、洋镐、拴狗铁链的。二马路从东到西，米面粮油、锅碗瓢盆、花鸟鱼虫，身上穿的、床上铺的、婚丧嫁娶需用的所有东西，一应俱全，凡是你想买的,在这儿都能买到。

兴武一路走,一路看,给母亲和玉芳各买了一条围巾。从店里出来,他想象着玉芳围上围巾好看的样子,心里想着要是这里有自己的一间店铺,那该多好啊!他要让玉芳像那个老板娘一样,整天坐在柜台里面,一边嗑瓜子一边卖货。嘿嘿,刚才那老板娘跟玉芳比可差远了,脸上抹得跟鬼一样,又白又胖,都看不见脖子了。

他又给二大买了一斤莫合烟丝,给父亲买了二斤旱烟叶子。他要让家里人一起分享自己第一次赚钱的喜悦。

回到家已经是上午十一点了,一家人都在等兴武吃饭。知道蘑菇终于卖钱了,一家人沉浸在和他一样的喜悦之中。

饭桌上是一盘萝卜、一盘咸菜、一盘白菜炒粉条,另一盘菜被碗扣着,还有母亲刚从锅里拾出来的热馍。兴武拿起馍就咬。

玉芳揭开扣着的碗,是一盘红萝卜丝炒蘑菇。

"你跟谁学的?"兴武问。

"二妈教的。你尝尝。"玉芳笑着说。

"嗯,自己种的就是香,耐嚼,比肉好吃。哈哈!"兴武夹了一筷子放在嘴里,"大,妈,赶紧吃!"

"胡说哩,还能比肉好吃?"父亲夹起菜塞进嘴里,"嗯——就是香!"

母亲也夹了一点儿,一边吃一边心疼地看着兴武冻裂了几道口子的手,硬是咽不下去那一口蘑菇,眼泪就下来了。

"妈,你咋哭了? 我挣钱了,你不高兴啊?"兴武放下碗。

"妈没哭,妈高兴,我小儿能行了,妈高兴……"母亲背过身用围裙擦了擦眼泪。

"死老婆子,哭啥哩,吃饭! 今晚我去菇房照看,兴武你今黑在屋里歇一晚。"父亲也知道,自从建菇房开始,兴武一直没在家里过过夜。

那是一个美妙的夜晚。皎洁的月儿挂在天空,所有的鸟儿都早早睡了,巷子里偶尔传来几声狗叫。

兴武从菇房回来时,玉芳烧了一大锅热水,给他洗头洗脚,给手上抹润肤油,细心地给他剪指甲。

"兴武,你想要男娃还是女娃?"玉芳一边低头剪指甲一边跟兴武拉话。

"女娃,女娃体贴人,跟你一样。"兴武其实也想要男娃,但是娃不生下来谁知道是男是女,他怕玉芳心里有压力。

"我想要儿子,大跟妈也想呢!"玉芳拉过兴武的另一只脚,继续给他剪指甲。

"男女都行。"兴武说。

"那你说我生个女娃咋办呀?"玉芳抬头问他。

兴武一把把玉芳拉到被窝里,邪笑着说:"那赶紧,叫我再加把劲儿,你给咱生个龙凤胎……"

"滚,滚,滚……"玉芳嗔笑着推开他,"不敢胡折腾,别连这个都弄没了……"

兴武真的累了,他躺在暖和的被窝里,呼呼地进入梦乡。

刚进入腊月,兴武的蘑菇已经卖了一千多块钱。在小桥车市上,他花一百块钱买了一辆二手的二八加重自行车,让电焊铺子给车子架上焊了两个铁钩搭,这样就不用每天绑笼了。骑着自己给家里置办的第一样家当,兴武心里充满了自豪感。他的心野着哩,他要买村里的第一辆摩托车,还要盖一砖到顶的楼房。自己和玉芳住到楼上,父母年龄大了,给一层盘个大炕,炕沿要贴上瓷砖……

院子里,兴武妈忙着收拾过年的白菜和萝卜,兴武大嘴里噙着烟袋锅,坐在墩子上吭哧吭哧把干树根劈成一截截柴火。

"大,菇房里有煤哩,费劲儿剁树根干啥?"兴武问。

兴武大没抬头,说:"你妈烧不惯煤,过年蒸馍要用这些硬柴哩。你菇房煤不多了,趁着路干,赶紧再拉些。"

"不用急,送煤的捎个话就来了。"兴武撑了车子帮父亲收拾柴火。

"干冬湿年,今年冬天一直没下雪,估计年上要下哩。"兴武大还是劝他早做准备。

大年三十的早上,天色昏黄,雪像盐粒子一样从天上飘洒下来。西北风带着哨声刮着,把雪粒和黄土一起吹起来,打着旋儿,又铺洒到柴堆上、沟岔里。树上几片叶子顽强地撑了一个冬天,现在也禁不住撕扯,早已飞得无踪无影。路上几乎没有行人,连鸡狗都冻得躲到背风处去了。

吃早饭前后,风小了,屋顶上、村道里、麦地里都成了白色。雪不但没停,还越来越大,鹅毛般的雪片密密实实地落着。盼望了一个冬天的农人,终于可以安安宁宁地过个年了。

吃完年夜饭,兴武放了几串鞭炮,就钻到菇房里了。他现在更有劲儿了,因为这场大雪,所有的菜都涨价了,他的蘑菇早上发到了一块五。房里这茬菇正赶到劲儿上,能卖个好价钱啊!室外温度低,得增加菇房的温度。兴武把炉火烧得很旺,封了炉门,钻到床上去了。漫天的雪花,灿烂的烟花,不时响起的鞭炮声,渐渐离兴武越来越远……

兴武被一声轰响惊醒了。房子里是呛人的尘土味,他一睁开眼,眼睛也被呛得直流泪。他没敢拉灯绳,用被子裹住身子冲出了房间。当站在院子雪地里的时候他才发现,两间菇房的屋顶已经塌陷下去了。

村委会的旧房子共有五间。中间三间是兴武的菇房,西边一间放着杂物,兴武住在最东边一间。当时建菇房的时候二大曾告诉他,这是五十年代的房子,木料都是当时从各家各户征收的,不是很结实。兴武当时只想着在这儿过渡一两年,所以只是做了简单的修缮。再说了,这些房子几十年了都没有啥事,咋可能说塌就塌呢?

火!火道!

兴武顾不上彻骨的寒冷,扔了被子,又冲进房子,从水瓮里拎了水跑出来,没命地泼向火道口的炉膛。顿时,一团团热气笼罩了菇房。

扑灭炉火的时候,兴武已经满头大汗,他几乎喘不过气了,嗓子火烧一般,口里冒着一团团白气。他光脚站在雪地里,刺骨的疼从脚底升起,严寒像刀子一样割着他的脚脖子。但在这时候,他什么都感觉不到了,只觉得一股股热血直往头顶冲。

啪啪啪,杨德义两口子被一阵急促的敲门声惊醒。

"二大,二大!开门,开门!菇房塌了!"兴武裹着被子在门外急促地喊着。

杨德义披了大氅打开门,一股寒气扑面而来。

"二大,菇房塌了,菇房塌了……"兴武几乎扑倒在二大的身上,嘴脸乌青,已经僵得说不出话,上下牙齿碰得咯咯咯响。

一出事,兴武第一个想到的是二大。父母年龄大了,玉芳身子重,他不敢回家,直接奔二大家来了。

德义两口子把兴武弄到炕上时,他全身冰凉,两腿僵硬,脚底下被冰碴子划出几道口子,只有鼻子冒着气。

兴武迷迷糊糊地躺在二大家炕上。菇房、火、雪、烟花、杨树、二大、自行车、新房子、玉芳,这些毫无联系的事物不停地在头脑里变换着。可怜的人儿啊,他还不知道在前面等他的有什么!

看见兴武脸上慢慢有了血色,杨德义吩咐老婆照看好兴武,自己拿了手电,找兴武大去了。

玉芳听见二大来了,也披衣起身,出来问:"二大,咋了?"

杨德义笑笑说:"娃你睡你的觉,我跟你大说个事。"

玉芳闭上房门,但没睡下,她扒着门悄悄地听。

"菇房塌了! 你跟我走,过去把兴文也叫起来。"二大低声说。

"啥? 兴武哩? 我娃咋样?"兴武大问。

"娃没事,在我家哩!"二大的声音几乎听不到。

"那赶紧……"杨德仁钩起棉鞋跟弟弟出去了。

听说菇房塌了,玉芳顾不上自己的身子,穿上衣服,拉开门就往出跑。

"二大,等等我! 兴武在——哎呀——"玉芳话还没问完,啪的一跤就摔倒在门外。

门前的斜坡本来就陡,又下了一天一夜的雪,这时候就是利索人也得小心地走,慢慢地下去。玉芳已经好几个月身孕了,身子已经不像从前了,她咋就这么着急呢!

世事就是这样,哪怕发生天大的事情,只要跟自己无关,人们该干啥的还干啥。

初一早上,是农村人拜本家长辈的时间。自家屋里的兄弟堂兄弟,围坐在年龄最长的家里,炒一桌子菜,喝酒,谝闲传。酒菜吃毕,再蘸着蒜汁吃饺子,议论起昨晚的春节晚会。突然有人"哎哟"一声,嘴不咬了,舌头从嘴里顶出一枚硬币。一家人都笑,其他兄弟都羡慕。

小的问:"哥,咋又是你吃住钱了?"

大的说:"哥饭量大,吃得多,机会多呀!"

这时,炒完菜捞完饺子给所有人舀完汤的主妇,端一小碗煮烂了的汤饺子,倚着灶房门偷偷地笑。吃到钱币的男人抬头看她笑,也会心地笑了。

谁要是吃到包在饺子里的硬币,就预示着来年的好运气。这运气该给家里的主心骨啊,他的好运就是一家人的好运。

兴武的大哥杨兴文借了村里的四轮车连夜把玉芳送到县医院,车上是杨德义两口子。大人没事,但孩子没保住。

玉芳用被子蒙着头,嘤嘤抽泣。

德义老婆在一旁一边抚摸着玉芳的手一边宽慰她:"娃呀,你想哭就大声哭一阵子,不敢憋着。谁一辈子没有个沟沟坎坎的,你跟兴武还都年轻着呢,我娃能怀一个就能再怀第二个。咱一家子都把你当亲女子看待哩,你可要想开哩!"

"二妈,我心里……憋得……很啊,蘑菇房……塌了,兴武……我又……给他添这么大的乱子……"玉芳还是紧抓被子捂着头,眼泪已经湿透了头发、床单。

"我娃不怕,只要咱人都好好的,以后照样能过上好日子。你跟兴武都是文化人,比你二大二妈能行得多哩,先把身体养好。你大你妈都上年纪了,你俩得撑住哩。我娃听话,想哭就哭出来。"德义老婆把玉芳揽在怀里。

玉芳趴在二妈怀里像孩子一样大声地哭起来,德义老婆轻轻地拍着她,用手给她梳理着长发。玉芳哭累了,在二妈的怀里睡着了。

杨德义安顿好医院的事情,见玉芳情绪稳定了,又和兴文急急火火赶回村里。

兴武一夜迷糊,一直烧到四十度。村医给兴武打完针,开了药,说:"没事,小伙子,烧得快也退得快。"

兴武妈按医生的叮嘱用热毛巾给兴武擦洗身子,不时地摸一摸他的额头,一直守到天亮,烧才慢慢退下去。

看到儿子睡安宁了,兴武大起身去了菇房。

村委会院子里雪厚,隐约能看见地上红色的炮仗皮。菇房塌了两间,胡基、瓦片散乱地堆了一地。炉道口结了厚厚的冰溜子,窗子上的塑料已经破得不成样子。菇台上的蘑菇已经冻成冰花了，掰都掰不动。一个铁桶孤零零地立在院子里，桶沿上结着冰，落着雪，也好像长在地上，提不起来了。这阵势，也只能等到雪化了才能收拾。

兴武大点了旱烟，裹紧棉袄，圪蹴在村头，一直望着大路的远处。

杨德仁共三个孩子，老大兴文，当兵回来在家务农。老二兴平，两口子前几年去了兰州，跟媳妇家哥哥在市场上卖菜，过年是最忙的时候，几乎就没回来过。办完兴武的婚事，他觉得自己一辈子的任务就算完了，以后慢慢还完账，老两口也就只等着给兴武看孩子了。看着兴武小两口过日子的劲头，看着蘑菇房一天天红火起来，他打心底里替娃高兴。谁能想到突然就来了这么大的事情，两个娃都病倒了，蘑菇房撂下那么个烂摊子，这以后的日子该有多艰难啊！

雪停了，但是没有日头，天色昏暗，到处白茫茫一片，路上走亲戚的人慢慢多了起来。

"叔，冷成这了，你蹲在这儿干啥哩？"走亲戚的人问。

"噢，没啥事，没啥事，出来转转……"来来往往都是熟人，兴武大见等不到德义和兴文，慢慢地向家里走去。

兴武醒来的时候，二大已经从县里回来了。他睁开眼，看见老弟兄两个正坐在炉子跟前抽烟，没人说话。炉子上两个大馍已经烤得焦黄。

"大，二大，几点了？"兴武一起身，就感到天旋地转。

"快五点，半后晌了。现在感觉咋样？"二大过来扶住他。

"兴武，我娃醒来了，饿了吧？先吃点儿干馍。"兴武妈从外面进来，"屋里有昨晚包好的饺子，妈给你煮去。"

"玉芳呢？"兴武问。他突然想起，今天要和玉芳回娘家哩。

三个大人面面相觑，不知道该说啥。兴武大先开口："菇房出了这事，你又发了一夜烧，玉芳自个儿先走娘家了。她说想多待几天，让你先把菇房的事弄好，过几天就回来。"这是兴武大想了一天编的谎，他想等兴武好了再告诉他玉芳的事情。

兴武看见母亲把脸扭到一边不说话,心中就起了疑惑。他拉住母亲的手问:"妈,玉芳哩?"

兴武妈眼泪就下来了,她知道啥都瞒不住兴武,但又不敢说,只是一个劲儿地流泪。她心里疼,疼儿子,疼玉芳,疼自己还没到世上就夭折的孙子。她昨晚上跪在地上求老天爷保佑玉芳,保佑她的孙子,求老天爷让兴武赶紧好起来。哪怕咱不种蘑菇哩,只要一家人都平平安安、没灾没难。她想着自己一辈子没过过好日子,整天盼着娃们都能把日子过成。她嘴里骂兴平白眼狼,心里却盼着年上他们一家几口子突然就回来了。她埋怨自己没有女儿,平时有啥心里话也没人能说。她憋得难受的时候,就趴在老娘的坟头哭一阵子。老天可怜她,给她送来了玉芳这么一个乖巧聪明的儿媳妇,她真的觉得自己有女儿了,娃却受了罪。

见母亲只是哭,兴武又追着问二大。二大被兴武逼问得没办法,就如实说了。

"不行,我要去县里,我要去照顾玉芳!"兴武掀开被子就要下炕。

二大起了高声:"你咋呀!给你说了玉芳人没事,你还要去!路滑成啥了,你再有个闪失咋办?你得是想要你大你妈的老命哩?你都没问一下,这几个人从昨晚到现在谁合过眼?"

"二大……"

"行了,啥都别说了,你娃好好待到屋里。嫂子,收拾给娃下饺子,先吃饭。"杨德义当了一辈子村干部,他遇事头脑是非常清楚的,"明天让人给你丈人家捎个话,如实把情况告诉人家。俩娃都好好的,怕个啥!"

看着兴武吃完饺子,父母都回去了。二大上炕在兴武脚头睡了。

兴武躺在炕上,头疼,睡不着。他信二大说的话,但还是想着玉芳,不知道她现在到底咋样了。只要玉芳好好的,菇房的事以后再说吧。

家人还是拧不过兴武,他第二天一早就骑车子赶到县医院。玉芳见了兴武,又少不了一阵子哭。想了一晚上,兴武思想上也通了。他对玉芳说,菇房虽然塌了,种蘑菇的人还在哩,菌种多得是,还怕长不出小蘑菇?玉芳捶着兴武的腔子,破涕而笑。

阴历初五,阳坡的雪都化了。杨家人全部上阵,把菇房收拾清理了一遍,塌了的房顶也让泥瓦匠重新收拾好了。兴武的菇房恢复了往日的温暖,一撮撮小蘑菇又从菇台里冒了出来。

在以后的两年时间里,除了侍弄村委会的菇房,兴武又给自家院子里搭了菇房,每天照例去菜市发菇。跟以前不一样的是,自行车换成了三轮车。村子里有年轻人也跟着他学种菇,兴武来者不拒,悉心教授。兴武大说:"娃呀,猫给老虎教本事还留一手上树的绝活哩,你咋啥都给人教了?"

兴武笑着答:"咱现在菇房规模大了,需要人手多,这些都是白干活的劳力呢!都是一块儿耍大的,总不能咱吃肉光叫他们啃冷馍!再说了,本事在我身上长着呢,他们学会了,我也没少啥呀!"

二大在一旁给大哥添上茶说:"哥,你光喝茶,不要管娃的事。咱都老了,该这些年轻人英武了。我看兴武说得对,他是要给咱村改名字哩!"

杨德仁不知道他这弟弟打的啥谜:"咱这杨家井村都叫了多少辈了,他娃能给改个啥?"

"改成蘑菇村。哈哈哈……"二大开怀大笑,兴武大也笑了,笑声飞出了小院,把椿树梢上的两只喜鹊也惊得没影了。

跟兴武要好的几个小伙子也加入种菇的行列,他们棚小产量少,不愿每天去县里发菇,每斤给兴武抽点儿钱,让他用三轮车捎去批发。

后来有县里的菜贩子开车来村里拉菇,他们开始不知道路,会问当地人:"你们这儿种蘑菇的村子在哪儿?"或者问:"杨兴武村是哪个?"

村子名字倒是没改,但蘑菇竟然让城里的人都知道了杨家井村,知道了杨家井村有个种蘑菇的杨兴武。兴武大不得不佩服当干部的弟弟了。

村委会围墙外面有一块黑板,这黑板平时写一些大政方针、防火防病知识。有一天,黑板上出了整整一版内容,题目是:《好青年——杨兴武》。德仁老汉认不了几个字,但这题目的字他都认得。他不光认得,还教老婆子也认得了。这一期黑板报已经印在了他们心上,怕是要带到棺材里去了。

两年之后,还有一件让老人更高兴的事,玉芳给家里添了孙子。兴武让二大给取名字。二大说:"蘑菇是菌,你大哥娃叫杨军伟,'军''菌'同音,娃就叫杨军飞,希望兴武的事业腾飞,也希望孩子将来成为干大事的人。"

兴武大自己却给娃取了个小名,叫臭狗。玉芳嫌"臭狗"难听,从来都不叫。兴武大却说:"娃小的时候要叫哩,这名字阎王的生死簿上寻不见,我要我孙子美美地长哩。"过去由于医学不发达,婴幼儿夭折的多,人们只当是阎王爷把娃从生死簿上划了。有钱人家就给娃脖子上拴银锁子、戴银项圈,没钱的给娃脖子上拴红绳戴铜钱,给娃取了大名,再取个难听的小名,什么黑狗、狗蛋、猫娃、三怪等。这些难听的小名一直叫到孩子过了十三岁,把那些东西从脖子上去掉,再叫娃的大名。

杨家井村属于东田乡,全村共有十三个村小组、两千多口人,可耕地五千多亩。村子处在东方红灌区上游,灌区干渠自西向东从村子横贯而过,斗渠自北向南依次排开,小渠毛渠像毛细血管一样伸到了田间地头。村子北部和南部各开挖了一条排碱沟。天旱的时候,灌区把渭河水引到地头;多雨的时候,积水顺着排碱沟又排回到渭河去。杨家井村确实是一个旱涝保收的好地方啊!

二大对兴武讲,人民公社时,他这个支书牛得很,每年公粮都是交得最快的,别的队里一个劳动日才几分钱,杨家井大队一个劳动日最多的时候算了五毛九。他问兴武:"你知道咱大队这一队、二队、三队……十三个队是咋来的不?"兴武笑着摇头说:"光知道咱家在一队。"二大自豪地说:"那一年,我按照完成大队里任务的情况给各生产队排了顺序,完成最好的排第一,不好的排最后,这一排队,大队里的每个自然村都成了第某小队了。"

兴武这才知道为啥村里每个村民小组都有两个称呼:一组是杨家井,二组是李家井,三组叫南胡,四组叫北胡……

二大咂着旱烟说:"地再好有啥用,现在粮食卖不上价了,农民还得过苦日子。兴武,你们年轻人有知识,头脑活,以后就靠你们弄事咗活了。"

兴武说:"二大,还是那句话,辕要你驾哩,拉车我们有的是劲儿!"

看着杨家井村人因为蘑菇发家致富,周围村子一哄儿都搭菇房种蘑菇了。菜市上蘑菇越来越多,菜贩子们开始挑肥拣瘦一个劲儿压价了。

兴武的菇品种好,菇形、颜色都没得挑,但还是一样批发不动。以前七点前就发完了,现在快八点了还剩半车。昨天剩的拉回去分给了半村人,今天总不能再拉回去让人吃蘑菇吧?没办法,兴武拉了蘑菇沿路回来走村串户卖,卖不上价不说,半车蘑菇一直到响午还没卖完。

回到家桌子上摆的炒蘑菇,烩菜里面也有蘑菇,兴武头大得跟斗一样。他牙嚼嘴不咽地吃完饭,走到菇房把火停了,把门帘子、窗帘子揭开搭起来,不让蘑菇长了。

菇房熄火以后，兴武一直在四处盯着新的营生。叶志群老汉告诉他，山东有人开始种大棚菜了。传统的蔬菜时令性强，出产周期短，不耐储藏，冬季市场上除了土豆、萝卜、白菜，基本没有新鲜蔬菜。大棚菜不受气候影响，价格比时令蔬菜贵好多。

兴武对种植大棚蔬菜产生了浓厚的兴趣。不过有了种菇的经历，兴武对种菜这事考虑得更慎重了。拆掉菇房里的架子和火道，打扫完房里房外，兴武坐在村委会院子里，汗水、尘灰和成泥水流淌在脸上、身上、腿上。

他现在心里很明白，自己已经是农民了，这一辈子可能都要和土地打交道，但他不甘心像这黄土地上祖祖辈辈的农民那样靠天吃饭。种蘑菇的经历虽然是个不太成功的开始，但让他尝到了技术种植的甜头。

大棚菜，这个新兴的事物正强烈地撞击着兴武的头脑和心房。他想象着以前只能种玉米、麦子、棉花的土地被改造成一行行整齐的地垄，想象着地垄上一架架的黄瓜，地畦里绿油油的芹菜，泪水不禁在眼眶里打转转。虽然不知道迎接自己的会是什么样的结果，但是他感觉到要做的是一项很大的事业，一个改变千百年来农民命运的事业，他要改变杨家井村农民靠苦力种地的历史，他要让知识和技术融入黄土地里，他要赋予"农民"这个字眼新的意义。

在这一瞬间，他突然明白了父亲说过的话，靠自己的本事吃饭不就是一件干干净净的事吗？想到这儿，他低头看看身上、腿上，一道道的汗水竟然成了一幅流动的画。他感谢父母、二大、玉芳对自己的支持，感谢师父叶志群悉心的指导，感谢村子里和他搭伙种菇、发菇的伙伴们，更感谢这片厚厚的黄土地。这些人影生动地在眼前跳跃，这母亲一般沉默的土地正伸开臂膀把他揽入怀中，他心中涌出前所未有的温暖和幸福。

杨东明

杨东明在市场上批发蘑菇的时候,认识了菜贩子陈大匡。

一天,陈大匡神秘地对东明说:"兄弟,哥看你这人实诚,又有闯劲儿,有一桩好生意你想弄不?"

东明说:"哥你说,啥生意?"

"走,咱哥儿俩边喝边聊。"说着,陈大匡把东明拉到市场旁的牛肉馆子,要了两个凉菜、一瓶红尖庄酒、两份牛肉泡馍。

呷了口酒,陈大匡拉开了话匣子:"兄弟,哥这贩菜生意勉强能糊个口;你种菇以前还行,现在人多手稠也没啥利润。我表哥在南方开造纸厂,需要大量的原材料,想让我供原材料。"

东明停下筷子问:"你是想让我给你弄麦秸?那不是个啥事,咱关中道里麦秸多得是。"

"看看看,你落后了吧!麦秸马上就要被淘汰了,污染太大,南方早都不用麦秸造纸了,人家用木材,木材卫生、环保、出纸量大。"陈大匡鄙夷地说。

"咱关中道里一马平川,没山没沟更不要说木材了。"东明被弄糊涂了。

菜贩子用筷子头敲着碟子问:"没山没沟对着哩,有地没有?地上长树不?"

东明说:"我们村的地都是种粮呢,谁种树呀?种树也是在浇不了水的渠边路边种。再说了,种树哪有种粮食效益好啊。"

"嘿嘿,愣娃,脑子就是不开窍。我说的是速生杨,这树有个特点,见水就疯长,是专门用来造纸的,两年就可以伐了卖钱,比粮食效益好得多。来,喝着。"菜贩子端起酒杯,吱的一声又一杯酒下肚了。

东明跟着喝了一杯:"哥,我家也不过六七亩地,能种多一点儿树嘛。都种了树,吃啥呀?"

"靠你那几亩地都不够给纸厂塞牙缝!你的任务不是种树,是要宣传速生杨,让大家都种树。一棵成树五十块,一亩地两年收入上万元。到收树的时候哥只认你一个人,每棵树给你抽些钱,你就发了。"菜贩子的眼里充满了信任和期望。

凉菜吃得差不多了,一瓶酒也几乎见底。东明本来就不胜酒力,这时候已经晕晕乎乎:"哥你既然这么信任我,我回去就宣传。"

杨东明动员村里人腾出地来栽树,又找到村支书杨德义,要租下村上的三十亩承包地。

杨德义问东明:"你说的这事可靠?"

"叔,可靠得很,人家贴钱给咱树苗子。本来一株树苗十块,现在只收五块钱。再说了,我还能糊弄自己人?"东明拍着胸脯说。

杨德义噙着烟袋锅想了半天:"这事这么好,乡上也没见个文件?"

东明说:"人家不通过乡上是为了少被扒一层皮,把利润全给种植户,企业跟各家各户直接签合同哩。"说着,他拿出了轩蝴造纸企业的合同。合同外面是硬皮精装,封面上印着"速生杨种植合同"几个黑体字,图片背景是企业的鸟瞰图,右下角印着一溜绿茵茵的速生杨,封底是联系电话、厂址。里面 A4 纸打印着详细的合同内容,下面盖着大红色印章。

"你先打一下这厂里的电话问一下。"杨德义还是不放心。

"我打过了,正规企业,没问题!"东明在县城已经拨过这电话了,电话那边是温柔的女声,带着南方口音的普通话,详细介绍了速生杨种植合同的细节。

"你娃可瞅准了,你动员了全村近百亩地了,这不是个小事。"杨德义被这正规合同镇住了。

"叔,看你说的,这事比兴武大棚菜那事省事得多。树栽到地里不用管,两年后伐了直接变现。我一说起这事情,北胡村、南胡村还有咱邻乡几个村子的人主动寻我要种哩,第一批树苗子根本不够。鼻子离嘴近呀,这不,我先想着咱村人哩。"

东明的话还是没有完全打消杨德义的疑虑。老支书磕了磕烟袋锅,把烟布袋往烟杆上一缠,对东明说:"行,承包地给你,不过两年的承包款你得先交到村上。我建议你先不要扑腾得太大,等树卖了钱再让村里人种。就这,我还要去兴武地里看一下。"

杨东明拿下承包地,心里无比兴奋:"还是德义叔见多识广,思想开放,不是您老人家,我们这些年轻人哪能干出大事呢!"

"娃,出水才看两腿泥哩,等树卖钱了再说。"杨德义背着手朝兴武地里去了。

在东明的号召下,杨家井村十几户人签了合同,附近几个村也有几十户人签了合同。东明又依葫芦画瓢拿下了西田乡两个村的承包地,光自己的种植面积就有近百亩,加上散户的共四百多亩地都栽上了速生杨。

杨德义到地里的时候,杨兴武正在做大棚菜的基础工作,打墙、栽杆子。聊起东明的事情,兴武感慨于东明的魄力和机遇,但他对速生杨并不感兴趣,总觉得这事情受人掣肘,树长大了能卖那么多钱吗?如果姓陈的菜贩子不来收树咋办?两年以后造纸企业倒闭了咋办?

他不敢继续往下想了。他想着忙完这几天,好好把自己的想法和东明说说。

他忙,东明更忙,俩人好多天没见上面。兴武再去找的时候,东明正雇人在地里栽树。路边停着一辆黑色桑塔纳,几个身着西装的人正和东明指指点点说着什么,姓陈的菜贩子也在其中。他没有走近,远远招呼道:"东明,你过来一下。"

"噢,兴武,来来来,我给你介绍几位贵客。"杨东明招呼道。其他人看见他,脸上都堆满了笑容。

杨兴武没办法拒绝,只好走到跟前。

"高总,这是我们村的能人杨兴武,我前几年跟他学的种蘑菇,要不是跟他批发蘑菇,我还认不得陈大哥呢。"杨东明给那几个人介绍着。

"兴武啊!好长时间没见兄弟你了,不批发蘑菇了也没说来看看哥哥。来来来,这是高总,这是王秘书。"姓陈的菜贩子先伸手过来握住兴武的手,另外两个人也伸出手来。

兴武不习惯握手,笑着说:"陈大哥把事情弄洋火了,穿着西服我都没认出来。哎呀,我手脏得很,免了免了。"

高总操着南方口音说:"你就是杨兴武呀?听陈哥说过,年轻人敢闯敢拼,有魄力啊!"

"不敢不敢,我是屎巴牛掀粪球——小打小闹,哪能跟您这企业家相比呀!"兴武有些窘迫。

"屎——巴——牛?"高总不解。

"哦,高总,兴武是说他干的事小,比不上您。"东明在一旁赔着笑脸。

兴武见没法跟东明单独交谈,就说:"那一会儿请高总和陈哥到家里坐坐,吃顿饭。"

东明摆着手说:"不用不用,我还要陪高总去西田那边看看,他晚上要回县城,明天一早回江城呢。"

陈大匡说:"对对对,时间不早了,咱到西田去看看吧。"说着,拉开车门。

"哦,东明,那你把客人陪好,我就不打搅了。你哪天有空到棚里来谝谝。"兴武说。

随着嘭嘭的关门声,杨兴武眼巴巴地望着桑塔纳绝尘而去。他回头看了看地里栽着指头粗细的速生杨,心想:也许人家东明有这发财的命哩。

大棚里栽完秋黄瓜苗,兴武又抽空去了趟东明家。

东明排行老大,一结婚家里就把他分出来单过了。庄基是新批的,在村子最北边,只住了两三户人。

门虚掩着,兴武在门外喊了一声:"东明在不?"

汪汪汪,大黑狗从门边冲出来,哐啷啷一阵铁链子声,又把狗拽回去了。

"哎呀,几天不见,你狗东西不认人了!"兴武瞪了黑狗一眼,狗的眼神马上温和起来,吐着舌头摇着尾巴绕着绳桩转圈圈。

"打死你,再咬!"小芹从屋里迎出来,一边训斥狗一边招呼,"兴武哥来了,进来坐。"

"东明哩?"兴武问。

"谁知道他跑到哪儿去了,好几天都没着家。"小芹一脸怨气,"你寻他有事?"

兴武本想和东明好好说一说速生杨的事,看来今天又黄了。他对小芹说:"没啥事,最近没见他,想谝一谝,他不在我就不停了。"

说话的工夫,小芹已经把凳子拉到院子里了:"哥,你坐,我想问你个话。"

兴武站在门口没进去,黑狗在他腿边蹭来转去,他用手摩挲着狗的脖子说:"你坐,我不坐,你问。"

小芹一屁股坐在凳子上,嘤嘤地哭起来。小芹一哭,兴武慌了,他不知道该走还是该留下。

李小芹是村东头饲养室李栓娃的女儿。李栓娃从河南逃荒过来,因为能务牲口,在杨家井村落了脚,老伴早早不在了,父女俩相依为命。兴武和东明小时候一起耍,小芹像小尾巴一样总跟在他俩后头,曾经从饲养室偷偷拿了喂牲口的油渣饼子给他们吃,被李栓娃大骂了一顿,饿了她整整一天。小芹念完小学李栓娃就病倒了,她做饭烧水、洗洗涮涮、端屎端尿,一直伺候了七八年。李栓娃死的时候,小芹已经出落成大姑娘了,她暗暗地喜欢一个人,但是从来没有说出口。兴武上高中的时候,每个周末回来总能看到小芹帮着自己父母干活。兴武妈过意不去,劝小芹不用再来帮忙,但这女子就是不听,搭了盆里洗好的衣服,又拾起笤帚唰唰地扫地。两个老人啥世事没经过,哪能看不出小芹的心思——每次兴武进门的时候她就兴奋得像个孩子——嗨,本来就是个孩子。

兴武知道小芹对他好,对家人也好,但是感情这东西没法强求,在他心里,小芹一直就是那个跟在他和东明后面的小丫头辫辫,一个总是睁大眼睛问这问那的小妹妹。高中毕业后,有一次他偷偷跑去找玉芳,感觉有一双眼睛一直跟着他,他知道是谁,但没有戳破。他也知道,东明或许比他更能照顾好这个小妹。

从那次以后小芹很少到兴武家去了,她看见心爱的人和另外一个女子有说不完的话,心里也知道那个人已经不能属于自己了。更何况玉芳长得高挑漂亮,又是高中毕业生,自己算什么,小学都没毕业,整天不是在锅灶上就是在地里。小芹窝在家里哭了好几天，她心里苦，苦的是自己从小没有了妈，父亲也早早撒手而去，每天盼着的人却心有所属。但她认命了，于是很快接受了东明的表白，她不再奢望能和兴武生活在一起，但她不想嫁得太远，这里有养育自己的土地，有她熟悉的一草一木，哪怕只是看一眼那个人，她都会重新燃起生活下去的希望。

小芹的婚事是老支书杨德义两口子说成的，其实就是搭个媒而已，小芹孤身一人，只要自己愿意，这事就算定了。小芹和东明结婚那天，兴武很高兴，小芹终于有了自己的家，兴武心里也少了一分别扭。他喝了许多酒，对东明说了好多话，东明说："兴武，不用你说，小芹是我老婆，我知道该咋做。你赶紧想办法把玉芳娶回来。"

想起往事，兴武笑了。

小芹抹了把眼泪说："哥，你还笑哩，我快担心死了。东明这一回是涝池泡馍——大扑腾，他把家里的钱全包地栽树了，又从信用社贷了钱、借了别人好多账，还让人入啥股份。"

"借钱的事我知道，他说种树的事十拿九稳挣钱，你怕啥？入股的事我还不知道。"种树能不能挣钱，兴武其实心里一直犯嘀咕。

"上次来的那个啥经理让他动员大家入股份哩，说是一千元一股，一股一年能分红二百块钱。公司给他配了个旧摩托车，最近跑着让别人入股哩，根本就不着家。兴武哥，他自个儿弄烂了我不怕，啥苦日子我都能过，但这回牵涉村里好多户哩，还有西田乡他的许多亲戚，要是事情塌火了，让我们咋在村子里待呀？我这几天心慌得很，你得赶紧劝劝他呀！"小芹说出了自己的担心。

兴武没想到，他在棚里钻的这段时间，东明竟然把事情越弄越大了。他点头说："噢，噢，东明不在，我先走了。"

小芹和东明结婚早,但一直没有孩子。以前种蘑菇的时候,两口子还热热火火的,现在弄了速生杨,东明在外面晃荡,小芹整天一个人在家提心吊胆。自从小芹嫁给东明以后,兴武最怕三个人碰到一起,两个男人好像心里隔了厚厚一堵墙,尴尬得没有一句话,小芹也不像以前那样叽叽喳喳,他们仨再也找不回儿时的那份快乐。现在,他更不敢和小芹单独说话,他总觉得自己欠小芹的,到底欠什么他也说不清。但看到小芹担心的样子,兴武也非常焦急,想到东明那天在承包地时的意气风发,不知道后面见了该不该对他说自己的看法,说了东明又会不会听呢?唉,不管了,二大说过,"车有车路,马有马路,鸡不尿尿有出路"。自己种自己的菜,东明弄他的速生杨,说不定东明还要早早发财致富呢。小芹毕竟跟自己不沾亲带故,说了还可能影响人家两口子的感情呢!刚想到这儿,小芹那双泪眼又浮现在眼前,兴武脑子乱哄哄地进了大棚。

　　进入冬月,农人就到了闲暇时节。男人们围在村头商店门口抽烟下棋,女人们抱着针线活,东家长西家短地闲唠。

　　嘟嘟嗒嗒……一阵震得人心发慌的摩托声由远而近,停在村口。骑摩托的人穿着黑皮大衣、灯芯绒裤子、黑皮鞋,戴着一副大墨镜,梳着大背头,摩丝把头发打得油亮。

　　"哎呀,这谁呀?你这是啥摩托,声音比拖拉机都大,赶紧灭了,把人能聒死!"村里人喊。

　　"叔,你还没老哩,眼花得就认不得人了?"年轻人灭了摩托车的火,摘下墨镜,从口袋里掏出一包"阿诗玛"香烟,给村人每人甩了一根,自己也点上一根。

　　"哎呀,这不是东明吗?笨狗扎上狼狗势咧!"

　　"哈哈哈……"

有人喊道:"东明妈,你儿回来给你送钱了!"

东明妈和几个妇女一边纳鞋底一边拉家常,听后朝村人撇了一句:"送纸钱来了。"又对东明说,"东明,你这么长时间跑到哪儿去了?再不回来这村里怕连你的脚印子都没了。在这儿咋呼啥哩,赶紧回去!"

"妈,这么多人你咋还骂我哩?"东明说。

东明妈说:"赶紧往回走,骂你是轻的,再不回看我拿锥子针戳你!"

几个孩子在旁边唱起了儿歌:"花喜鹊,尾巴长,娶了媳妇忘了娘,把娘推到锅沿上,把媳妇放到热炕上,吱儿吱儿喝米汤……"

听到孩子们唱儿歌,众人又是一阵哄笑。东明有点儿尴尬,他假装生气,发动摩托狠狠加了把油,把几个孩子吓得四散而逃,摩托车一溜烟奔家里去了。东明妈不知道儿子干的是多大的事,但儿子如今的派头和神气确实像是干了大事的样子。话又说回来,你再有本事也是我儿子,也得听我的话。想到这儿,东明妈心里笑了。

大黑狗老远都听见摩托的声了,它围着绳桩不停地转,吐着舌头,看一看门外,又转回来看一看女主人。小芹好像什么也没听见,埋头在缝纫机上做活。黑狗见女主人不搭理它,就不断发出呜呜声,它想提醒主人,你不是天天盼着东明回来吗?人都快到家了,你咋就没有一点儿反应呢?

摩托声越来越近,但突然停下了,好像就在村口那儿。大黑狗转得也越来越急,它开腔再次提醒仿佛聋了的主人,小芹却狠狠瞪了它一眼:"少吱吱!"又埋头做活。看见主人生气的样子,大黑狗弄不明白了,它不知道主人是生它的气还是生东明的气,但还是听话地卧到窝里,不敢再吱声。你俩的事我不管了,爱咋咋。虽然卧下了,但两只耳朵一直支棱着:咦,这摩托咋还不回来呢? 唉,这只爱操心的狗!

嘟嘟嗒嗒……摩托车终于停到院子里了。黑狗从窝里一下子蹿出来,仰着头冲东明笑着摇尾巴。东明下了车手指一弹,烟蒂飞到黑狗跟前,算是给这个忠实的家伙打了个招呼。

"芹!"东明的声音听得黑狗浑身毛都乍起来了,小芹还是没抬头,缝纫机嗒嗒嗒嗒响得更快了。

"哎呀,几天没回来,屋里咋多了个哑巴?"东明站在小芹旁边,好奇地来回盯小芹的脸,"咦,这哑巴长得漂亮得很呀!"

小芹低着头不说话,继续做活,但踏缝纫机的节奏明显乱了。

"哎,哑巴,我媳妇呢?"东明继续装腔作怪,佯装在屋里寻找。

"滚!"小芹终于憋不住了,"还知道回家? 你连黑狗都不如,它每天还知道给我汪汪几声哩,你跑得连影儿也没有。"

"哎呀,这哑巴还会说话,哈哈哈……这不是忙嘛! 我也想天天回来睡热炕哩,现在是事务缠身不由人呀。芹,你看这是啥。"东明从摩托车后兜里拿出一个大纸包。

"啥? 呀! 你哪来这么多钱?"小芹惊问道。

东明说:"这是给入股户的第一批分红,不全是咱家的。等完成了下一批任务咱就发了!"

"咋还有任务啊?"小芹起身,一边往灶上走一边说。

"再拉一百股,一股给我抽五十。"东明脱了皮大衣,帮着小芹往锅里添水。

"上回不是都拉了几十股了,咋还要拉?"小芹挽起袖子和面,东明最爱吃她擀的长面。

"你只管给咱擀面,业务上的事不用你操心。"东明拉着风箱,一边添柴一边笑着说。

"哎哎哎,你添那么多柴干啥,小心把炕烧着了!"小芹喊他。灶火连着炕洞,做饭的时候,灶火的热气就顺着烟道进了炕洞,饭做好了,炕也就烧热了。

东明嬉笑着说:"炕热了暖和……"

小芹脸红了,拿起手里正搅锅的勺子在东明眼前掂了掂道:"好好烧锅!"

冬天日头短,天早早就黑了。

这个晚上,黑狗停一会儿就得支棱起耳朵,它听到东明牛一样的喘息,女主人好像在哭、在咬、在抽泣,忽然所有声音都没了。它实在搞不明白,女主人明知道东明回来了却不搭理,还把它训了一顿,让东明滚,转眼的工夫又是擀面又是铺炕,对东明百般地好,晚上却又弄出这让人心里发毛的声响。唉,人这东西比狗复杂多了。

黑黑的夜,一个星星也看不见。过了好长时间,屋里低声说话。

"东明,咱抱个女娃吧。妈说咱村有好几家都是这样,几年不生养,抱养个娃不长时间就怀上了。"

"嗯。"

"嗯是行还是不行?"

"嗯,你跟妈商量……"

"妈这么说的,我就问你同意不。哎哎,你咋又睡着了?"小芹见东明睡了,她不再言语,静静地伏在他的胸膛上,想象着要抱养一个什么样的女孩,她要给孩子做各种衣服,夏天做花裙子,把孩子打扮成村里最漂亮的姑娘。

兴武从菜棚回家,玉芳正抱着儿子臭狗认墙上的图画。他抱着母子俩一通乱亲,玉芳被胳肢得不停地笑,臭狗被搂得透不过气,用胖嘟嘟的小手在兴武脸上胡乱抓。

玉芳把孩子塞给兴武,开始织毛衣。兴武问玉芳:"东明下午回来了?"

"回来了,穿得时髦很,头发油光锃亮,栽倒蝇子滑倒虱。咋?你少管人家的事。"玉芳说。

"你说的啥话呀,我就是觉得速生杨的事不靠谱,现在又动员村里人入股,害怕他跟头栽得重了。"

"栽得重了跟你又有啥关系?你入股了?还是放心不下小芹?"玉芳瞥了兴武一眼。

兴武有点儿生气:"你胡扯啥哩!谁入股了?都是一块儿耍大的,提个醒又咋了?醋葫芦!"

玉芳放下针线:"你说谁醋葫芦哩?小芹每次见了你比见了东明都亲,你俩是沾亲呢还是带故呢?咋不言传了,说到你心上了吧?"

"唉,你个麻糜子,不跟你说了。"兴武抱着娃就往门外走。

"不跟我说了,你是想跟小芹说去呀?小心东明放狗咬你!"

玉芳结婚后听到村里一些长舌头婆娘说小芹以前的事,她不让兴武管东明的事,是不想让兴武跟小芹再有任何瓜葛。女人在感情上眼里揉不得半点儿沙子,即使是玉芳这样的文化人,也不愿别人说自己男人跟别的女人如何如何。

兴武不想和玉芳争论下去了,每次说到东明的事上,她总是能很顺溜地把谈论的主题扯到他跟小芹身上。他把臭狗举得老高,对娃说:"狗狗呀,你长大了一定要记住,别跟女人讲理,咱男人永远讲不过女人。"

玉芳也觉得自己刚才有点儿过了,但嘴上仍不松劲儿:"少给娃胡说,再胡咧咧把你俩都关到门外边。"

第二天早上,玉芳早早去学校了。兴武去了村北头,心里憋了好久,该跟东明聊一聊,他听不听是他的事,但自己不说不行。再说了,他答应过小芹劝劝东明的。

小芹家大门紧闭着,邻居胜娃家的门半掩着。兴武在村道边上站了一会儿,正犹豫着敲不敲门,路边茅厕矮墙里突然就冒出个头来。

"哎哟,兴武你这么早跑到庄北得是找小芹来了?"胜娃媳妇头发蓬得像母鸡窝,头上斜插着一把梳子。她一边提裤子一边臊兴武,一句话把兴武弄得不知道该咋搭腔。

"哦,我……嫂子你起来早噢,我寻东明说句话。"

"啧啧啧,我还当你寻小芹哩。"说着话,胜娃媳妇已经出了茅厕,"东明两口子估计一时半会儿起不来,俩人昨晚折腾了半晚上,你还是吃了早饭再来吧!"

"嫂子,你啥都好,就是一样不好。"兴武笑着说。

"哪一样不好?"胜娃媳妇取下梳子开始捋饬一头的乱麻。

"耳朵梢子太长了……"兴武故意逗她,"跟胜娃哥养的骡子一样。"

"哎——兴武你得是皮松了,敢拐弯骂人,小心你哥拿鞭子抽你!"胜娃媳妇依然笑着骂兴武。

兴武见小芹家没有动静,就说:"嫂子,东明起来了让他到菜棚找我,我不等了。"

"行,你去,他俩起来了我给招呼一声。哎哎哎,黄瓜下来了让嫂子尝一尝鲜。"胜娃媳妇答应着。

"没问题,到时候你自己来挑。"兴武转身去菜棚了。

吃完早饭,胜娃媳妇把兴武的话给东明捎到了,临出门时,她又低声对东明说了句:"兄弟,不敢在外面胡浪逛了,要把自家门看好。"东明看了看正忙着刷锅的小芹,没说话。

嘟嘟嗒嗒……东明把摩托停在兴武菜棚外面,点了根烟。

兴武听见车响,掀开帘子从棚里出来:"东明来了。"

东明没看他,依然抽烟。

"哎,咋不说话?"兴武看出东明不太高兴。

"你找我咋了?"东明问。

"我想跟你说说速生杨的事。你看,这八字还没一撇呢,村里这么多人都把钱投进去了……"

东明说:"咋没见一撇? 第一批红利都分下来了,有啥不稳当?"

兴武说:"我总觉得……"

东明不耐烦地说:"我的事你不用操心,我家的事情你更不用操心! 就这,我忙着哩!"说完跨上摩托走了。兴武一头雾水,站在那儿半天没动。他细细回想东明刚才的话,看来自己真是咸吃萝卜淡操心。

离开兴武的大棚,杨东明揣着钱给入股户送去红利,又动员大家继续入股。拿到红利的人夸东明头脑灵活,带着大家一起发家致富,没有参股的人也谋划着投钱入股。

东明说:"传统农业经营模式已经落伍了。参股分红,简单说就是用钱生钱,这是最好的盈利模式。谁能早走出这一步,谁就能早早得利,早早受益!"

速生杨入股分红的消息像长了翅膀一样,迅速在杨家井村传开了,周围村子的人也都打听怎样入股。"杨东明"这个名字越来越响亮,几乎要盖过前几年种蘑菇的杨兴武了。

杨东明带着新一批股金见到陈大匡的时候,陈大匡正坐在菜市场东北角二楼市场管理部简单改造过的小办公室里,办公室门口挂着"轩蝴纸业西北分公司"的铜字招牌。

陈大匡从十万元里抽出五千元交给东明说:"年轻人,有魄力,有干劲儿!"

杨东明把钱推给陈大匡说:"这些钱,算我入的新股金。"

"哎呀,兄弟,我真的没看错人啊!总公司已经任命你为轩蝴纸业西北区销售经理,这不,名片都印好了。"陈大匡递过来一盒烫金名片,"以后你就坐在哥对面办公,咱们还要继续扩大公司影响,争取更多的人入股。"

东明万万没有想到,自己也有了像高总一样的名片,有了自己的办公桌。看着名片上的"杨东明 销售经理"几个字,他有一种破茧化蝶的美妙感觉。

杨兴武的大棚黄瓜和韭菜上市了。批发完菜,兴武割了些大肉回家,玉芳从学校放学回来,一家人围着火炉包饺子。饺子出锅,兴武妈给大家盛了,又悄悄端了一碗往庄北去了。看见母亲出去,杨兴武偷笑了一下,玉芳狠狠剜了兴武一眼说:"笑啥哩?饺子噎不死你!"

小芹家的门掩着,黑狗卧在窝口,头耷拉着贴在地上,浑身的毛没有一点儿光泽,全没有往日的威风。兴武妈端着饺子推门进去,黑狗"汪"了一声,噌地起身,眼巴巴地望着碗里的饺子,嘴里呜呜地叫着,涎水流了下来。

"小芹——"兴武妈在院子里喊了一声,没人回应。

进了二门,缝纫机上是做了半截子的针线活,做活的却不见人影。兴武妈撩起门帘进去,小芹窝在炕上的被子里,炕边放着啃了几口的冷馍。

"小芹,婶给你送饺子来了。我娃咋了?"兴武妈轻轻拉了拉被角。

"婶!"小芹面色憔悴,见兴武妈来了就要起身,却一时天旋地转、眼冒金星,又倒了下去。

兴武妈赶紧扶住小芹的头放到枕头上,小芹脖子软得像个快没命的鸡娃。兴武妈着急地说："你这瓜娃,病了咋不去看?"

小芹有气无力地说："没事,婶,我扛一扛就过去了。"

"你都提不起桶子了,还扛?先喝点儿水。"兴武妈拔开水壶塞子,壶里的水几乎没啥温度,"唉,好娃呀,你一天过的啥日子嘛!东明不在,你病了咋不给你公公婆婆说哩?"

"没事儿,婶,不用给他们说……"小芹嘴唇发白,没劲儿再说下去了。

兴武妈心软得像烘熟的柿子一样,见了小芹恓惶的样子眼泪就下来了:"娃,你先喝点儿水,吃几口饺子,婶去叫先生。"

先生是村里的赤脚医生李忙中,性子慢,给人看病,也给牲口看病。他背着药箱跟在兴武妈后面,兴武妈不停地在前面招手让快点儿,他只是点头"噢,噢",依然不起火性。

村医给小芹把完脉,又翻着看了眼皮口舌,取回温度计对着窗户瞧了瞧,从药箱子里取出铝盒子,从里面大小几根针里挑了一根安在针管上,配药,打针。大拇指推药,眼睛盯着炕边那碗饺子,喉头狠狠地咕噜了一下。

"先生,啥病?"兴武妈问。

李忙中一边收拾着药箱子一边说:"严重贫血,发烧,我给打的退烧针。要吊葡萄糖哩,得赶紧去医院。"说完背上箱子往外走,又瞟了一眼炕边的饺子。

兴武妈送先生出门。

"赶紧把娃送医院吊糖。"村医边走又边小声说,"唉,大肉韭菜馅,可惜了……"

"他叔,你还叮嘱啥呢?"

村医一只脚跨出门,回头对兴武妈说:"没啥,狗该喂了,饿得都不叫唤了。"

兴武妈答:"噢,噢,这就喂这就喂。"

兴武妈转身回去,对小芹说:"娃你等着,婶去给你婆婆说一声,叫兴武开车送你去乡上医院。"顺手拿起炕边的冷馍,扔给黑狗,便急急火火回去了。她一到家门口就喊:"兴武,兴武,赶紧开车,送小芹去医院。我去叫东明妈。"

兴武放下碗跑出来:"小芹咋了?"

"贫血,发烧,要吊糖哩!"兴武妈说话间人已经走出去老远了。

玉芳也撵出门:"杨兴武,你回来……"

三轮车就在门外,兴武三下五除二把车厢里的杂物清理干净,发动车子说了句:"都啥时候了,还使性子,回去看好娃。"

黑狗吃了冷馍精神了许多,它点头摇尾地看着兴武跑进门。小芹看见兴武,眼睛一潮,轻轻叫了声:"哥。"眼泪在眼眶里打转转,顺着面颊流了下来。

"不说话了。"说着,兴武扶小芹起身。

东明妈撩起门帘进来,看见这情形就喊道:"让她自己起来,又不是坐月子呢,还娇贵得不得了。"

兴武妈赶紧上前替换了兴武,扶着小芹下炕。兴武没吭声,从炕头扯了个被子出门了。

兴武开着三轮车上了去乡卫生院的大路。车厢里,东明妈和兴武妈坐在小芹两边。小芹捂着被子,虽然看不到兴武,但她能想象得出兴武着急的样子。也不知道东明整天在忙什么,马上要过年了,也不见回家。

杨兴武安顿好小芹,开着三轮车到菜市场轩蝴纸业公司办公室找杨东明。狭窄的楼道里蹲着站着好多人,有认识的,也有不认识的。办公室门开着,地上满是废纸烟头,桌面上沙发上横七竖八躺着几个人,不见陈大匡和杨东明。

"东明呢?"兴武问。

"杨兴武,东明是你们村的吧?他人呢?"有人拉住兴武不放。

"骗子,大骗子,把我们的钱拐跑了!"

"人没长尾巴比驴都难认,真看不出啊,骗子!"

"三千块钱哩,叫我咋过年啊!"

看来速生杨股份真的出事了!看着眼下这场面,兴武意识到事态很严重,他立即哭丧着脸喊道:"杨东明呀,你把我坑惨了,我入股的钱都是借来的啊!"

周围的人见兴武也是来要账的,有的唉声叹气,有的破口大骂。兴武骂骂咧咧地下楼,开三轮车出了菜市场。他心里知道,这一回东明的娄子捅大了,也不知道牵涉到多少人多少钱,会不会吃官司。小芹还在医院里呢,回去怎么跟她说?

兴武脑子里乱哄哄的,闷头开车回了杨家井村。他没有回家,直接开车进了大棚,棚里一天没管了,得去看看。

兴武撩起棉门帘进了大棚,菜房里"哐啷"一声。

"谁?"

"我。兴武,不敢喊,是我。"

"东明?"杨兴武吃了一惊,杨东明蹲在炉子旁边,一手拿着咬了半截的黄瓜,一手端着铁瓢喝水。他穿着一件油腻的破棉袄,脚上的皮鞋裹着厚厚的黄泥,长长的头发又脏又乱,夹杂着柴火草叶,眼睛里布满血丝。

"兴武,你得帮帮我。"东明嘴里嚼着黄瓜,手上满是冻疮,"陈大匡跑路了,什么高总什么入股他妈的全是骗人的。我去江城了,根本就没有什么轩蝴纸业公司,从前到后全是圈套。我就是个大傻子,被人卖了还给人数钱哩!"

兴武问:"你攘进去多少钱?"

"五万,村里人还有十几万。咋弄呀?"东明喃喃地说。

"你不听我劝,你早……"兴武说。

"现在说那些有啥用? 我他妈真想去偷! 去抢!"东明的眼睛更红了,像一只吃了败仗的土狗。

"小芹还在……"兴武本想告诉东明小芹住院的事。

"不要告诉小芹。我回来就是想让你告诉村里人,速生杨的事是个当,赶紧拔了种上庄稼。你就跟村里人说,杨东明上当了,整烂包了,股金黄了。"东明说。

"那你准备咋办?"兴武问。

"跑! 哪里还混不下一口饭吃。"东明蜷缩在炉子旁边的小床上,"让我先在你这儿睡一觉,好多天没睡过囫囵觉了。"

望着呼呼睡去的东明,兴武心想:真是"虱多不痒,账多不愁",亏你还能睡着! 他想了想,要是现在让村里人知道东明的处境,非得剥了他的皮不可。让他跑了吧,村里这么多账就全烂了,留小芹一个人在村里怎么待? 兴武头大得像斗,东明却睡得死沉,倒好像是兴武捅下了娄子,与他杨东明毫无瓜葛。

这事太大了,得找二大商量。兴武悄悄出门,一路跑到杨德义家。

"这狗日的,捅这么大娄子! 也怪我,大意了。"杨德义拍了一下额头,一时也没了主意。

"报乡上?"兴武说。

"不顶用。姓高的姓陈的把钱卷跑了,得报警。"杨德义说。

"那东明得吃官司,小芹还在医院呢!"兴武说。

"东明就是个跑腿的,也是受害者,就算吃官司也比东躲西藏强;小芹的事以后再商量。"杨德义卷了旱烟袋起身说,"走,带些吃的,到棚里去。"

兴武和二大到棚里的时候,兴武大杨德仁正在棚里侍弄黄瓜秧子,菜房里不见东明的踪影。

"大,东明呢?"兴武问。

"走了。"杨德仁说。

"咋走了?"

"媳妇住院哩都不管,我骂了他一顿。"

"哎呀!"

杨兴武拉着杨德义赶到医院的时候,小芹的病房里乱成了一锅粥。村里消息灵通的人追到医院堵住了杨东明。

"还钱!"

"骗子!"

"绑了!"

"打死这狗日的!"

……

杨家井村和外村栽树入股的人把杨东明围在病房角落,人们的谩骂声、医生护士的呵斥声快要把病房撑爆了。小芹哭晕了过去。

"都干啥哩!"杨德义一声大喝。

病房暂时安静下来。

"书记来了。"

"书记来了能咋? 还钱!"

杨东明手里抓着一把医用剪刀,死死地盯着杨兴武,那眼神里充满了愤怒和鄙视,就像在看一个出卖朋友的叛徒。他狠狠地说:"把老子逼急了,谁都别想好过! 人死不过头点地,要钱没有,要命一条!"

"东明,剪子放下!"杨德义呵斥道。他又对众人说:"这是医院,有啥事咱到外面说。"

"不行,还不了钱不准走!"有人喊道。

"就是的,不准走,就在这儿说!"众人叫嚷着。

"老子今儿不走了,来来来,有本事把老子弄死到这儿!"杨东明红着眼睛挥舞着剪刀。

"各位乡亲,东明是个好小伙,他跟大家一样,也是上当受害者,咱们的当务之急是要抓住骗人的菜贩子。"杨德义极力平复众人的怒火。

"不行! 是杨东明拿我们的钱,还钱!"

"大家看他现在这样子像有钱人不?"杨德义指着杨东明问。

"拿不出钱,反正今天别想走!"

"还钱!"

"还钱!"

……

众人还要往前扑,杨兴武挡在了东明身前,拳脚雨点般落在他俩身上。

院子里响起一阵警笛声。

看守所。

隔着探监的小窗子,杨东明说:"你把我卖了。"

杨兴武说:"我真没卖你,你自己做下蹩活了。"

杨东明说:"看在你为我挨打的分儿上,咱扯平了。"

杨兴武笑:"呵呵! 二大替你说了许多好话,村里人怨气小多了,树苗都拔了。这事涉及人数多钱数大,公安局已经下通缉令了,陈大匡和姓高的跑不了。"

杨东明说:"我对不起村里人。"

杨兴武说:"你心太急了。"

杨东明说:"唉,不管啥社会,挨锉的总是咱农民。"

杨兴武说:"时代在变,社会复杂了,思想也要跟上。"

杨东明说:"那你说我弄的这事,是跟上时代了还是没跟上时代?"

杨兴武说:"你问这话,还真把我咥(难)住了。"

杨东明说:"我对不起小芹,让她也跟着我担惊受怕。"

杨兴武说:"小芹有我哩……有大家照顾哩!"

杨东明瞪着杨兴武说:"我不放心,尤其是你!"

杨兴武说:"你放心,玉芳把我在裤腰带上拴着哩!"

"哈哈哈……"

"哈哈哈……"

李玉芳

"黑娃,抽陀螺能抽得上大学? 你都上六年级了,天天光知道耍,把你那书多念一念!"黑娃正刮陀螺上名字的时候,杨德义从门外面进来。

"二爷。"黑娃应了一声。

"德义来了,坐。"杨德仁拉了个凳子招呼弟弟坐下。

"哥,玉芳在不?"杨德义问。

"在呢! 二大,等一下。"玉芳正在房间里哄臭狗睡觉,听见二大来了,轻轻把臭狗放在床上就出来了。

"玉芳,跟你商量个事。"

"二大,啥事? 你说。"

"想教书不?"

"教书? 我不会啊!"李玉芳毕业以后再没摸过书。

二大点了旱烟锅,继续说:"你是正儿八经高中毕业,小学这些碎娃娃有啥教不了的? 咱学校魏老师脑出血瘫了,估计是上不了课了。校长让我寻个代课教师,一个月八十块钱。我想着屋里苞谷收了,麦也种到地里了,臭狗有你大你妈照看哩,你正合适。"

德仁老汉在旁边说:"教书好啊,干干净净的,还轻松。玉芳,你放心去学校教书,兴武要是知道了肯定支持你,娃有我跟你妈哩。就咱家那点儿地,收种有我跟兴武哩。"

黑娃在旁边支棱着耳朵听了一会儿,拉住玉芳的手说:"三妈,你比我们学校的老师都好看。你要是当了老师，我们班主任就不会拧我耳朵踢我尻蛋子了。校长他娃比我瞎（坏）多了，没有一个老师敢打。"

"闪远！老师打你对着哩，学校西墙底下那窟窿堵了多少回了堵不住，你们几个瞎锤锤有校门不走，光爱钻狗洞，一个个狗东西！"

"二爷，你骂我是狗，那我爸是啥？你跟我爷也成狗了……嗷——嗷——二爷，二爷，放了，放了，疼……疼……"黑娃话音没落，耳朵就被德义老汉拧住了。

玉芳笑了："黑娃，不敢胡说，谁家娃还骂自己家大人呢？你这样子我才不想去当老师哩！"

黑娃被拧着耳朵挣扎着说："三妈，你要是当老师了，我保证好好学习，天天向上。"

"这话人爱听，早说就不拧你耳朵了。"杨德义松开了黑娃的耳朵。

"那行，我愿意，还要等兴武回来看他的意见。"玉芳应承了二大。她心里明白，二大是真心对他们两口子好，时刻都想着帮她和兴武。

李玉芳上学时是班里的学习委员，按她的学习状况是该考上大学的。上高三的时候，妈住院动手术，耽搁了几个月，家里也欠了一大堆债。跟她要好的几个同学学习都不如她，但是人家有补习一年的有补习几年的，最后都上了大学或者大专。玉芳家里弟弟小，还在念初中，妈需要人照顾，地里的活父亲一个人没黑没明地干不完，上了大学还得花钱，她不忍心自己的亲人再为她付出，所以应届落榜以后再没有补习，也不再和好友们联系。当玉芳要嫁给穷得叮当响的杨兴武时，所有的亲戚都不同意，唯有父母没有反对，他们心里一直觉得亏欠玉芳，是这个穷家毁了娃的大学梦。

臭狗睡熟了,玉芳手里织着毛衣,坐在床边等着她心爱的人回来。

"你想教书不?""你想教书不?"……

二大的话一直在耳边回荡着。她此时既激动又忐忑,心里五味杂陈。高考那年,从考场一回来就把所有的书卖了,她恨那一摞摞冰冷的书,十几年的辛苦,一家人的心血,抵不了几张考卷。高考成绩下来的时候,母亲含泪自责:"都是我把我娃害了,咋不让我死去哩!"玉芳从来没有埋怨过妈。妈本来是地主家的孙女,因为家庭成分的原因才嫁到李家,没享过一天地主家小姐的福,却受了一辈子的苦。看到母亲羸弱的身体,父亲粗糙的大手和日渐弯了的背,她的心像刀子在割。自从回到农村,她拼命地干活,她心甘情愿地嫁给一个同她一样命运的农民。上不了大学我李玉芳认了,我既然是做农民的命,就踏踏实实做饭、洗衣服、下地、管孩子。我还要挣钱,供我娃上学,吃屎喝尿都要供娃上大学。

玉芳一想到要到学校去教书,心底又升腾起一股莫名的冲动:是老天开眼了,这样的好事会轮到自己头上? 我能教了书吗? 兴武会不会同意……管他哩,二大都说定了的事,我就要教书,我就要当老师!

兴武回来得很晚,他撑好车子悄悄地推开房门。

"回来了?"玉芳放下毛衣,"我给你热饭去。"

"不用,不用,我吃过了。玉芳你坐下,我告诉你个好消息!"看到孩子睡了,兴武兴奋地搂住玉芳的腰在床边坐下。

"我也告诉你个好消息。"玉芳搂住兴武的肩膀,嘴凑在兴武耳朵边说。

"啥消息,把你高兴成这了?"兴武用手轻轻地拢了拢玉芳的头发。

"你先说。"

"我准备种菜呀,"兴武已经等不及了,"大棚菜!"

"二大今天来过,想让我去学校教书。"玉芳脑子里除了教书,什么都塞不进去了。

"教书?你想吃皇粮呀?"兴武听到这消息,情绪马上低落下来。

玉芳看出兴武的态度:"吃啥皇粮哩,是代课教师。咋,你不愿意?"

"噢,那能挣几个钱?算了不说了,你爱咋咋去……"兴武脱鞋上床,蒙头睡了。

玉芳轻轻拉了拉被子问:"你刚说的想种啥菜?"

"没有啥,睡觉。"兴武拧过身给她了个脊背。

灯拉了,两个人谁也没睡着。

在兴武眼里,教书确实是一件令人羡慕的事情,教师也算是国家干部,但他不喜欢。上高中的时候,他的班主任姓雷,最看不惯他这个不听指挥的学生。高三的时候,别的同学都开始开夜车复习,他却是到点就睡。周末休息,别的人周日下午就到学校了,他周一早上才去。班主任说:"杨兴武,你要是能考上大学,我把'雷'字反反写!"结果他真的被老师说中了。他心里怨恨,老师你知道不知道我也想开夜车,但是我饿啊!老师我也想周日来校复习呢,但是回去家里一堆活,把老大老妈的皮都能累得挂到南墙上,我一个大小伙子能忍心看着大跟妈累死?老师你早上吃早点,中午还得午休,晚上小米稀饭白馍小菜,农民哪能有你悠闲?高考落榜了也没有啥可惜的,人要干事还非得上大学?兴武心里一直憋着一股劲儿呢。结婚以后玉芳告诉他:"'雷'字反反写还是'雷'。班主任其实挺喜欢你的,他是用激将法希望你能考上大学呢!"但兴武就是这么一个倔驴脾气,他不喜欢一个人就把这人一棍子闷死了,谁说也没用。但是他爱玉芳,他爱的人却要选择这他不喜欢的行当,确实让他矛盾得很。

玉芳知道兴武心里有这么个坎,所以二大白天说的时候,她说要听兴武的意见。自己刚才有些着急了,应该让兴武先把种菜的事情说一说,再提教书的事。事情说僵了,但玉芳并不担心,她知道兴武爱她,这件事兴武迟早会答应的。

玉芳搂住兴武的背,贴着他的耳朵轻轻说:"兴武,不要生气了,都听你的好不?我明天就给二大退个话。"

兴武没动弹,任玉芳替他脱完衣服,他还是没有转身。玉芳依旧紧紧贴着兴武的背安安静静地睡下,轻轻地呼吸。兴武呼吸越来越急促,身上越来越燥热,他也能感觉到玉芳的脸越来越烫,呼吸也随着他胸膛的起伏而变得急促。兴武猛地转过身,搂住玉芳,狠狠地咬住她滚烫的嘴唇……

"娃在……你个狼……"

兴武虽然不情愿,但他深爱着这个几乎跟他裸婚的人,不愿意让她受一丁点儿委屈。

兴武带着玉芳到东田街里买了一身衣服、一双皮鞋。上身是件红色的呢子半短大衣,下身是一条深蓝色的裤子。试鞋的时候,店老板娘给拿了几双高跟的,玉芳硬是不愿意穿,兴武说:"试一下怕啥?我见城里女人穿高跟鞋漂亮得很。"鞋穿上了,玉芳身材本来就好,这细裤腿高跟鞋把她衬得亭亭玉立,女人味十足,一下子也变成城里女人了。

玉芳穿上鞋却不会走路了,左拐右拐栽在兴武怀里:"不行不行,换个低跟的吧!"

"高跟低跟价钱一样,你身材这么好,不穿高跟鞋可惜了。"老板娘在旁边站着,看着这个让人喜欢的女子,一直赞不绝口。

"换啥哩！你听听行家咋说的,就这了。嫂子,结账!"兴武边说边掏钱。玉芳红着脸跟兴武出了鞋店。

趁着兴武给老人买油糕等着的时候,玉芳悄悄返回鞋店,换了一双低跟的皮鞋。

从街道回来的路上,玉芳坐在自行车后面,兴武蹬着车子哼着歌。

"你就像那冬天里的一把火,熊熊火焰燃烧了我的心窝……"

"兴武……"

"咋?"

"你咋舍得花这么多钱给我买衣服?"玉芳的脸紧紧贴在兴武背上。

"你要教书哩,要穿得体面些呀!"兴武答应着,喉咙里依然哼着曲子。

"穿体面也不用买这么贵的。"

"要穿穿绸子,不穿精尻子。不买不说,要买就要买最好的。哈哈哈……"

"你才精尻子哩……"

杨家井小学处在村子的中心位置,方方正正十亩地。朝南开着蓝色的大铁门,两边八字墙上写着:百年大计,教育为本。东西两侧围墙上写着:人民教育人民办,办好教育为人民。

进了校门是一条大路,路右首是操场,左首是菜园,西墙角有三间青瓦房,两间是教师食堂,一间是水灶。所谓水灶,就是一口大铁锅,烧水老汉每天早上和中午上学前烧两次水,教师提了电壶(保温瓶)灌满水就不到水灶来了,老汉再续些水烧开供学生饮用。

一下课,学生像疯了一样扑到锅跟前。家里讲究的学生专门带一个搪瓷缸子,舀一缸子水,慢慢吹着走着品着。还有些娃娃啥家伙都没有,一进水灶,先抢锅台上放的铁瓢。抢到瓢的,舀半瓢开水,在凉水桶里冰一冰,其他娃在桶四周围一圈等着喝。瓢一出桶,一个个争得红脖子涨脸,这个嘴刚挨着瓢,那个就嚷嚷"你都喝完了",一通拉扯,连喝带洒半瓢水剩不了多少。

黑娃上了六年级,是学校里资历最老的学生,就不用急着向水灶跑了。下课铃一响,他和几个伙伴悠悠地走到水灶前,只需一声断喝:"瓢搁下!"

低年级的娃吓得赶紧放下瓢,眼巴巴地看他们几个喝完走出去,又继续抢瓢,叽叽喳喳像一群打架的麻雀。烧水老汉进来了:"上课了,还不赶紧回教室去,瓢把把都换了多少回了,都是你们一帮子拉坏的。"话音刚落铃声就响了,这群麻雀一哄而散,奔教室飞了。

顺着大路向前走是一个照壁,上面写着"准时到校"四个仿宋体红漆大字,背面写着每天十问:

一、你今天洗脸了吗?

二、你今天问"老师好"了吗?

三、你今天认真听讲了吗?

四、你今天完成作业了吗?

五、你今天好好打扫卫生了吗?

……

十、你今天帮爸爸妈妈干活了吗?

照壁右边两排教室,每一排五个,共十个。照壁左边三排房间,第一排是三个教室,第二排和第三排是教师办公室,一排十个。照壁再往前是一个蓝砖砌成镂空围栏的圆形大花园,花园中间有一棵松树,周围是一圈月季。花园北边是会议室和校长办公室。所有建筑的中心是大花园,整个校园的中心是照壁。

学校里的四百多学生,来自杨家井村十二个小组,近的就在学校邻家,远的也超不过三里路。

二大把玉芳领到学校,校长高兴地说:"哎呀,玉芳当年可是差点儿上了大学的,比老民办差不了,教上一年半载估计顶得上正牌师范生了……"

二大笑着说:"哎,不敢这样说。玉芳刚到学校,要谦虚学习,你不敢让她带高年级,先教碎娃,慢慢往上走。"

"书记真是个行家。我看了,咱这方圆就是你这村书记最懂教育、最关心教育。"校长给书记续上茶。

杨德义喝着水说:"少给我戴二尺五,你那点儿心思我还不知道?公办教师工资发到几月了?"

"发到九月了。"

"那行,村上马上给民办和民请教师发十月的工资。国家摊摊大转得慢,村上不能让老师饿着肚子教书。行,你让哪个老教师带一带玉芳。我先走了。"杨德义说完就走。

"书记,你看咱这教室窗子都没有玻璃,冬天了,把娃们冷得,拿塑料蒙窗子难看得很……"校长撵出来边走边说。

"你蹬鼻子上脸哩! 行,让人装玻璃,账拿过来给你报销。"

"还有……"

"行了,有啥事到村委会上当着几个村干部的面一块儿说,我这书记也不能把啥事都拿了。"

杨家井小学共有二十多个教师,分了三类:公办教师、民办教师、民请教师,各占三分之一。公办教师由乡财政负责发工资;民办教师的工资乡财政发一部分,村上发一部分;民请教师的工资全部由村上负担。

校长之所以讨好杨德义,是因为教师工资、学校修缮这些大的开支都要村上承担。杨家井村在包产到户的时候,村上专门留出了三十亩养校田,这三十亩地的承包款专门用于学校开支。

李玉芳被安排带幼儿班。幼儿班分大小两个班,教室都在学校的东北角,学校安排张竹婷老师带她。张老师五十多岁了,本是正牌师范生,因年龄大了,眼花了,校长让带幼儿班,给她减轻负担。她见人总是一副笑眯眯的样子,孩子们都称她"张奶奶"。

张竹婷带着玉芳刚走进小班教室,孩子们就围了上来。

"张奶奶好,张奶奶好……"

"好,好,好!看,奶奶给你们领来个新阿姨,以后教你们小班,快叫李阿姨……"

"李阿姨……"孩子们大声喊着。

"孩子们好……"玉芳羞怯地答应着。

这时候,教室后窗子上趴了一群大孩子,有人喊:

"黑娃,看,你三妈来了……"

"啧啧啧,长得好看很……"

张老师冲着他们喊:"你们几个,赶紧回教室去!"

大孩子一哄而散,边跑边喊:"幼儿班,不简单,屙屎尿尿泡饼干。幼儿班,不简单……"

玉芳脸更红了。

我们的玉芳是多么聪慧的人啊!她很快就适应了学校的工作节奏,不再像刚进校时的手忙脚乱,那些早都忘得差不多的拼音字母又变得亲切了,那些枯燥的阿拉伯数字又变得充满趣味。校长还派她专门到县里学习音乐,她本来就有的那点儿艺术天分也活泛起来。

"当——当——当——"

烧水老汉敲响了下午第三节课的下课铃,幼儿班的孩子哗地一拥而出,站在教室门前准备放学,他们比大孩子早放一节课。玉芳锁了教室门转过身喊:"站队!"

"稍息,立正,踏步走! 一二一,一二一……"小班长扯着嗓子叫队,手举得高高的让后面同学看齐。前面的几个小女孩认真地喊着号子,踏着步子,队伍后面却乱成一锅粥,你推我我挤你,吵吵嚷嚷,小班长喊破嗓子他们就是不听。玉芳刚开始接触这些碎娃时,她再喊这些娃娃都不听,上去拉这个,那个跑了,拉那个,旁边的又被撞哭了,光放学站队就得半天。后来张老师告诉她,你把乖娃娃排到前头,把捣蛋的放在后面看着,这样队伍就不乱了。要学会表扬娃,站得好的、听指挥的,要大声表扬让全班娃娃都听得见,慢慢就养成好习惯了。

"哎呀,让阿姨看谁站得齐,还不大声说话。嗯,杨科今天表现真棒,胡梦也很好……"被表扬的孩子瞬间脸色变得郑重起来,甩手踏步子仿佛成了一件非常神圣的事情,其他几个打闹玩耍的也抬起头站到自己的队列里了。

小班长喊着号子,幼儿班的孩子们列队向校门口走去。走着走着队伍又乱了,孩子们叽叽喳喳地说着笑着,玉芳悄悄告诉孩子们不能说话,让校长看见又得重新站队。孩子们马上又变得认真起来,但队列已经不整齐了,玉芳跟在孩子们后面,远远看去,像老母鸡领了一群小鸡崽儿……

杨兴文

乡上给杨家井村分下来了五个奶牛养殖指标,每头牛三千块,先给乡上交一千块,剩下的两千块一年后交完。当村支部书记的二大杨德义给杨兴文弄了一个养牛指标,因为兴文媳妇是西桥人,娘家哥哥家里就养奶牛。

兴文开始不敢承接这事情,他说:"二大,我没务过牲口,文化也不高,怕不敢养奶牛。"

"咋不敢养?我哥小学都没毕业,家里还养了两头奶牛。养牛卖奶比种苞谷麦子来钱快多了。"兴文媳妇徐转侠在一旁说。

"看你这样子,当过兵,走过南闯过北,连女人都不如。哪个娃一生下来啥都会?还不是慢慢学哩。你不会到你妻哥那儿去学?"二大把兴文训了一顿。

"二大,我还要供黑娃上学哩,拿不出那钱。三千块钱的活物,要是有个啥闪失,把我卖了都给人还不起账。"兴文还是不情愿。

二大急了,又骂道:"呸!谁要你熬胶呀?你从小就是这驴样子,弄个啥事都是往后退哩,还没弄呢就怕这怕那。"

转侠在一旁说:"二大,你说这事靠得住不?咱离西桥奶厂二十多里路哩,每天卖奶是个问题呀!"

"乡上有红头文件哩,事肯定可靠。二十里路算啥,骑车子打个来回也就是一个多钟头。"二大接着说,"前些年从北山拉煤的时候,我跟你大还有村里的小伙子,一人拉一辆架子车,来回一百八十多里路,也没见把谁累咋。"

"那行。二大,你不管了,我今儿就寻我哥借钱去,顺便问一下养牛的事。到时候牛下来了你费心给留一头好牛。"转侠直接把兴文的事拿了。

"行,没问题。"二大答应了转侠,又回头瞪了兴文一眼,转身走了。

奶牛拉回来了,邻里的人都来看这稀罕物。这奶牛比村里的黄牛整整大一圈,黑白相间的皮毛,乌溜溜一双铜铃大眼,右边耳朵梢子上轧着一个黄色的牌子,上面印着一串数字。

大家议论纷纷。

"这牛扎势得很,还有身份证号码哩!"

"这牛灵得很,你看那两只眼睛,到处盯哩。"

"人生地方生,肯定胡盯哩。"

"身坯子这么大,套到地里绝对比黄牛劲儿大!"

……

"瓜娃你不懂,奶牛是挤奶哩,你叫它耕地哪还有劲儿产奶啊!"二大笑眯眯地端着旱烟锅。

兴文问:"二大,这牛啥时候可以挤奶啊?"

"这是刚下完牛娃的牛,现在就能挤奶。"二大笑着说,"这个月底就让你见着钱了!"

转侠拿了搪瓷缸子,上面蒙了一层纱布,当下就挤了半缸子牛奶,又兑进些开水,端到杨德义跟前:"二大,你尝一下,甜得很。"

"嗯,就是甜,还没有膻味,比羊奶好喝。"杨德义收了烟袋锅,小小抿了一口。

围着的人也上来尝,有说甜的,有说没啥味道的。还有年纪轻的媳妇,捂着鼻子推开缸子死活不尝。

奶牛比黄牛娇贵多了。要选没淋过雨的干麦秸,铡成寸许;没有露水的青草,也铡成寸许;两份麦秸、一份青草一起拌了,再加进苞谷磨成的细料,一次多半槽,牛要吃得干干净净,一点儿不能剩。每天还要用温水拌苞谷料饮牛三到五次,保证它吃饱喝好。

牛槽要及时清理,尤其是夏天,牛槽里不能有馊味。牛圈也要保持干净,每天得清理粪便,用清水冲洗牛圈。

有了奶牛,兴文两口子忙得不可开交。兴文负责割草、铡草、打料,每天早上去西桥卖奶。转侠负责喂牛、饮牛、收拾牛圈。每天下午六点、早上五点,两口子准时用热水把牛的奶包洗干净,把牛尾巴绑在后腿上,蹲在牛圈里开始挤奶。牛被伺候得舒舒服服,俩人挤奶的时候,它就闭着眼睛,静静地倒嚼。

洁白的牛奶,唰唰地挤到桶里,溅起白色的奶花。快挤完的时候,转侠突然把牛奶嘴冲着兴文挤了一下,牛奶溅了兴文一脸一脖子。

"嗯——你个二货!"兴文抹一把脸骂转侠。

"咋了? 咋了? 看你脸脏成啥了,给你洗一下还不愿意啦!"转侠笑得前仰后合。

奶牛回头看看兴文两口子,又转过头去。

"爸、妈,我回来了!"黑娃提了一笼青草回来了。

"我娃回来了。锅里焐的麻食,你自己舀去。"见儿子回来,转侠不再和兴文嬉闹了。

黑娃大名杨军伟,"黑娃"这小名是爷爷杨德仁取的。

黑娃敦敦实实的,一双晶亮的大眼,皮肤黝黑发亮,长相、肤色都跟转侠一样。为此兴文妈没少埋怨过德仁老汉:起啥名字不好,起个"黑娃",一点儿也没跟杨家人。德仁老汉说,这名字阎王册子上没有,名字难听娃好养活。

黑娃端了一老碗麻食蹲在牛圈旁边，看爸妈收拾牛圈。奶牛见黑娃过来了，瞪着一双大眼一动不动地瞅他。

"看啥哩？得是想吃哩？别想！"黑娃一边刨饭一边对牛说话。

"哞——"牛好像能听懂黑娃说的话，它晃了晃头，甩了甩尾巴，牛粪甩到黑娃脸上了。

黑娃扬手就给牛脸上一巴掌："嗯，不给吃你还报复哩，再皮干不给你割草了！"

"避远！吃饭哩你跑到牛圈干啥来了？回屋里去！"兴文朝黑娃屁股踢了一脚。

"爸，有了牛你都不招识我了。哼！"黑娃端着碗气呼呼回屋了。

黑娃对奶牛有气哩。自从家里养了奶牛，割草也成了他每天必做的功课。而且牛只能吃抓地龙、毛娃草，不能吃灰灰菜，吃了拉稀，害得他每天下午钻到苞谷地里割草，又热又扎，割完草浑身就湿透了，满脸是泥道道。如果是刚下过雨在地里割草，鞋底下粘厚厚一层泥，走起路来踢啪、踢啪，黄泥都能甩到后脑勺上。但是有啥办法呢，爸妈说养奶牛是供他和妹妹念书哩。

黑娃割了满满一笼草，从苞谷地里钻出来，坐到斗渠上。一丝丝凉风吹到脖子上，舒服极了。他脱下鞋，扔到渠沿上，一下子坐到地上，拿镰刀刮着胳膊上腿上的汗水、黄泥和苞谷梢子落的花粉，揉成泥蛋蛋撂到蚂蚁窝旁边。几个蚂蚁就凑过去，围着这庞然大物转圈，经过一番考察，又交头接耳互相商量了一阵子，决定绕道而行不再理会。黑娃见蚂蚁恢复了秩序，又给蚂蚁窝口扔了一个泥蛋蛋，这次蚂蚁阵营大乱，里面的出不来，外面的回不去，一个个急急慌慌爬上爬下，不知所措。黑娃得意地笑了。但是不到一分钟时间，蚂蚁突然变得有秩序起来，有几个用钳子咬住泥蛋蛋往后拽，有几个从另一侧顶，窝里面的也用头往外顶。泥蛋蛋微微地晃动着，不一会儿工夫就被蚂蚁挪开了。

"黑娃——回，看电视走。"有几个伙伴也割满了一笼草，在桥上喊他。

"噢——等一下。"黑娃起身，拉下裤子对着蚂蚁窝浇了一泡热尿。一瞬间，白沫泛起，蚂蚁大军被冲得七零八落。

"屎巴牛点灯，点出先生。先生算卦，算出黑娃。黑娃敲锣，敲出他婆。他婆淘米，淘出她女。她女刮锅，刮出她哥。她哥上会，上出他伯。他伯碾场，碾出黄狼。黄狼挖枣刺，挖出他嫂子……"

黑娃跟伙伴们提着草笼，一路唱着儿歌回村了。奶牛听见歌声，知道是小主人回来了，抻着脖子"哞——"地叫了一声。那叫声雄浑有力，从低沉到高昂，从兴文院子传出，翻过瓦楞屋脊，穿过桐树叶子杨树梢子，回响在杨家井村上空。

后　记

　　从乡村走出来,在城里生活了十几年,常有一种无根浮萍般的漂泊感。回一趟乡村,这种莫名的不安就会自然消逝。

　　前几年回农村,竟然在半夜时分看到了铁红色的天空。那是月末,本该是最黑暗的夜晚,但到处是亮光。近处,村子里的路灯很亮;远处,城市上空像蒙了个发光的罩子;再远处,塬坡上的灯光星星点点。我记得小时候的夜晚是漆黑的,在那样的黑夜里,我会产生莫名的恐惧,也生出了敬畏之心,因为我不知道黑夜的深处还藏有什么。现在很难再见到那样的黑夜,即使在秦岭深处的农家里,也常会看到忽明忽暗的灯火,听到路上过往汽车的引擎声。而这时刻提醒着我处在现实世界,精神空间正被这些代表现代元素的灯光、声音所侵占。何止是这些,还有网络、手机,我们在享受着科技发展带来的便利时,也一直在失去着许多东西,物质的富足反而更容易让人精神空虚。有人说:"这是一个物欲横流、精神滑坡、道德缺失的时代。"现实或许没有这么夸张,但这句话也从某种程度上反映了目前这个时代的特点。当看到铁红色的夜空时,我知道,曾经生活过的村庄,正慢慢离我远去。我想用文字记录它的过往,追寻它的身影。

　　阅读,是让我产生写作冲动的另一个原因。上学期间,适逢陕军东征,被陈忠实、贾平凹、高建群的作品所吸引,以后凡他们出新书我都会看。工作以后,又看了获得茅盾文学奖的作者和各省作协主席的作品,譬如田中禾的《十七岁》、李佩甫的《羊的门》、韩少功的《马桥词典》、迟子建的《额尔古纳河右岸》。真正动笔写小说以后,先后读了鲁迅、莫言、阎连科、马尔克斯、福克纳、陀思妥耶夫斯基等中外作家的作品。除了看小说,还读一些哲学和文学理论书籍。读着读着,常常会陷入孤独、恐慌、彷徨、兴奋、甜蜜、癫狂……在写作过程中,这些情绪渗透到文字里,文字就有了呼吸,有了生机,有了让读者感同身受的可能。

这本短篇集中所选的小说大多取材于农村,写过去农村的人和事,写快要消失的民俗风情,写城镇化进程中农村的变化,写农村人对美好生活的追求,对磨难的隐忍与抗争,对生和死的态度。小说素材有的直接来自现实生活,有的则是从新闻事件或第三者的叙述间接选取,但大多数源于少年时期农村生活的记忆。

我生活过的村庄很普通,关于村子的来历没有任何文字记录。听老人讲,当年一户杨姓的人家流落到这里,看到土地平阔,沃野可耕,于是安下家,一代代繁衍生息,渐渐发展成了具有耕地五千余亩、人口两千多的大村落。

小时候,村东头有一个涝池,西头也有一个涝池。下雨时,雨水顺着村道流到两个涝池里。天旱时,村道的路又白又硬,像爷爷的桑木扁担,挑着东西两池碧水。

村子北边一条大渠横贯东西,斗渠和毛渠像粗细不一的血管一样分布在田地间。大渠旁边有斗房,四面土墙,满院子的南瓜蔓上开满黄色的花。斗房里住着一个护渠的老头,大个子,眼珠黑亮,圆脸上经常挂着自若的笑。我吃过那老头蒸的南瓜,一角一角的,颜色黄亮,拿起来烫手,呼呼地吹着,吃一口极甜。大渠每年都会淹死人,有下水被淹死的孩子,还有偷水浇地跌下去再没上来的大人。我对大渠也是心怀畏惧的,因为有过一次差点儿丢了性命的经历。天热,大孩子在渠里游泳,我看着平缓的水面,心头涌上一股豪气,扑通一下也跳进渠里。渠水的流速远比水面上看起来的快得多,我被冲得失去平衡。眼看着就要被淹没的时候,先前下渠的大孩子如鳗鱼一样游过来,拖着我靠到渠边,最后被护渠的老头救上了岸。

村子西边是一条排碱沟,沟底常年有水。水里有绿莹莹的芋子,最底层泥沿长着灰灰菜、人菡,上面的沟坡上多是狼尾巴、猫娃草,沟沿上是低矮的索索草。草丛里经常有癞蛤蟆,又叫疥兜子,老的有柱子头大小,满身黄豆大的疙瘩,眼睛珠子也是黄的,斜着瞪人,好像久经世事的精怪。它慢慢悠悠地爬走,待过的地方草被压平了,留下黏糊糊的东西。排碱沟上隔一段就有一座桥,一共四座。我们经常去第三座桥下抓鱼,或者到第四座桥边深水处游泳。沟里偶尔会钻出一条绿身红头的花蛇,大家拿土块石块砸花蛇,可怜的花蛇被砸得奄奄一息。有人还不罢休,又对它施以酷刑——剥皮、掏蛋,被剥得精光的蛇身子在地上扭动着。我心里不免担心,大人们说过,蛇是神变的,见了要叫"爷"呢,打蛇会不会惹怒了神呢?

记忆中还有农村人对生活、对死亡的态度。村里一个妇女仅仅因为麦子歉收上吊死了,女人死了不久,男人又娶了一个,娶来的女人在馍里拌农药给前房的孩子吃。发生这样要命的事,男人只是说了句"你走吧,咱过不成了",直接换掉门锁,不再让女人进门了。附近的村子以前出过几个恶人,他们看见哪个村子有长得好看的女子,晚上拉到麦秸堆后面就给糟蹋了。女子不敢给家人说,即使说了,家人也不敢声张,只得悄悄把女子远远地嫁了。如果事情张扬出去,女子只剩下跳渠、勒脖子、喝农药了。对女人和女人的家人来说,保住名声远比讨回公道重要得多。

村里的许多年轻人,不甘心走父辈们面朝黄土背朝天的老路。他们在农村搞养殖,种经济作物,经营收割机,但往往是"贩猪的时候羊贵了,贩羊的时候猪贵了"。好多人欠下一屁股债南下打工,有的带着妻儿进城做了小买卖，还有些被骗进传销组织，陷得更深。但不管在生活中遭遇什么样的挫折，他们都顽强地生活着，不停地奋斗着。

这些画面时不时从脑海中跳跃出来，笔就停不下了。

小说中虚构了"杨家井"这个村庄，原型不完全是我生活过的村子，它是关中平原上众多村庄的缩影。小说中的人物也不是村子中某个特定的人，他们像杨树、桐树、槐树、臭椿这些关中平原上最常见的树一样生长在各个村落。任葆华教授说："一禾用文字建构自己的小说世界——杨家井，生活在杨家井的人，是一群社会底层的小人物，他们属于沉默的大多数。如果没有人代言，会永远处于失语的状态。"我不奢望把杨家井勾画成沈从文的湘西、莫言的高密东北乡、马尔克斯的马孔多，但它已经成为我的精神家园。在这里，思想是自由的，脚步没有边界。这里有最热烈的阳光、最漆黑的夜晚和最富有诗意的星月雨雾。

在书稿付梓之际，感谢李禾、李康美、路树军、王旺山、徐红林以及作协各位老师的指导，感谢田岸、关中牛、严安政、任葆华、李险峰、魏宝宝、邢福和、王晓飞、刘世龙、邱西藏等老师的专题评论，感谢《文学陕军》《西岳》《华山文学》《三贤文苑》《蝶语兰心》刊发其中的篇目。

2019 年元月